Hans Lebek

KARTEI-
LEICHEN

Für Herrn Turhal

27. 08. 06

Hans Lebek

KARTEILEICHEN

Zweiter Fall für Kommissar Schlosser

KRIMI IM GMEINER-VERLAG

Bibliografische Information
der Deutschen Bibliothek
Die Deutsche Bibliothek verzeichnet diese
Publikation in der Deutschen Nationalbibliografie;
detaillierte bibliografische Daten sind im Internet
über http://dnb.ddb.de abrufbar.

Besuchen Sie uns im Internet:
www.gmeiner-verlag.de

Im Ehnried 5, 88605 Meßkirch
Telefon 07575/2095-0
info@gmeiner-verlag.de

1. Auflage 2006

Lektorat: Claudia Senghaas, Kirchardt
Umschlaggestaltung: U.O.R.G. Lutz Eberle, Stuttgart
Unter Verwendung eines Fotos von photocase.de
Gesetzt aus der 9,7/12 Punkt GV Garamond
Druck: Fuldaer Verlagsanstalt, Fulda
Printed in Germany
ISBN 13: 978-3-89977-673-7
ISBN 10: 3-89977-673-9

Alle Personen und Namen sind frei erfunden.
Ähnlichkeiten mit lebenden Personen sind zufällig
und nicht beabsichtigt.

1

Plötzlich erhielt er einen so harten Stoß in seinen Rücken, dass er gezwungen war, loszulaufen. Er spürte noch, wie er halb laufend, halb stolpernd zwei Schritte auf die stark befahrene Straße machte und ein Reisebus mit aufgeblendetem Licht, hektisch hupend auf ihn zuschoss. Ohne richtig zu verstehen, was gerade ablief, spürte er, wie das schwere Fahrzeug ihn frontal erfasste und mit einer unglaublichen Wucht zu Boden stieß. Ein heftig stechender Schmerz durchzuckte ihn, als er fiel.

Er verstand auch nicht, wieso sich ein Mann über ihn beugte, ihm kurz in die Jackeninnentasche griff, seine Brieftasche herauszog und den Inhalt durchsuchte. Wollte der Mann seinen Organspendeausweis haben? Warum steckte er die Brieftasche wieder in seine Jacke zurück?

»Schnell einen Krankenwagen!«, hörte er noch eine männliche Stimme rufen, ehe ihm schwarz vor den Augen wurde.

Irena meinte von sich, einen siebten Sinn für schlimme Ereignisse zu besitzen – und gerade an diesem Montagmorgen sah sie ein solches auf sich zukommen.

Missgestimmt betrat sie daher das schmucklose, spärlich, aber modern eingerichtete Büro ihrer Chefin. Sie ahnte längst, was ihr blühen sollte. Ihr Kollege, Marten Steiner war heute noch nicht erschienen – und nun würde sie den Dienst dieses unsympathischen, kleinwüchsigen Gnoms in der ungeliebten Abteilung C. übernehmen müssen. Diese Abteilung war eines der Archive der Birthler-Behörde, welches sie lax und abwertend nur die ›Ablage‹ nannten und welches wegen seiner Bedeutungslosigkeit im Tiefgeschoss lag.

Sie konnte diesen Steiner ohnehin nicht leiden – und in diesem Moment hasste sie ihn.

»Schön, dass du kommst, Irena«, empfing sie ihre dürre, grau in grau gekleidete Vorgesetzte mit einer rauchigen Stimme, die bekanntermaßen von einem übermäßigen Konsum an Alkohol und Zigaretten herrührte, und lächelte sie bei diesen Worten schmallippig an. »Du musst in der ›Ablage‹ Dienst schieben. Der Steiner ist noch nicht da. Ich habe ihn schon x-mal angerufen. Nichts. Ich habe ihm etliche Mails in seinen privaten Briefkasten geschickt. Auch nichts. Und keiner weiß etwas.«

Sichtlich ohne nachzudenken, hatte ihre Chefin eine lange Filterzigarette aus einer angeknautschten Schachtel gefingert und angesteckt, ohne dabei den Redefluss zu unterbrechen.

»Kann das nicht der Rudi machen, Marietta?«, versuchte Irena das scheinbar Unvermeidliche doch noch abzuwenden.

Es war so kalt und trostlos in der ›Ablage.‹ Dort wurden nur die großen Massen unwichtiger Dossiers gelagert, die seinerzeit in der DDR ein Heer von Stasiagenten in jahrelanger Schreibarbeit erstellt hatten und die noch viele Jahre, vermutlich sogar noch Jahrzehnte, auf ihre endgültige Aufarbeitung warten mussten - wenn es sie denn je geben sollte. Nur sehr, sehr selten waren dort einmal interessante Nachforschungen anzustellen, so unwichtig waren die Unterlagen. Es war ein berufliches Abstellgleis. Ihr war zum Heulen zumute.

»Du weißt doch ganz genau, dass Rudi wieder einmal einen neuen Politiker ›durchleuchten‹ soll. Der hat keine Zeit«, knurrte die Chefin in ihre Richtung und blies eine dichte Wolke Rauch hinterher.

»Aber selbst wenn Rudi etwas herausfindet, was den Politiker belastet, so darf es ohnehin nicht verwendet werden. Das haben sich doch die hohen Herren da oben so clever ausgedacht, nach dem Motto eine Krähe hackt und so. Ich ...«

»Jetzt reicht's aber«, wurde sie von Marietta leise, aber durchdringend angezischt, »im Gegensatz zu dir hat er etwas zu tun! Du trinkst den halben Tag nur Kaffee mit deinen Kollegen und den anderen halben Tag stehst du vor dem Spiegel. Also zisch ab! Dein Dienst in der ›Ablage‹ beginnt jetzt und sofort und dort im Wandkasten ist der Schlüssel!«

Die letzten Worte hatte Marietta gebrüllt und sich halb von ihrem Schreibtischstuhl erhoben. Die Regentropfen im Hintergrund prasselten gegen die Scheiben und Fensterbretter des Raumes und unterstrichen die Worte noch. Sie wusste, dass ein weiterer Widerspruch zwecklos war. Stocksauer und ergeben nahm sie den Sicherheitsschlüssel aus dem Kasten, verließ grußlos das Büro und warf wütend die Tür hinter sich zu. Das Grinsen ihrer Vorgesetzten sah sie nicht mehr, aber sie war sich im Klaren darüber, dass diese zeitweilige Degradierung das Tagesgespräch im Archiv sein würde. Und dafür hatte sie nun jahrelang Bibliothekswissenschaften und Germanistik studiert. Ihr morgendlicher Instinkt hatte sie nicht getrogen.

Betont langsam stieg sie die Treppen nach unten, nur um noch ein wenig Zeit zu schinden. Noch langsamer steckte sie den Schlüssel in das schwere Sicherheitsschloss der Archivtür, ratschte kurz ihre dienstliche Chipkarte durch den dafür vorgesehenen Kartenleser, tippte bedächtig ihre Codenummer in die elektronische Eingangssperre ein, wartete den leisen Piepston und das Aufleuchten der hellgrünen Leuchtdiode ab und versuchte danach den Schlüssel im Schloss nach links zu drehen. Verwundert musste sie feststellen, dass das Schloss offensichtlich noch blockiert war. Irritiert schaute sie auf die Anzeige der kleinen elektronischen Eingabeeinheit neben der Tür. Diese zeigte eindeutig grünes Licht. Also war alles in Ordnung und sie hatte die Berechtigung, diesen Raum zu betreten. Noch einmal versuchte sie den Schlüssel herumzudrehen. Wieder nichts. Vorsichtig zog sie ihn aus dem Schloss, schaute ihn und den Anhänger sehr genau an und schüttelte verwundert den Kopf, sodass ihr blondiertes, langmähniges Haar zu wippen begann. Der Schlüssel war eindeutig in Ordnung und der Anhänger besagte ganz klar, dass der Schlüssel zu diesem Archivraum und deshalb auch zu diesem Schloss gehörte. Sie versuchte mit derselben Prozedur noch einmal die Tür aufzuschließen. Es gelang wieder nicht. Nachdenklich löschte sie ihre Berechtigung an der elektronischen Eingabe und stieg die Treppe wieder nach oben.

»Was willst du denn schon wieder hier«, fauchte ihre Vorgesetzte, als sie, ohne anzuklopfen, deren Büro betrat. Sie hatte gerade noch sehen können, wie Marietta schnell den Bildschirm ihrer Computeranlage umgeschaltet hatte. Aber es war zu spät gewesen: Ihre Chefin hatte im Internet gechattet, wohl kaum dienstlich. Ein feines Grinsen glitt über Irenas Gesicht.

»Die Tür in der ›Ablage‹ kann nicht aufgeschlossen werden, Marietta«, antwortete sie nur und warf den Schlüssel lächelnd auf deren Schreibtisch.

»Tickst du nicht richtig, Irena?«, schrie diese los. »Wenn das eine Ausrede war, gibt's eine Abmahnung, damit wir uns richtig verstehen.«

»Erstens ist es keine Ausrede und zweitens wäre es nett, wenn du mich etwas höflicher behandeln könntest«, entgegnete Irena ihrer Vorgesetzten selbstsicher und warf einen bedeutungsvollen Blick auf den Bildschirm. »Außerdem kannst du dich ja selbst davon überzeugen!«

»Worauf du dich verlassen kannst«, zischte diese sauer zurück, erhob sich ruckhaft, griff nach dem Schlüssel und stürmte aus dem Büro.

Irena hatte Mühe, mit ihr Schritt zu halten.

Im Tiefgeschoss angekommen, steckte ihre Chefin den Schlüssel in das Schloss, ratschte ihre Chipkarte durch den Leser, tippte flink einen Geheimcode ein und versuchte ebenfalls den Schlüssel nach links herumzudrehen. Es gelang auch ihr nicht. Hämisch grinsend stand Irena neben ihr und meinte lapidar:

»Also ticke ich wohl doch richtig und nix mit Ausrede. Was nun? Das Schloss muss im Eimer sein.«

»Ja, merkwürdig«, lenkte Marietta, bedeutend ruhiger geworden ein. »Wir werden die Hausinspektion anrufen. Die sollen das Schloss in Ordnung bringen.«

Bei diesen Worten zog sie den Schlüssel wieder aus dem Schloss und drückte die Klinke nach unten. Mühelos öffnete sich die schwere Metalltür einen kleinen Spalt.

Erschrocken sprang Irena einen Schritt zurück. Auch ihre Vorgesetzte ruckte mit ihrem hageren Kopf herum und schaute erkennbar fassungslos den Eingang an.

»Die war ja überhaupt nicht abgeschlossen«, bemerkte

sie noch mit kratziger Stimme. »Hast du sie aufgesperrt und wolltest mich hier foppen?«

Irena sah den misstrauischen Blick auf sich gerichtet und ahnte, dass ihr Gesicht in diesem Moment rot anlief, obwohl der Vorwurf unberechtigt war. Sie verstand es nicht. Die Tür musste wohl schon seit Freitag unversperrt gewesen sein, was absolut gegen die Dienstvorschriften verstieß. Und hätte nicht das hausinterne Sicherheitssystem Alarm geben müssen? Es war unglaublich.

Sie schüttelte nur heftig ihren Kopf und drückte die Tür weiter auf. In dem Raum vor ihr war die Beleuchtung vollständig eingeschaltet. Das konnte und durfte eigentlich ebenfalls nicht sein. Das Licht musste beim Verlassen immer so ausgeschaltet werden, dass eine ausreichend helle Notbeleuchtung blieb, die zwar alles erkennen ließ, nur zum Arbeiten zu gering war. Anordnung von ganz oben. Warum hatte das niemand bemerkt? War Steiner am Freitag völlig von allen guten Geistern verlassen gewesen? Hatte er privat so viele Probleme gehabt, dass er die grundsätzlichsten Dienstanweisungen zu befolgen vergaß? Oder war er am heutigen Morgen doch schon kurz anwesend gewesen und hatte sich nur am Eingang nicht richtig eingeloggt?«

»Das mieft ja ganz fürchterlich in diesem Raum«, meinte Marietta neben ihr und zog angewidert ihre längliche Nase kraus.

Jetzt bemerkte sie es ebenfalls. Ein süßlicher, modriger Geruch kam aus dem großen Archivraum. Ihr drohte übel zu werden. Sie war grundsätzlich sehr geruchsempfindlich. Nur mit größter Überwindung betrat sie den Saal. Jetzt glaubte sie das Verhalten Steiners zu verstehen. Sie hätte bei diesem Gestank auch nicht weitergearbeitet. Der alte Depp hätte es aber auch ordentlich melden können, grummelte sie sauer in sich hinein.

Zur Linken befand sich ein grauer Kleiderschrank und daneben eine, über die gesamte Längswand reichende Arbeitsplatte, versehen mit einem modernen Computer-arbeitsplatz nebst Scanner und Drucker. Diese Anlage konnte sowohl als überdimensionierter Schreibtisch, wie auch als vorzüglicher Ablageplatz für Akten benutzt werden. Drei Schreibtischstühle standen davor und eine breite Neonröhrenleiste spendete das Licht für dieses Ensemble. Den Rest des lang gestreckten Raumes nahm ein riesiges Regalsystem ein. Es war eines der Platz sparenden Systeme, bei dem sämtliche Regalreihen auf Schienen verschiebbar gelagert waren und die eingehängten Akten mittels eines Paternostersystems auf und ab bewegt werden konnten. Man konnte die Regalreihen durch Kurbeln der großen, dreiarmigen Drehgriffe hin und her schieben, sodass maximal zwei schmale Lücken zwischen den Reihen im gesamten Raum entstanden, in denen man nach Akten suchen konnte. Die Beleuchtung schaltete sich dann in den Lücken automatisch ein. Die Regalreihen waren allesamt dicht an dicht mit verstaubten, grüngrauen und bräunlichen Einhängeakten belegt. Das Gewicht je Reihe musste sehr hoch sein. Tonnenschwer. Die Drehgriffe an den Stirnseiten der Reihen konnten nur mit einer gehörigen Portion Muskelkraft oder geschulter Technik einigermaßen zügig bewegt werden.

»Hier stinkt es ja zum Erbarmen«, wiederholte Marietta ihre Feststellung von zuvor und betrat ebenfalls den fensterlosen Raum, »und das trotz der kostspieligen Klimaanlage.«

»Vielleicht hat sich eine Maus oder sogar eine Ratte hier herein verirrt und verwest allmählich?«, trug Irena zögerlich ihre Meinung vor und ging weiter in den großen Saal hinein.

»Gut möglich in diesem Tiefgeschoss«, stimmte Marietta zu. »Dann sollten wir mal anfangen, nach der Quelle des Gestanks zu suchen. Komm, hilf mir, die schweren Regale zu bewegen!«

Widerwillig folgte Irena dieser energischen Aufforderung. Dafür wäre ihrer Meinung nach ein Kammerjäger zuständig gewesen.

Nach und nach legten sie einen Gang nach dem anderen frei und durchsuchten ihn gründlich. Nichts war zu finden. Sie näherten sich immer mehr dem Ende des lang gestreckten Raumes. Nur noch drei Reihen waren freizulegen und der Gestank wurde immer intensiver. Kreidebleich versuchten sie den vorletzten Gang zu öffnen. Die Blockadespange, die normalerweise mit einem leichten Fußdruck zu entriegeln war, wollte sich nicht lösen lassen. Durch einen kräftigen Schlag mit dem Hacken ihrer unmodernen, grauen Pumps gelang es Marietta, die Sperre zu entriegeln. Die schwere Aktenreihe sprang, wie von Geisterhand geführt, mehrere Zentimeter zur Seite, obwohl sie noch gar nicht das große Laufrad angefasst hatten. Verblüfft schaute Irena ihre Chefin an. Von ihrer gegenseitigen Missachtung spürte sie in diesem Moment nichts mehr. Der Gestank wurde allmählich bestialisch. Etwas zitternd begannen sie an dem Drehgriff zu hantieren. Irena wunderte sich, wie ungewohnt leicht sich der nächste Gang freilegen ließ.

Sie war die Erste, die einen freien Blick in den gut ausgeleuchteten Gang werfen konnte und erstarrte in ihrer

Bewegung. Marietta bemerkte dies und drängte sich nahe an sie heran, um ebenfalls einen Blick zu erhaschen.

In diesem Moment hörte sie ein dumpfes, klatschendes Geräusch und sah mit Entsetzen dessen Ursache.

Ein Mann, klein und dürr, war in sich zusammengesunken und platschend auf dem Boden des schmalen Ganges aufgeschlagen. Dunkle Flecke und Striemen waren auf seinem Gesicht zu erkennen und starre, schreckensweit geöffnete, verquollene Augen blickten ihr entgegen.

Schreiend rannte sie aus dem Raum. Unbewusst registrierte sie noch das Geheule ihrer Vorgesetzten und hörte dicht hinter sich das Klappern unmoderner Schuhe. So schnell es ihre Beine erlaubten, jagte sie hinauf zur streng bewachten Pförtnerloge und forderte den verständnislos dreinblickenden Türhüter auf, sofort die Polizei zu rufen. Sie konnte sich kaum mehr beruhigen. Sie heulte wie ein Schlosshund, während Marietta käseweiß, zitternd an der Pförtnerloge gelehnt stand.

In die ›Ablage‹ würden sie keine zehn Pferde mehr bekommen.

Sie hatte es gewusst – sie hatte einen siebten Sinn für schlimme Ereignisse.

2

Gähnend schaute Kommissar Genko Genske aus dem Fenster seines kleinen Büros in der Keithstraße, das er mit seinem Vorgesetzten, Kriminalhauptkommissar Michael Schlosser teilte. Der graue Himmel ließ den düsteren Raum noch düsterer wirken. Nicht minder düster war die Langeweile, die er empfand. Seit mehreren Tagen lagen keine aktuellen Fälle vor. Jedenfalls keine, die noch Aussicht auf eine Aufklärung hatten.

In hohem Bogen warf er eine dünne Akte auf seinen unordentlichen Schreibtisch.

»Sakra! Der Fall Nunsdorf ist uralt, die Akte hauchdünn und die Ergebnisse gleich null. Warum müssen wir denn diese blöden Altfälle immer noch hier bei uns behalten, Chef?«, fragte er mit hoher Stimme seinen Vorgesetzten, obwohl er die Antwort nur allzu gut kannte.

»Weil ein Fall, solange er hier bei uns liegt, als offen gilt. Erst wenn er ad acta gelegt wird, taucht er in der Statistik als ungeklärter Fall auf. Kosmetik, Genko, Kosmetik«, antwortete ihm Michael Schlosser schief grinsend, sachte mit den Fingern über seinen vollen Schnauzbart streichend.

Genau mit solch einer Antwort hatte er gerechnet.

»Und ich dachte immer, Kosmetik sei nur etwas für Frauen«, gab er lachend zurück und zog aus seiner alten, braunen Aktentasche ein größeres Stullenpaket, öffnete es geräuschvoll und fingerte, sich mit der Zunge über die Lippen fahrend, ein dick belegtes Brot heraus.

»Vielleicht werden die Statistiken bei uns von Frauen gemacht«, meinte Michael Schlosser, die breite Stirn leicht in Falten legend, und schaltete seinen Computer aus. »Ich ziehe mich mal in mein Stammcafé zurück. Wenn ich dich so futtern sehe, bekomme ich auch Hunger. Es ist ja ohnehin nichts los.«

Schlosser hatte kaum den Raum verlassen, als das Telefon zu trällern begann. Genko kaute erst einmal langsam den riesigen Happen, den er kurz zuvor in seinen großen Mund geschoben hatte, zu Ende, bevor er abhob.

»Kommissar Genske, Abteilung M«, meldete er sich routiniert. Er drückte den Hörer mit der rechten Schulter an sein Ohr und griff schnell nach einem Blatt Papier und Kugelschreiber. Konzentriert lauschte er dem Anrufer. Augenblicklich erfasste er, dass die Zeit der Langeweile vorüber war. Flink schrieb er mit, knurrte nur noch kurz ein »O.K.« in die Sprechmuschel und warf den Hörer wieder auf die Auflageschale.

»Das ist ja ein Ding«, redete er mit sich selbst. »Eine real existierende Karteileiche im real existierenden Archiv der ehemals real existierenden DDR.«

Mit einer hastigen Bewegung griff er nach seiner abgetragenen, braunen Lederjacke, die so vorzüglich zu seiner Aktentasche passte, und eilte mit stürmischen Schritten aus dem Büro.

Er erwischte seinen Vorgesetzten in dem Augenblick, als dieser, breitbeinig auf einem zierlichen Tonetstuhl sitzend, mit erhobener Speisekarte einem Kellner zuwinkte. Als Genko ein lautes »Alarm« quer durch den Raum rief, was die Köpfe sämtlicher Anwesenden neugierig hochzucken ließ, legte Schlosser aufstöhnend die Speisekarte auf dem Tischchen ab und folgte ihm.

»Wer? Wo? Was? Wie? Warum?«, fragte ihn Michael Schlosser, während sie zu ihrem Dienstwagen eilten.

»Wer, ist noch nicht sicher«, antwortete Genko heftig atmend. Der Adamsapfel an seinem langen Hals tanzte wild auf und ab. Die schütteren, halblangen Haare hingen wie fusselige Zotteln an seinem schmalen Kopf. »Wo? In einem Archiv der Birthler-Behörde. Was? Eine Leiche. Wie und warum? Das werden wir wohl herausbekommen müssen, Chef.«

»Aha«, bekam er nur als Antwort zurück.

Schweigend setzte sein Chef das variable Blaulicht auf das Dach, während er das Martinshorn einschaltete und mit leicht durchdrehenden Reifen losfuhr.

Vor dem lang gestreckten Gebäude der Birthler-Behörde mitten in Berlin standen unzählige Fahrzeuge kreuz und quer geparkt. Polizeifahrzeuge waren ganz klar in der Minderheit, Fahrzeuge von Mitgliedern der Zunft der Presse in der Überzahl. Der Ort, an dem der Tote gefunden worden war, gab hinreichend Anlass zu publikumswirksamen, auflagenstarken Spekulationen. Michael Schlosser sah in Gedanken schon die schreierischen Überschriften in den Boulevardzeitungen.

Mit flinken Schritten, die unentwegt fotografierenden und fragenden Reporter zur Seite schiebend, begaben sie sich in das abgeriegelte Bauwerk und wurden sofort zum Archivraum C. weitergeleitet. Ein unangenehm, beißender Geruch stieg Schlosser in die Nase.

»Verdammt! Der Tote muss doch schon verwest sein«, grummelte Genko neben ihm laut vor sich hin und hielt sich mit zwei Fingern seine lange, schmale Nase zu.

»Woher willst du wissen, dass es sich um einen Mann

handelt?«, hinterfragte Michael Schlosser kopfschüttelnd.

»Äh?«, meinte Genko sichtlich irritiert.

Kurze Zeit später stand Schlosser an dem Gang, in dem die Leiche lag, und warf einen neugierigen Blick hinein. Uniformierte Polizeibeamte hatten den Raum abgesperrt, sodass niemand Spuren verwischen konnte. Er bemerkte, wie Genko ein wenig blasser wurde.

Grau, fleckig und aufgebläht sah das Gesicht des Toten aus. Deutlich erkannte er Spuren von Gewalteinwirkungen. Wie dunkle Striemen lagen sie über dem Gesicht. Die zerknautschte Kleidung ließ ahnen, dass es sich um einen Mann handeln musste. Ein schlichter dunkelgrauer, halblanger Kittel und eine schwarze Hose waren klar zu erkennen. Der schüttere Haarwuchs und die kleinen Ohren waren die markantesten Merkmale des Kopfes. Eine zersplitterte Brille mit einem dünnen, schwarzen Gestell lag vor dem Toten auf dem Boden.

Vorsichtig näherte er sich der Leiche und begann sich ebenfalls die Nase zuzuhalten. Der Geruch war in der unmittelbaren Nähe nahezu infernalisch.

»Eindeutig eine männliche Leiche«, stellte er lakonisch nickend fest. »Die Todesursache scheint ebenfalls ziemlich klar zu sein. Der Mann wurde zwischen den schweren Regalen zu Tode gequetscht.«

»Einklemmt zwischen den Akten. Also eine echte Karteileiche«, ergänzte Genko hinter ihm seine Feststellung.

»Wohl eher eine Aktenleiche«, berichtigte er den pietätlosen Kommentar seines Mitarbeiters.

Mit spitzen Fingern knipste er ein Plastikansteckschild vom Rande der Kittelbrusttasche des Toten ab, zog sich, rückwärts gehend, aus dem schmalen Gang zurück und trat dabei Genko auf die Füße, sodass dieser laut auffluchend ebenfalls den Gang verließ.

»Marten Steiner, Birthler-Archiv«, las er halblaut ab.

»Ob sich die Regale von alleine geschlossen haben, als er dazwischen stand?«, überlegte Genko halblaut, unmittelbar am Eingang stehend und schaute sich von dort kopfschüttelnd die schwere Regalanlage an.

»Das ist auf keinen Fall möglich«, antwortete eine rauchige, weibliche Stimme. »Zum einen sind die Regale absolut waagrecht gelagert, zum anderen so schwer, dass sie sich niemals von allein bewegen würden. Zusätzlich ist noch eine Warneinrichtung eingebaut, die umgehend laut loströtet und ein rotes Blinklicht aufleuchten lässt, wenn ein Regal vor dem Verschlusspunkt auf ein Hindernis stößt.«

Erstaunt über diese präzise, umfassende Erklärung drehte sich Schlosser um und schaute in das ernste, ziemlich blasse Gesicht einer verhärmt wirkenden, etwas unvorteilhaft gekleideten Frau, die hinter ihm im Flur vor dem Archiv stand.

»Sie scheinen aber gut Bescheid zu wissen. Mit wem habe ich denn das Vergnügen?«

»Mein Name ist Marietta Kleinert und ich bin für die Archive A bis E zuständig. Der Tote arbeitete in diesem Archiv. Meine Kollegin, Irena Schmitke und ich haben ihn gefunden und Sie gerufen.«

»Sakra!«, entfuhr es Genko. »Dann können Sie mir doch das Warnsystem hier demonstrieren, oder?«

»Jetzt gleich?«, fragte Marietta. Mit aufgerissenen Augen und schief verzogenem Mund betrachtete sie von weitem die dreiarmigen Drehgriffe an den Stirnseiten der Reihen.

»Nein, nein«, schüttelte Schlosser energisch seinen Kopf. »Wir lassen erst einmal den Doktor und die Spurensicherung ihre Arbeit machen. Letztere sollen sich auch das Warnsystem vornehmen. Können wir uns inzwischen irgendwo ungestört unterhalten, Frau Kleinert?«

Diese nickte ihm aufatmend zu, drehte sich um und lief mit leicht schwankendem Schritt Richtung Treppe. Er machte dem Leiter der Spurensicherung ein kurzes Zeichen, dass dieser mit seiner Arbeit beginnen könne.

»Wir würden gerne noch den Inhalt der Taschen des Toten und was sie sonst noch so Interessantes finden, sehen, bevor ihr geht, Kollege«, raunte er ihm beim Hinausgehen zu und atmete tief durch, als er am Treppenabsatz stand. Die frische, unverpestete Luft tat ihm außerordentlich gut.

Wenige Minuten später saßen sie im Büro der Archivleiterin. Irena Schmitke war unaufgefordert mitgegangen und stand leichenblass neben ihrer Chefin.

»Wenn ich das Schild am Kittel des Toten korrekt interpretiere und Sie richtig verstanden habe, dann handelt es sich um Ihren Mitarbeiter Marten Steiner?«, begann Michael Schlosser die Unterhaltung.

»Ja, richtig«, bestätigte Marietta die Frage und wollte mit zittrigen Fingern eine Zigarette aus einer Schachtel nehmen, was sie aber augenblicklich unterließ, als sie den Blick Genkos sah. »Er arbeitet schon von Beginn an in unserer Behörde, die früher unter dem Namen Gauck-Behörde bekannt wurde. Ein Mann der ersten Stunde, sozusagen. Seine Qualifikation ist zwar nicht sehr gut, aber für dieses unbedeutende Archiv reicht es aus.«

»Würden Sie uns jetzt bitte einmal schildern, wie Sie

den Toten entdeckten, meine Damen«, bat der Hauptkommissar freundlich.

Sichtlich immer noch unter dem schockierenden Eindruck stehend, schilderten sie, sich gegenseitig unentwegt unterbrechend oder ergänzend, ausführlich das Erlebte. Dass sie es noch nicht richtig verarbeitet hatten, war für Schlosser daran zu erkennen, dass sie mal in der Vergangenheitsform sprachen, mal sich so ausdrückten, als wäre Steiner noch am Leben.

»Hatte der Tote einen Kollegen, mit dem er sich die Arbeit teilte?«, wollte nun Genko wissen.

»Nein, das war nicht erforderlich. Wenn Steiner mal krank war oder Urlaub hatte, dann machte einer von meinen anderen Mitarbeitern den Dienst mit. Mehr war nicht notwendig.«

»Warum war dann überhaupt jemand speziell für diesen Raum zuständig?«

»Weil Steiner nun mal da war und er zu Beginn dieses Archiv vorwiegend alleine eingerichtet hat. Die aufgefundenen, unwichtigen Stasiakten hatte er zu katalogisieren und zu archivieren. Als das erledigt war, gab es für ihn keine andere Stelle. Für einen Pförtner oder Boten ist er in einer zu hohen Dienstgruppe, für die Arbeit hier oben in einer zu niedrigen Ausbildungsstufe. Er wurde damals von einem anderen Amt übernommen und ist seitdem unsere Kellerassel gewesen.«

»Übernommen ist gut«, fiel, durch die Nase schnaubend, Irena ein. »Abgeschoben haben sie diese Pfeife. Der war doch Legastheniker.«

»Sie haben aber keine allzu gute Meinung von Ihrem Ex-Kollegen?«, grinste Genko die adrette Frau an.

»Nee, hab ich auch nicht«, knirschte die Gefragte säuerlich. »Dieser Mistkerl hat doch wirklich jede Frau in unserer Abteilung angemacht, und das so richtig großkotzig.«

»Oh!«, entfuhr es Marietta. »Davon habe ich aber nichts bemerkt.«

›Das glaub ich dir, du farblose Spinatwachtel‹, sagte der Blick aus, den Irena Richtung Marietta abschickte und den Schlosser mitbekommen hatte. Er spürte die vorhandene Spannung fast körperlich.

»Was meinen Sie mit ›großkotzig‹?«, hakte er fein lächelnd nach.

»Na ja. Er gab an, was für ein toller Hecht er sei und dass er einen sogar ins Adlon einladen könnte. Es war absolut lächerlich. Der war menschlich und finanziell ein totaler Dünnbrettbohrer«, erläuterte Irena ihre vorherige Bemerkung.

»Stimmt«, pflichtete ihr nun auch ihre Vorgesetzte bei. »Bei seinem Gehalt, 'ner Vc-Stelle, da muss er schon eine ganze Weile stricken, bis er sich einen Abend in einem derartigen Nobelrestaurant leisten kann.«

»War Herr Steiner ein zuverlässiger Kollege?«

»Ja, das musste man ihm lassen. Er hat wirklich nie gefehlt, teilweise sogar auf seinen Urlaub verzichtet und war immer sehr früh anwesend. Deshalb konnte er auch kurz nach Mittag gehen. Umso erstaunlicher war es, dass er heute früh nicht zum Dienst erschienen ist. Er war auch nicht erreichbar und deshalb habe ich Irena gebeten, dort unten den Dienst zu übernehmen, denn gemäß Dienstanweisung muss immer eine Person für das Archiv C zuständig, wenn auch nicht unbedingt durchgehend anwesend sein«, erklärte Marietta.

»Da wir wohl davon ausgehen müssen, dass hier kein

Unfall, sondern Fremdverschulden vorlag, möchte ich Sie beide fragen, ob Herr Steiner Feinde hatte oder ob Sie jemanden kennen, dem Sie einen Mord zutrauen?«

Bedauernd schüttelten beide Frauen den Kopf.

»Wir mochten ihn zwar allesamt nicht, aber so etwas würde keiner machen. Dafür hatten wir viel zu wenig Kontakt mit ihm. Er war eher eine Art Einsiedler«, erläuterte Marietta ihre Geste noch zusätzlich.

»Genau. Bis auf seine bescheuerten Anmachversuche bekamen wir ihn, Gott sei Dank, kaum zu Gesicht. Deshalb fiel sein Wegbleiben auch nicht sonderlich auf«, verstärkte die Angestellte die Erklärungen ihrer Vorgesetzten.

Noch ehe weitere Fragen gestellt werden konnten, klopfte es an die Tür. Einer der Spurensicherer öffnete sie und streckte seinen Kopf in den Raum:

»Hier sind die Utensilien des Toten. Mehr hatte er nicht bei sich. Es befinden sich auch sämtliche Gegenstände aus seinem Mantel und der Aktentasche, die sich im Kleiderschrank befanden, in der Tüte.«

Bei diesen Worten reichte er Schlosser einen kleinen, durchsichtigen Plastikbeutel in den Raum und wollte schon wieder verschwinden, als dieser ihn zurückhielt:

»Einen Augenblick! Ich komme mal kurz mit raus.«

Mit ein paar schnellen Schritten stand er neben dem Spurensicherer auf dem langen Flur und fragte mit leiser Stimme:

»Habt ihr noch etwas Besonderes herausgefunden, Kollege?«

»Allerdings, Hauptkommissar«, nickte der Mann, »der Mann wurde zweifelsfrei ermordet. Wir haben die Sicherungsanlage der Regalreihen überprüft und festgestellt, dass die Alarmanlage an der drittletzten Reihe mit brachialer Gewalt außer Betrieb gesetzt worden ist, indem ganz einfach ein Kabel durchgeschnitten wurde. Man sah das auf den ersten Blick nicht, so dicht am Gehäuse befand sich der Schnitt. Dann muss der arme Mann mit voller Wucht in der Reihe zerquetscht und das Regal mit Gewalt blockiert worden sein.«

»Ich verstehe nicht, wie die Lücke ganz geschlossen werden konnte. Der Mann hätte doch wie eine Briefmarke platt gedrückt werden müssen?«, staunte Michael Schlosser.

»Das hatten wir auch gedacht und mussten feststellen, dass die aufgehängten Akten auf beiden Seiten doch so weit nachgeben, also weggedrückt werden können, dass ein schlanker Mensch, wie es der Tote ja war, sehr wohl auf diese Weise eingequetscht wird. Allerdings ist ein solcher Mensch dann absolut bewegungsunfähig, wie festgeklemmt«, antwortete der Spurensicherer.

»Kommen für die Tat auch eine oder mehrere Frauen infrage?«

»Nur wenn es sich um ausgesprochen kräftige weibliche Wesen gehandelt hat. Derjenige, der das Regal zufahren ließ, muss ganz erhebliche Kräfte aufgebracht haben, sonst funktioniert das nicht.«

»Gibt es Fingerabdrücke oder andere Spuren, die auf einen kräftigen Mann hindeuten?«

»Nichts! Wir haben wirklich nichts gefunden. Die Fingerabdrücke, die wir sicherstellen konnten, gehören mit ziemlicher Sicherheit zu dem Toten oder den beiden Damen, die ihn gefunden haben. Der oder die Täter müssen Handschuhe getragen haben. Der Arzt meinte übrigens, dass der Tod so vor zwei bis drei Tagen eingetreten sein muss. Genaueres weiß man, wie immer, erst nach der Obduktion.«

»Vielen Dank. Euren Bericht bekomme ich dann spätestens morgen.«

Der Spurensicherer eilte fröhlich summend davon. Er hatte jetzt erst einmal Feierabend. Schlosser ging nachdenklich in das Büro Mariettas zurück. Genko plauderte gerade ein wenig, um die verkrampfte Stimmung etwas aufzulockern.

»Was wissen Sie über den Personenstand des Toten, meine Damen? War er verheiratet? Hatte er Kinder? Wo wohnte er?«, fragte er die beiden Frauen und schaute sie erwartungsfroh an.

»Ich glaube, der war nicht verheiratet, hatte keine Kinder und wo er wohnte, wird wohl nur die ›Perso‹ wissen, Herr Kommissar«, antwortete bereitwillig Marietta und fuhr nachdenklich fort. »Vielleicht sollten Sie dort mal nachfragen. Die ist ganz oben in der sechsten Etage.«

»Das werden wir gleich machen. Was mich etwas verwundert, ist die Tatsache, dass, laut Ihrer Aussage, kein Mitarbeiter des Archivs die Tat ausgeführt haben wird. Also müsste der Täter ein Fremder gewesen sein. Es ist verwunderlich, dass man in dieses wichtige Gebäude scheinbar ohne weiteres unbeobachtet eindringen kann?«, resümierte Michael Schlosser mehr für sich selbst, als für die Anwesenden.

Trotzdem antwortete Irena augenblicklich, ihre Dienststelle verteidigend:

»Das stimmt so aber ganz und gar nicht, Herr Kommissar. Um das Gebäude oder gar die Archive selbst betreten zu können, müssen Sie einen gültigen Dienstausweis haben, der zugleich als Chipkarte benutzt wird, und diesen am Eingang durch einen Scanner ziehen. Darüber hinaus werden der gesamte Bau, alle Archivräume und Gänge durchgehend von Kameras beobachtet. Sie müssen nur mal in die Beobachtungszentrale unten im Erdgeschoss, gleich neben der Pförtnerloge, gehen und sich die Videoaufzeichnungen der vergangenen Tage anschauen.«

Verblüfft schaute er seinen Mitarbeiter an. Wenn das richtig war, dann musste der Mörder ja eine solche Chipkarte gehabt haben und der Mord aufgezeichnet worden sein. Genkos Blick sagte ihm, dass dieser denselben Gedanken hatte.

»Sakra! Vielen Dank, meine Damen. Wenn wir noch Fragen haben, melden wir uns wieder. Sollte Ihnen noch etwas einfallen, rufen Sie uns einfach an. Auf Wiedersehen.«

Diese kurze Abschiedsfloskel Genkos zeigte ihm sehr deutlich, wonach diesem jetzt der Sinn stand. Er wollte augenblicklich in die Beobachtungszentrale.

Einige Minuten später standen sie in dem kleinen Raum. Zwei Männer saßen vor einer großflächigen Monitorwand und schauten betont aufmerksam auf die zahlreichen Bildschirme. Schlosser war überzeugt davon, dass sie jetzt, wo das Kind schon in den Brunnen gefallen war, versuchten, durch Übereifrigkeit ihre Unaufmerksamkeit der vergangenen Tage zu vertuschen.

»Mahlzeit, meine Herren«, eröffnete er die Befragung, nachdem er lässig seinen Dienstausweis in die Höhe gehalten hatte. »Können Sie mir bitte kurz das hiesige Beobachtungssystem erläutern?«

Bereitwillig antwortete einer der beiden Wachleute, scheinbar der Chef:

»Äh, ja. Der gesamte Gebäudekomplex außen, sowie

im Gebäude selbst die Gänge und Archive werden durchgehend durch unsere Kameras beobachtet und sämtliche Vorgänge, äh, per Video aufgezeichnet. Die Büros und Sanitärräume sind hiervon ausgenommen. Die Bänder, äh, es handelt sich um spezielle Maxibänder, äh, können sieben Tage ununterbrochen bespielt werden. Das ist durch eine Mehrspurtechnik und eine sehr langsame Rotationsgeschwindigkeit möglich. Äh, ja. Obwohl es auf Kosten der Aufzeichnungsqualität geht, ist immer noch alles, äh, hinreichend gut zu erkennen.«

»Welche Monitore zeigen das Archiv C und können wir uns dann sofort die Aufzeichnungen der vergangenen Tage, speziell ab letzten Freitag und diesen Raum betreffend, anschauen?«

Der Wachmann nickte nur ergeben, zeigte auf zwei Monitore, welche ganz rechts außen und weit unten angebracht waren. Interessiert betrachtete Schlosser die Monitorwand. Fast alle Geräte zeigten nahezu die gleichen Bilder: Archive, aus zwei Perspektiven aufgenommen und allesamt in ähnlichen Beleuchtungsstufen. Kaum bewegte Bilder. Stinklangweilig. Wenige Monitore zeigten Flure und den Außenbereich. Dort liefen dagegen spannende Sendungen ab und zogen die Aufmerksamkeit des Betrachters fast automatisch auf sich. Schlosser ahnte nun, warum die Männer die Vorgänge im Archiv C. nicht mitbekommen hatten.

Der Wachmann nahm eine Kassette aus dem einen Gerät heraus und steckte sie in ein anderes. Danach schaltete er einen zusätzlichen Bildschirm ein und spulte das Videoband zurück.

»Äh, ja. Wie viele Tage soll ich zurückfahren, Kommissar?«, wollte er wissen.

»Drei Tage müssten genügen«, antwortete Genko gedehnt und setzte sich auf einen der freien Stühle. Auch Michael Schlosser zog sich einen Stuhl heran, setzte sich, sein linkes Bein weit von sich gestreckt, und wartete.

Mehrmaliges Klicken und der Bildschirm flackerte auf. Der Archivraum mitsamt Schreibtisch und Eingangstür war sehr gut zu erkennen. Die Kamera musste in der linken oberen Ecke des Saales angebracht sein, schlussfolgerte Schlosser anerkennend. Am Schreibtisch saß ein zierlicher Mann mit schütterem Haar, las und blätterte in einer Akte. Wenn er den Kopf bewegte, blitzten die Gläser einer dunkel geränderten Brille kurz auf.

»Wissen Sie, wer das dort ist?«, fragte Genko.

»Das ist der Archivar. Wie er heißt, wissen wir nicht, aber der ist immer dort. Er stöbert immerzu in den Regalreihen herum und liest oft stundenlang, äh, hintereinander in den Akten. Manchmal schreibt er sich auch etwas auf oder macht etwas an seinem Computer. Äh, ja. So geht das schon, seitdem ich hier Dienst schieben muss, äh, und das sind schon mehr als fünf Jahre. Äh, ja. Wie Sie, äääahhh, hier unten in der Ecke des Bildschirms erkennen können, äh, war das vor drei Tagen um acht Uhr morgens. Äh, ja.« Deutlich konnten sie das Datum und die Uhrzeit ablesen.

»Haben Sie auch einen schnellen Vorlauf mit Bild?«

Ohne zu antworten, drückte der Mann auf eine Taste und die Zeit auf dem Bildschirm jagte mit erheblicher Geschwindigkeit davon. Der Archivar, bei dem es sich eindeutig um Steiner handelte, blieb trotzdem fast unbeweglich.

»Halt! Stopp!«, rief plötzlich Genko.

Die Tür hatte sich geöffnet und ein Mann, bekleidet mit einem langen, dunklen Mantel und einer tief in das Gesicht gezogenen Baseballkappe war eingetreten. Sofort drückte der Wachmann auf eine andere Taste und die Geschwindigkeit der Bilderfolge kam wieder normal auf den Bildschirm.

»Wurden auch Geräusche aufgenommen?«, wollte Michael Schlosser wissen.

»Nein, leider nicht. Äh, ja. Es werden nur Bilder in Schwarz-Weiß aufgezeichnet.«

»Schade«, zischte Genko leise vor sich hin.

Der Mann, der den Raum betreten hatte, war ein wahrer Hüne und bewegte sich in fast schon bedächtiger Geschwindigkeit.

»Äh ..., der hat ja ein Kreuz wie ein Schwergewichtsboxer«, stellte der Wachmann unnötigerweise fest und betrachtete weiterhin gebannt die Vorgänge auf dem Monitor. Dieser Meinung konnte sich Schlosser nur anschließen.

Der Hüne, der seinen Kopf unentwegt gesenkt hielt, so dass sein Gesicht nicht zu sehen war, schien sehr intensiv auf den kleinen, schmächtigen Kerl einzureden. Plötzlich, ohne Vorwarnung, gab er Steiner einen Klaps mit einer behandschuhten Hand auf den Hinterkopf, der kräftig genug war, dass das schmächtige Männchen beinahe auf den Schreibtisch gefallen wäre. Kurz darauf gab es noch einen Klaps. Steiner schien danach so eingeschüchtert zu sein, dass er mit den Händen seinen Kopf zu schützen versuchte und nahezu unentwegt nickte. Der Hüne notierte sich etwas auf einem Zettel, steckte diesen lässig in seine Manteltasche und streckte danach einen Arm aus, der deutlich den langen Gang entlang, vorbei an den Regalreihen zeigte. Steiner setzte sich daraufhin zögerlich in diese Richtung in Bewegung. Kurz danach waren beide aus dem Blickwinkel verschwunden.

»Gibt es noch eine andere Kameraeinstellung von diesem Raum?«, fragte Genko, sichtlich enttäuscht.

»Äh. Ja. Allerdings. Jeder Archivraum wird durch zwei Kameras observiert, damit, äh, auch wirklich alles eingesehen werden kann. Nur in die Regalreihen können wir nicht hineinschauen. Äh, ja. Die Kameras befinden sich jeweils im gegenüberliegenden, oberen Eck des Raumes.«

Bei diesen Worten nahm der Wachmann eine weitere Kassette aus einem anderen Aufzeichnungsgerät, steckte sie in ein Abspielgerät, schaltete einen Monitor zusätzlich ein, spulte geübt die Kassette zurück und hatte nach kurzer Zeit die Fortsetzung der Ereignisse auf dem Bildschirm.

Schleppend ging Steiner den Gang entlang und der Hüne verschob scheinbar mühelos eine Regalreihe nach der anderen, bis sie die vorletzte erreicht hatten. Steiner blieb kurz davor stehen und schien nochmals mit dem Hünen zu diskutieren. Dieser hob nur kurz seine rechte Hand, und schon begab sich der dürre Mann in den Gang und damit aus dem Sichtfeld der Kamera. Der Hüne war während der gesamten Aufzeichnung durchwegs nur von vorne zu sehen gewesen. Er hielt den Kopf immer noch so tief gesenkt, dass nicht eine Sekunde auch nur Bruchteile seines Gesichts zu erkennen waren.

Michael Schlosser war enttäuscht.

»Es sieht fast so aus, als wüsste der Mann, dass er gefilmt werden würde«, fluchte Genko leise vor sich hin, steckte sich den kleinen Finger seiner rechten Hand in sein rechtes Ohr und drehte ihn kräftig hin und her.

Einige Zeit später schien der Hüne etwas von dem

Mann im Gang entgegenzunehmen. Mit einer schnellen Bewegung schob er den Gegenstand unter seinen langen Mantel. Michael Schlosser hatte trotz der hohen Geschwindigkeit noch erkennen können, um was es sich gehandelt haben musste: Es war eine sehr umfangreiche Akte gewesen.

Danach gab es wohl eine Diskussion. Schlosser sah nur den breiten Rücken des Hünen und erkannte sogar durch die dicke Kleidung, dessen kräftiges Spiel der Rückenmuskeln. Kurze Zeit später sah es so aus, als hätte der Hüne den Archivar noch einmal tief in den schmalen Gang hinein geschickt, denn er zog sich selbst wieder vollständig aus dem schmalen Gang zurück und schien auf etwas zu warten.

Erschreckend schnell, ohne Vorwarnung und mit größter Gewalt riss der Hüne plötzlich an dem schweren Drehgriff, mit dem die Regalreihe bewegt werden konnte, sodass diese mit Wucht den schmalen Gang, in dem sich Steiner befand, verschloss. Mit noch größerer Kraftanstrengung hielt er offensichtlich den Griff fest und trat mit voller Kraft mit dem Hacken seines rechten Schuhs auf den Feststellhebel, der sich auf Bodenhöhe befand. Bei dieser explosionsartigen Aktion, bei der Steiner wie eine Fliege zwischen den Akten eingeklemmt worden sein musste, begann eine flache, rote Leuchte, welche an der Stirnseite des Regals in etwas über zwei Meter Höhe angebracht war, zu blinken. Sichtlich überrascht drehte sich der Hüne nach der Lampe um und riss den Kopf hoch, schien, wie es seine Lippenbewegungen erahnen ließen, zu fluchen und fuhr mit der Hand in seine Manteltasche. Mit affenartiger Geschwindigkeit holte er ein kleines Springmesser heraus, ließ die Klinge herausfahren und strich mit einer kurzen Bewegung dicht unter der Warnlampe entlang. Das blinkende Licht erlosch augenblicklich. Sofort nahm der Hüne wieder den Kopf nach unten, ließ das Messer in seiner Manteltasche verschwinden, drehte an einem Drehgriff nach dem anderen und fuhr so die Regalreihen nach rechts, bis sämtliche dicht geschlossen waren. Selbst wenn Steiner nach kurzer Zeit gefunden worden wäre, hätte er kaum noch eine Überlebenschance gehabt, davon war Schlosser in diesem Moment überzeugt.

»Fahren Sie bitte einmal bis zu der Stelle zurück, an der unser Mörder den Kopf hochnimmt und halten Sie das Band kurz an«, forderte er den Wachmann auf.

Dieser benötigte einige Minuten, bis er die entsprechende Stelle gefunden hatte. Die Qualität der Aufnahme war zwar nicht allzu perfekt, aber man konnte das Konterfei des Täters doch einigermaßen gut erkennen. Er hatte ein schmales, herbes Gesicht, ungewöhnlich eng zusammenstehende Augen, eine kleine Nase, sowie leicht vorstehende Wangenknochen. Das Alter durfte so bei Mitte dreißig liegen. Das war alles.

»Löst denn ein Alarm an einer Regalreihe hier im Wachraum keinen Alarm aus?«, stutzte Michael Schlosser und schaute die beiden Wachmänner streng an.

»Nein, die sollen nur vor falscher Benutzung direkt im Raum warnen, mehr nicht«, antwortete diesmal der Wachmann, der bisher noch kein Wort gesagt hatte.

»Das ist ja toll«, resümierte Michael Schlosser. »Ein brutaler Mord spielt sich direkt vor Ihren Augen ab, wird vollständig aufgezeichnet und Sie bekommen nichts mit, meine Herren. Können Sie mir das bitte einmal plausibel erklären?«

Eindeutig verlegen blickten die beiden Wachmänner nach unten und schienen sehr aufmerksam ihre Fingernägel zu betrachten.

»Äh, ja. Das kann schon mal passieren, Herr Kommissar. Wie Sie sehen, geschah die Tat zwischen 10.00 Uhr und 10.15 Uhr, äh, und das ist genau unsere Pausenzeit. Mein Kollege hat in dieser Zeit kurz etwas zu trinken aus der Kantine geholt und, äh, ich habe eine Kleinigkeit gegessen. Äh, ja. Außerdem war hier bei uns noch nie etwas los, äh, und wer sollte schon ahnen, dass ...«

Schlosser tat der Mann leid, als dieser verunsichert seine Rechtfertigung unterbrach. Er wusste, dass demnächst ein Disziplinarverfahren auf die beiden Wachleute zukommen würde und dass sie Schwierigkeiten zu erwarten hatten. Eine derartige Publicity mochte die Geschäftsleitung bestimmt nicht.

»Schauen Sie, äh, nicht so unglücklich drein, äh, meine Herren, äh«, beruhigte sie Genko ein wenig und lachte spitzbübisch auf. »Äh, ja! Wir haben den Täter in kürzester Zeit, äh, da wir ja sein Konterfei auf Band haben, äh, uns nur ein Bild von ihm ausdrucken, äh, müssen und schon wissen wir, äh, um wen es sich handelt. Äh, ja. Alles Weitere ist für uns ein Kinderspiel. Äh, ja, äh.«

Die beiden Wachleute schauten Genko sichtlich irritiert an und Michael Schlosser zog seine breite Stirn kraus:

»Wie kommst du denn zu dieser Schlussfolgerung, Genko?«

»Ganz einfach! Dass der Alarm an der Regalreihe vom Täter nicht vorhergesehen wurde, konnte man doch wunderbar an der Reaktion erkennen. Hatte er bis zu diesem Zeitpunkt offensichtlich penibel darauf geachtet, dass sein Gesicht von der Kamera nicht erfasst werden konnte, ruckte es deshalb kurz hoch und wir haben es nun einigermaßen gut auf dem Monitor. Dadurch sind wir jetzt in der Lage, den Mann zu identifizieren und festzunageln.«

»Und sagt uns das Konterfei auch, warum er Steiner umgebracht hat?«, hakte Schlosser lächelnd nach.

»Aber nein, Chef. Das holen wir dann schon aus dem Täter direkt heraus«, schien sich Genko absolut sicher zu sein.

Sie betrachteten sich anschließend noch den weiteren Tathergang. Der Hüne begab sich, nachdem er sämtliche Regalreihen wieder verschlossen hatte, noch einmal an den Arbeitsplatz Steiners, öffnete dort kurz den Kleiderschrank, nahm etwas heraus, schmiss die Tür des Schranks wieder zu und verließ, ohne sich noch einmal umzuschauen, den Raum.

»Was hat er denn da eingesteckt?«, schüttelte Genko den Kopf. Selbst auf Standbildern war nichts zu erkennen gewesen.

Schlosser zuckte nachdenklich mit den Schultern. Als sie anschließend die Aufnahmen betrachteten, die den Mörder beim Betreten und Verlassen des Gebäudes zeigten, musste er erstaunt feststellen, dass sich der Mann in dem Gebäude und der Gepflogenheit seiner Mitarbeiter ausgezeichnet ausgekannt haben musste und zudem noch einen Dienstausweis besaß. Wie ein Angestellter zog er diesen beim Betreten und Verlassen des Gebäudes durch den Kartenleser. Trotzdem hatte der Hüne den Kopf stets gesenkt gehalten, das Gebäude immer unauffällig im Schatten einiger Leute betreten und war auch nach seiner Tat mit tief geneigtem Kopf wieder verschwunden. Der Mann wirkte wie ein Profi.

Michael Schlosser nahm sämtliche Aufzeichnungskassetten, immerhin mehr als drei Dutzend, mit, um sie weiter auszuwerten zu lassen.

Anschließend begab er sich, gemeinsam mit seinem Mitarbeiter zur Personalabteilung der Birthler-Behörde. Dort brachte er in Erfahrung, dass über 600 Mitarbeiter mit einem Chipkartendienstausweis ausgestattet waren. Noch vor Ort konnte Schlosser die Hoffnung begraben, dass der Mörder ein Mitarbeiter der Birthler-Behörde war. Sehr schnell hatten er und Genko alle infrage kommenden Bilder der Mitarbeiter gesichtet. Es gab niemanden, der auch nur eine entfernte Ähnlichkeit mit dem Archivmörder aufwies und es hatten sich keine Anhaltspunkte für eine geschickte Verkleidung ergeben.

Über das Opfer erfuhr er, dass dieses in der Tat unverheiratet war und laut Steuerkarte keine Kinder hatte, aus Suhl stammte und in einem Monat einundvierzig Jahre alt geworden wäre. Im Zuge der deutschen Einheit war der Mann von einer untergeordneten Berliner Gesundheitsbehörde der ehemaligen DDR direkt in das Birthler-Archiv gewechselt, wo er seitdem seinen Dienst versehen hatte. Als Wohnanschrift war der Chamissoplatz 25 in Kreuzberg verzeichnet.

3

Die Luft war an diesem Nachmittag, immerhin Herbstanfang, angenehm lau. Den Himmel, der zwischen den Häuserschluchten der inzwischen ziemlich maroden Altbauten aus der Jahrhundertwende vom 19ten zum 20zigsten Jahrhundert, nur sehr begrenzt zu sehen war, zeigte ein strahlendes Blau. Da der Sommer ausgesprochen heiß und trocken gewesen war, fielen um diese frühe Herbstzeit bereits die meisten Blätter von den Bäumen, die während der gesamten Sommermonate kein zusätzliches Wasser erhalten hatten. Der Senat von Berlin hatte mal wieder sparen müssen.

Genko suchte schon seit mehr als fünf Minuten nach einem geeigneten Parkplatz in der Nähe des Chamissoplatzes und stellte sich zuletzt verärgert mitten ins Halteverbot.

»Wir sind ein Staat von Geboten, Verboten, Anordnungen, Erlassen und Regeln geworden, die unser Leben mehr behindern, als dass sie das Zusammenleben erleichtern. Wie soll man da eigentlich arbeiten?«, grummelte er vor sich hin, während Hauptkommissar Schlosser schmunzelnd ausstieg und einen musternden Blick auf die Nummer 25 warf.

Das Gebäude hatte seine letzte Totalsanierung schon mehr als vierzig Jahre hinter sich, das sah man ihm an. Dies galt, wie er schnell feststellen konnte, auch für sämtliche umliegenden Häuser. Eigentlich eine schöne, stilgerechte Bebauung, wenn der Pflegezustand besser gewesen wäre. Eine feine Wohnadresse war das hier mit Sicherheit nicht mehr, was sich auch an dem herumlungernden Publikum deutlich erkennen ließ.

Als sie den mit Stuckfragmenten ornamentierten Hausflur betraten, konnte Schlosser dem stillen Portier entnehmen, dass Marten Steiner, in der obersten Etage des Vorderhauses gewohnt hatte. Stöhnend stieg er die knarrenden Treppen bis in den vierten Stock, um feststellen zu müssen, dass Steiner noch eine Etage höher wohnte. Offensichtlich hatte er dort eine ausgebaute Dachwohnung gemietet. Also erklomm er gottergeben auch noch die letzten Stufen und bald standen sie vor der Wohnungstür. Genko hatte bereits den Wohnungsschlüssel, der bei den Sachen des Toten gefunden worden war, in der Hand und wollte aufschließen, als ihm ein leiser Pfiff entfuhr: »Sakra! Hier war schon einer schneller als wir, Chef«, stellte er sachlich fest, beugte sich dicht an das Schloss und begutachtete es sehr genau. »Die Tür wurde mit einem Kuhfuß aus dem Schloss gedrückt und mit einem knackigen Fußtritt nach innen aufgebrochen. Das morsche Holz wird kaum einen ernsthaften Widerstand geleistet haben«, erkannte er fachmännisch und schob die Tür mit den Fingerspitzen vorsichtig auf.

Nach einem kurzen Blick gab Schlosser seinem Mitarbeiter Recht. Als er den kleinen, quadratischen Flur betrat und das Licht anknipste, musste er erkennen, dass der Einbrecher rohe Gewalt angewandt haben musste, denn zwei Horizontalsperren aus Stahl waren aus den Lagern gebrochen und lagen auf dem Boden.

»Sollte dieser Einbruch etwa ebenfalls auf das Konto unseres Hünen gehen?«, fragte er sich und untersuchte kurz die Eisenstangen und deren Halterungen. »Das muss ja mächtig gescheppert haben, als der Einbrecher die Tür durchbrochen hat? Der muss doch das gesamte Haus auf sich aufmerksam gemacht haben?«, vollendete er laut.

»Aber nicht in dieser Gegend, Chef«, widersprach ihm Genko kopfschüttelnd. »Am Tage sind die meisten Bewohner ausgeflogen und wenn doch jemand im Haus war, dann kümmern sich diese Leute hier mit Sicherheit nicht um die Belange ihrer Mitbewohner. Das ist hier keine Mittelstandsbürgergegend, Chef, wo neugierige Nachbarn über neugierige Nachbarn wachen und ratschen. Wenn es wirklich der Mörder war, dann muss er vor seinem Mord hier eingedrungen sein, sonst hätten wir bestimmt nicht den Wohnungsschlüssel bei den Sachen Steiners gefunden. Vielleicht hat der Mann hier etwas gesucht und es nicht gefunden?«

»Da könntest du allerdings Recht haben, Genko«, gab er achselzuckend zu und schaute sich gründlich um. Die Dieleneinrichtung schien Steiner bei Sperrmüllaktionen eingesammelt zu haben. Neben einer windschiefen, hölzernen, dunkelbraun angemalten Garderobe gab es noch einen Schirmständer und einen veralteten Jahreskalender, der direkt am Eingang hing. Sonst nichts. Es roch miefig.

Mit spitzen Fingern, um keine Spuren zu verwischen, obwohl er an deren Vorhandensein ohnehin nicht glaubte, öffnete er die Tür zur Linken. Dahinter verbarg sich ein kleines, fast noch primitiver und hässlicher als der Flur eingerichtetes Zimmer. Der nächste Raum in dieser Richtung war ein winziges Schlafzimmer. Neben einem windigen Kleiderschrank, in dem einige wenige Kleidungsstücke hingen und lagen, stand ein Großmutterbett mit Nachttischchen, auf dem eine defekte Lampe lag. Das

Bettzeug schien schon etliche Monate nicht mehr gewechselt worden zu sein und lag kräftig zerknittert unordentlich auf dem Bett. Einige geschmacklose Poster aus den Sechzigerjahren zierten den Raum. Die verdreckten Gardinen und Deckenleuchten vervollständigten den herunter gekommenen Eindruck. Das Bad und eine winzige Küche passten sich diesem Ambiente perfekt an.

Briefe oder Postsendungen, egal welcher Art, waren in keinem Raum zu entdecken. Mehrere zerfledderte Romane und Pornoheftchen lagen neben dem Bett.

Der Einbrecher, der sich die große Mühe des Eindringens gemacht hatte, musste eine absolute Niete gezogen haben. Oder hatte er etwas ganz anderes gesucht?

»Verdammich! Wie es hier so aussieht, würde ich glatt sagen, dass Steiner hier unmöglich gewohnt haben kann«, stellte Genko fest und zog seine Nase kraus.

»Allerdings und es ergibt auch keinen Sinn«, vervollständigte Michael Schlosser den Gedankengang seines Mitarbeiters. »Der Einbrecher, wenn es der Archivmörder war, und davon gehe ich jetzt erst einmal aus, hat sich offensichtlich sehr gründlich über die Gepflogenheiten in der Birthler-Behörde erkundigt, um seinen brutalen Mord unerkannt begehen zu können und hier sollte er so daneben gelegen haben. Hier ist etwas oberfaul, Genko. Oberfaul, sage ich!«

»Umso wichtiger wird es sein, dass wir anhand der Videoaufnahmen den Mörder finden und ausquetschen, Chef«.

Schlosser ging, immer wieder den Kopf schüttelnd, in die Diele zurück und wollte schon die Wohnung verlassen, als ihn Genko zurückrief und auf eine kräftige, senkrecht verlaufende Schramme in einer der Flurwände, in etwa auf Bauchhöhe zeigte. Er überlegte kurz, ob sich eine noch genauere Musterung in dieser primitiven Behausung überhaupt lohnte, als seine, durch jahrelange Berufserfahrung gesteigerte Neugier siegte. Widerstrebend näherte er sich der geschmacklosen, fett geblümten Tapete und begann sie intensiv zu betrachten.

»Verdammt, Genko!«, rief er seinem Mitarbeiter aufgeregt zu. »Schau dir das mal an!«

Er war völlig aus dem Häuschen. Beim genaueren Hinsehen hatte er festgestellt, dass es sich an dieser Stelle um eine so genannte, gut getarnte Tapetentüre handeln musste, die, wie es die Spuren zeigten, von dem Einbrecher aufgebrochen worden war. Nur dadurch waren jetzt die Umrisse der Tür zu erkennen. Zuerst ganz leicht und vorsichtig, dann mit mehr Kraft versuchte er diesen Durchgang aufzudrücken. Es funktionierte nicht. Als Nächstes zog er ein dickes Schweizer Messer aus der Tasche, klappte eine schmale Klinge auf, steckte sie in den schmalen Spalt, den der Einbrecher erzeugt haben musste und versuchte die Tür nach innen, Richtung Diele aufzuziehen. Mühelos ließ sie sich öffnen und gab einen, knapp einen Meter breiten und gut zwei Meter hohen, Durchgang frei.

»Schau, schau«, murmelte er und trat in den neu entstandenen Raum.

Wie vom Donner gerührt blieb er im Eingang stehen. Genko, der nicht an ihm vorbeikam, schob ihn kräftig vorwärts, um ebenfalls einen Blick zu erhaschen, und auch er starrte mit aufgerissenem Mund und ungläubigem Blick in das Zimmer.

Zu sagen, dass es sich um das Gegenteil der anderen Räume handeln würde, hätte Schlosser als die Untertreibung des Jahrhunderts betrachtet. Der große Raum protzte nur so von kostbaren Möbelstücken und Accessoires. Die Bilder an den Wänden hätten in jeder Gemäldegalerie dieser Erde einen Ehrenplatz gehabt. Die Sitzmöbel waren aus wertvollstem Tropenholz, bezogen mit feinsten Stoffen.

Geschmackvoll zusammengestellt fand er die Einrichtung beim besten Willen nicht, aber mit Sicherheit sehr wertvoll. Er öffnete eine weitere Türe, die von dem noblen Raum abging und befand sich in einem größeren Arbeitsraum, der nicht minder prunkvoll eingerichtet war. Dahinter schloss sich ein Ankleidezimmer nebst Schlafraum an. Ein Bad und eine Küche, die sie noch entdeckten, komplettierte die perfekte Wohnung.

»Sakra! Das is'n Ding!«, rief Genko aus, als sie die erste flüchtige Inspektion hinter sich hatten. »Dieser Steiner scheint ein Doppelleben geführt zu haben. Die schäbige Wohnung nebenan sollte wohl sein offizielles Leben zeigen. Hinter der geheimen Tapetentür liegt sein anderes Leben, das eines offensichtlich ungemein reichen Mannes.«

»Stimmt«, pflichtete Schlosser ihm nachdenklich bei, »und es gibt den Worten seiner Kollegin, dieser Irena, nachhaltig einen Sinn. Steiner hätte sie spielend in das Adlon einladen können. Was mich nun nur interessiert, ist: Woher hatte dieser Mann seinen Reichtum? Wer hat hier die Wohnung aufs Gründlichste durchsucht? Hat er gefunden was er wollte? Liegt in dem Reichtum Steiners oder der Erlangung des Vermögens das Tatmotiv verborgen?«

Seine Fragen verhallten unbeantwortet im Raum. Überall waren deutliche Spuren einer intensiven Durchsuchung auszumachen. Schubladen standen halb geöffnet, Schränke waren durchwühlt und deren Inhalt teilweise auf dem Boden verstreut worden. Ein schwerer, in einer Wand eingelassener, voluminöser Safe stand offen, vom Inhalt fehlte jede Spur. Im selben Raum gab Schlosser das Vorhandensein eines Computerbildschirms und eines Farblaserdruckers Rätsel auf: Die Zentraleinheit, also der Rechner selbst oder irgendwelche Datenträger fehlten. Die Verbindungskabel lagen lose verteilt auf dem wertvollen Teppichboden herum.

»Also um einen räuberischen Einbruch handelte es sich eindeutig nicht«, stellte Genko sachlich fest und kratzte sich am Hinterkopf. Seine Augen sprangen flink von Gegenstand zu Gegenstand im Arbeitszimmer. »Geld habe ich zwar keines gefunden, aber unzählige kleine, äußerst wertvolle Pretiosen, die leicht mitzunehmen und zu verscherbeln gewesen wären, liegen noch haufenweise herum.«

Michael Schlosser untersuchte während dieser Feststellung gerade den geöffneten Tresor und meinte kopfschüttelnd:

»Der Einbrecher muss sowohl die Kombination, als auch einen Schlüssel besessen haben, denn ich kann keine Spuren von Gewalteinwirkung feststellen. Ich könnte mir gut vorstellen, dass die Notiz, die sich der Mörder im Archiv machte, die Zahlen dieser Kombination darstellten. Außerdem scheint er den Computer und irgendwelche Datenträger mitgenommen zu haben, weil es davon auch keine zu geben scheint. Demnach müsste der Mann sogar in kürzester Zeit zwei Mal hier gewesen sein. Als er beim ersten Mal nicht das gefunden hat, was er zu finden hoffte, besuchte er Steiner im Archiv, nahm ihm die Tresorschlüssel und irgendeine Akte ab, ermordete ihn und kam noch mal hierher um den Tresor auszuräumen. Er schien irgendwie ganz auf Nummer sicher gegangen zu sein und war scheinbar bestens über das Mordopfer informiert.«

»Gut dass wir das Konterfei des Täters haben, Chef«, warf Genko sichtlich erleichtert ein, »damit haben wir ihn ganz schnell eingefangen.«

»Hhmmm«, brummte Michael Schlosser unzufrieden vor sich hin. »Das wäre mir zu glatt. Hier steckt mehr dahinter.«

Als Nächstes ging er wieder in den ersten Raum und schaute sich den Inhalt einer großen Glasvitrine an, die vermutlich aus dem neunzehnten Jahrhundert stammte und bestaunte eine kleine Sammlung von Sportpokalen. Er konnte sich nur schwer vorstellen, dass der Ermordete irgendwelche Siegerpokale errungen haben könnte. Vielleicht in seiner Jugendzeit einmal. Dieser Schrank war das einzige Behältnis, welches von dem Einbrecher scheinbar nicht angerührt worden war. Vermutlich weil es durchsichtig war und sich nichts Interessantes darin befand. Vorsichtig öffnete er die Schranktür, nahm einen der größeren Pokale heraus und las mit großem Erstaunen:

2. Platz
Grotemann-Einladungsturnier 2004
Chapman-Vierer
Golfclub Grunewald

Das war ja erst vor nicht allzu langer Zeit. Das hatte er nicht erwartet.

»Hast du schon irgendwo Fotos von Steiner gefunden, Genko?«, brüllte er in Richtung Arbeitszimmer.

»Ja, allerdings!«, kam es nicht minder laut aus dem Raum zurück. »Stell dir mal vor, Chef, der Steiner scheint sogar Golf gespielt zu haben. Ich habe hier eine Aufnahme entdeckt, auf der er mit Golfschlägern zu sehen ist. Allerdings von Golfkleidung und Golfschlägern ist hier in der Wohnung nichts zu finden. Ich packe einfach mal alle Bilder und Unterlagen ein, die können wir dann im Büro auswerten. Einverstanden?«

Als er seinen Mitarbeiter das Wort Golfschläger brüllen hörte, sträubten sich ein wenig seine Nackenhaare und er spürte plötzlich wieder einen ziehenden Schmerz in seinem linken Knie. Durch einen Schlag mit einem Golfschläger war es vor Jahren zerschmettert worden. Ein Frauenmörder hatte sich der Festnahme zu entziehen versucht und auf ihn mit solch einem Sportgerät eingedroschen. Es hätte fast sein berufliches Aus zur Folge gehabt. Seit dieser Zeit zog er dieses Bein etwas nach – wenn es schmerzte, auch stärker. Es hatte ihn launisch, manchmal sogar ungerecht und ziemlich unbeliebt gemacht und ihm bei seinen Kollegen den heimlichen Beinamen ›Hinkebein‹ eingetragen. Nur sein Mitarbeiter Genko schien davon unberührt geblieben zu sein.

»Ja, einverstanden!«, rief er ihm zu. »Wir sollten die Spurensicherung rufen und es für heute genug sein lassen.«

Sie durchstöberten die Räume noch so lange, bis die angeforderten Mitarbeiter angekommen waren. Danach zogen sie sich zurück. Der Fall schien so einfach und irgendwie doch sehr kompliziert zu sein.

4

Am folgenden Tag durchforstete Genko gemeinsam mit einem Heer von Mitarbeitern Berge von Digitalfotos, um den Mörder Steiners zu identifizieren, während Michael Schlosser begann, sich sämtliche Videobänder, die er aus der Birthler-Behörde mitgenommen hatte, anzusehen und akribisch jede Uhrzeit zu notieren, die den hünenhaften Mörder in der Birthler-Behörde zeigte, wie dieser einen Dienstausweis durch einen Kartenleser zog. Schlosser bedauerte es sehr, dass er nur Aufzeichnungen der letzten vier Tage vor dem Mord zur Verfügung hatte, da er überzeugt war, dass der Mann schon einige Tage länger in der Behörde alles Wichtige ausspioniert haben musste, so sicher wie dieser sich laut Aufzeichnungen bewegte. Jeden Tag hatte der Hüne zu einer anderen Zeit die Behörde betreten und wieder verlassen. Manchmal mehrmals am Tag. Stets hatte er den Kartenleser im Foyer benutzt. Immer wieder sah Schlosser den Mann im Lesesaal und in der Nähe des Archivs C. Stets war er in der Kantine gewesen, wenn auch Steiner dort erschien. Nie hatte er ihn angesprochen. Häufig war er seinem Opfer wie zufällig gefolgt. Manchmal sogar ganz nahe gewesen. Nie hatte er in eine der Kameras geblickt.

Nachdem sich Schlosser völlig sicher war, sämtliche Uhrzeiten gewissenhaft notiert zu haben, suchte er in den Habseligkeiten des Toten erneut nach dessen Dienstausweis, konnte ihn aber trotz gründlichster Suche nicht aufspüren. Danach gab er die Bänder in einer Spezialabteilung zur weiteren Untersuchung ab und fuhr wieder zum Tatort. Dort wurde er auf seinen Wunsch hin sofort in den Überwachungsraum geführt.

»Ich benötige Ihre Hilfe, meine Herren«, leitete er freundlich das Gespräch ein. »Ich habe hier die sekundengenauen Zeiten, zu der unser Mörder irgendeinen Dienstausweis Ihrer Behörde im Foyer benutzt hat. Können Sie mir sagen, ob Sie mit diesen Daten den Namen, der sich hinter diesem Ausweis verbirgt, herausfinden können?«

Ratlos blickten ihn die beiden Wachmänner an. Sie konnten ihm nicht helfen. Enttäuscht begab er sich in die Personalabteilung und wiederholte dort seine Frage. Erst ein eilends herbeigeholter EDV-Spezialist konnte ihm weiterhelfen:

»Wir benutzen die Dienstausweise neben dem Sicherheitsaspekt unter anderem auch als Arbeits- und Anwesenheitsnachweise. Wenn jemand kommt und das Gebäude betritt, wird das in seine Arbeitszeitliste automatisch eingetragen, wenn er das Gebäude verlässt, wird er wieder ausgetragen. Betritt oder verlässt er einen speziellen Raum, wird das registriert, benutzt er einen Computer, wird sogar das erfasst. So wissen wir immer, wer gerade wo und wie viel arbeitet.«

Der Spezialist war sichtlich stolz auf diese Errungenschaft der Technik, stellte Schlosser schmunzelnd fest und hakte nach: »Da ja alles sekundengenau erfasst wird, können Sie jetzt bestimmt sofort sagen, wer sich letzten Freitag um 9:56 Uhr und 12 Sekunden im Foyer eingeloggt hat? Oder?«

Der Mann gab ihm einen Wink, ihm in das Nachbarzimmer zu folgen. Dort setzte er sich vor einen Computer, tippte eine Kette von Zahlen und Buchstaben ein, grunzte zufrieden auf und verkündete das Resultat:

»Friedhelm Faltmann, 35 Jahre alt, Aktenbegleiter, verheiratet, zwei Kinder, seit knapp zwei Wochen kr...«

Der Spezialist sprach nicht mehr weiter, riss die Augen auf und schaute den Hauptkommissar mit offenem Mund an.

Als dieser den Blick des Mannes sah, musste er auflachen. Soviel ungläubiges Erstaunen sah er selten.

»Was ist denn los?«, wollte er den Grund des Staunens endlich wissen, als der Mann nicht weiter sprach.

»Faltmann kann überhaupt nicht eingeloggt haben, Kommissar, der Mann ist seit fast zwei Wochen krank geschrieben und ...«

»Und dann gibt Ihr System keinen Alarm?«

»... und er ist seit Freitagvormittag immer noch als anwesend registriert!«, beendete der Spezialist seinen Satz.

»Scheiß Sicherheitssystem«, dachte Schlosser bei sich und fragte: »Was ist mit Marten Steiner? Ist der auch immer noch eingeloggt?«

Schnell tippte der Mann erneut einige Zahlen und Buchstaben in seinen Computer, um festzustellen: »Der ist seit Freitag 10:16 Uhr und 35 Sekunden ausgeloggt und er hat seine Archivtür nicht vorschriftsmäßig verschlossen.«

Jetzt war Schlosser verblüfft. Haargenau zu diesem Zeitpunkt hatte der Mörder den Dienstausweis benutzt. Das war es also gewesen, was der Hüne neben den Tresorschlüsseln als Letztes noch aus dem Kleiderschrank Steiners entnommen hatte und deshalb hatte er auch Steiners Dienstausweis nicht finden können.

Der Gesichtsausdruck des Spezialisten sagte Schlosser sehr deutlich, dass für diesen Mann seine kleine, technisch perfekte Sicherheitswelt zusammengebrochen war.

Er ließ sich noch die Anschrift des kranken Mitarbeiters Faltmann geben und verabschiedete sich mit dem unguten Eindruck, je sicherheitstechnisch aufgeblasener eine Verwaltung war, umso unsicher war sie. Und das schien der Killer ebenfalls gewusst zu haben.

5

Schon als Schlosser an die Tür des schmalen Reihenhauses in einem kleinen Berliner Vorort klingelte, sagte ihm seine Erfahrung, dass es hier keine brauchbare Spur geben würde. Eigentlich hatte er gehofft, jemanden zu finden, der den Mörder zumindest zufällig kannte.

Eine kleine, adrette Frau öffnete ihm, lächelte ihn freundlich an und fragte, nachdem er sich kurz vorgestellt hatte, nach dem Grund seines Besuches.

»Ich würde gerne einige Worte mit Ihrem Gatten wechseln, Frau Faltmann. Wäre das möglich?«

Schlagartig verdunkelte sich das zuvor so offene, freundliche Gesicht und deutlich bemerkte er Tränen in den Augenwinkeln der Frau aufquellen, als diese antwortete:

»Er liegt seit zwölf Tagen im Urban-Krankenhaus und es steht immer noch sehr schlecht um ihn.«

»Was ist denn geschehen?«

»Er ist vor seiner Arbeitsstelle von einem Reisebus angefahren worden und, und ...«

»Und ...?«

»... Und ich verstehe bis heute noch nicht, wieso er auf die Straße gestolpert sein soll? Er war immer ein besonders vorsichtiger Mensch. An Bahnsteigen stand er stets mindestens zwei Meter von den Gleisen entfernt. Ich versteh's einfach nicht, Herr Kommissar!«

»Was hat er denn dazu gesagt, gnädige Frau?«

»Er ist immer noch nicht aus dem Koma erwacht und die Ärzte befürchten das Schlimmste.«

Michael Schlosser war erschüttert und verabschiedete sich nach einigen Worten des Trostes.

Ein stark böiger, ziemlicher warmer Wind wehte am 17ten Loch des Golfclubs Grunewald. Die Sonne hatte erst vor wenigen Minuten ihren Höhepunkt überschritten, als Hartwig Hanzen mit seinem Flightpartner Maximilian Möhlde am Abschlag stand und auf das erhöht liegende, gute 150 Meter entfernte Grün blickte. Sichtlich genervt wartete er darauf, dass der Flight vor ihnen endlich mit dem Putten fertig wurde.

»Diese Lahmdösel vor uns gehen mir allmählich auf die Nerven«, brummte er unzufrieden vor sich hin. »Die ganze Runde halten die uns nun schon auf, anstatt uns durchspielen zu lassen. Die klauen mir meinen Rhythmus.«

»Du weißt doch, Hartwig«, widersprach ihm Maximilian lächelnd, »vier vor drei vor zwei! Und wir sind nun mal nur zwei Spieler, also müssen die uns nicht durchlassen. Außerdem sind es ja allesamt Kollegen, vor uns und hinter uns.«

»So kannst du nur deswegen reden, weil du mit zehn Euros vorne liegst«, gab er, noch ein wenig verärgerter, als Antwort zurück. »Wir können ja hier auf diesem Par 3 um zehn Euro extra spielen, wenn dir die dort vorne so wenig ausmachen.«

Maximilian schien erst einmal eine Weile überlegen zu müssen. Hartwig wusste, wie dieser das Zocken beim Golfspielen hasste. Er selbst sah das ganz anders. Er war Gynäkologe, Maximilian war Gynäkologe und die Spieler, mit denen er am häufigsten spielte waren allesamt Gynäkologen. Mindestens einmal wöchentlich traf man sich und spielte gegen Geld die 18 Löcher aus. Auf den alljährlichen Reisen, die stets für zehn Tage auf die geleckten und mit Blattgrün angemalten Golfplätze von Florida gingen, war er wieder mit diesen Kollegen zusammen und auch dort wurde gezockt, was das Zeug hielt und er konnte sich wirklich nicht beklagen, verlor er doch nur sehr selten. Er brauchte diesen Kick, wie die meisten anderen auch.

»Von mir aus«, gab Maximilian nach einer Weile seine Zustimmung zu dem verschärften Wettspiel und bereitete seinen nächsten Abschlag sorgfältig vor. Gründlich steckte er ein Tee, also einen kleinen Holzpflock, in den Boden und legte den kleinen weißen Ball darauf, damit er ihn besser wegschlagen konnte.

»Mein Gott! Wenn jeder so lange braucht, um seinen Ball am Abschlag aufzuteen, dann werden wir ja nie fertig«, moserte Hartwig säuerlich herum.

Maximilian ließ sich nicht stören. Er riss einige Grashalme aus und warf sie locker in die Luft. Sie wehten deutlich Richtung Ziel davon. Hartwig wusste, dass sein Flightpartner normalerweise bei dessen Stammvorgabe, die immerhin bei beachtlichen 15,2 lag, ein Eisen 5 genommen hätte, aber heute, bei dem verhältnismäßig scharfen Rückenwind, sich doch lieber für ein Eisen 6 entscheiden würde. Damit war man zwar durchschnittlich zehn Meter kürzer, aber der Rückenwind würde es schon ausgleichen. Außerdem wollte sein Wettpartner bestimmt auf keinen Fall hinter das Grün schlagen, denn dort befand sich eine tiefere, mit zahlreichen Bäumen umsäumte Senke, die zu dieser Jahreszeit derart mit Laub gefüllt sein musste, dass ein Ball, der dort hineinsprang, kaum mehr zu finden, geschweige denn, weiterzuspielen war. Lieber in den verhassten Sandbunker vor und unterhalb des Grüns, war deshalb vermutlich die Devise bei diesem Schlag.

Nachdem Maximilian mehrere Probeschwünge hinter dem Abschlag ausgeführt hatte, stellte dieser sich an den Ball und schlug ihn mit einem runden, ruhigen Schwung Richtung Ziel. Das Holztee flog zur Seite und der Ball in einem hohen Bogen davon, senkte sich kurz vor dem Grün, um unmittelbar vor diesem auf der Kante zu landen, kurz zu verharren und danach, wie von Geisterhand geführt, rückwärts in den Bunker zu rollen.

Hartwig konnte in diesem Moment ein kurzes Auflachen nicht unterdrücken und gab augenblicklich seinen Kommentar ab:

»Das war aber ein schöner Backspin, das muss man dir lassen.«

Max zuckte nur mit den Schultern und steckte den Schläger zurück in sein Bag.

Vergnügt lachte Hartwig in sich hinein und rechnete sich schon aus, dass er das Loch so gut wie gewonnen hatte und die Bilanz dann ausgeglichen wäre. Da er eine ähnlich gute Stammvorgabe, oder wie es früher einmal hieß, Handicap, wie Maximilian hatte, war es für ihn in diesem Moment sonnenklar, dass er kein Eisen 6 für diese Entfernung, wo es doch noch dazu etwas bergauf ging, nehmen würde. Selbstsicher griff er nach einem Eisen 5, teete den Ball kurz entschlossen auf und jagte ihn Richtung Grün.

Bildsauber getroffen, durchschnitt die weiße Kugel zischend die Luftmassen und senkte sich dicht neben der Fahne, die an diesem Tag sehr weit hinten gesteckt worden war, auf das Grün. Deutlich konnte er sehen, wie der Ball den Boden traf, etwas hochsprang und auf die hintere Kante zurollte. Kurz darauf war er über diese Kante gerollt und verschwunden.

»Willst du nicht sicherheitshalber noch einen provisorischen Ball nachspielen?«, fragte ihn Maximilian mit scheinbar gelangweilter Stimme.

Er spürte die Schadenfreude nur allzu deutlich.

»Nein, will ich nicht. Wenn ich den Ball dort oben nicht mehr finde, dann hast eben du das Loch und die zehn Euro gewonnen.«

Nach diesen Worten pfefferte er seinen Schläger krachend in sein Bag, nahm seinen Trolley und zog ihn Richtung 17tes Grün. Verhalten folgte ihm Maximilian.

Am Grün angekommen sah er zu, wie Maximilian seinen Ball mit leidlichem Erfolg aus dem Bunker schlug. Mit Genugtuung registrierte er, dass der Ball danach noch so weit vom Loch entfernt lag, dass sein Gegenspieler mindestens zwei weitere Putts benötigen würde.

Hoffnungsgeladen marschierte er los, Richtung hinteren Grünrand. Sein Partner folgte ihm auf dem Fuß. Dort angekommen begann er, den Ball zu suchen. Seine Hoffnung, dass sich die kleine Kugel doch noch am oberen Rand befinden könnte, zerschlug sich sehr schnell. Der Ball musste in der Senke verschwunden sein. Leise fluchend stand er über der tiefen, von Bäumen gesäumten Senke, die schon fast einer kleinen Schlucht glich, und blickte suchend und frustriert hinunter.

Er sah, wie Maximilian seinen Blick ebenfalls durch die, mit Laub gefüllte Senke gleiten ließ, bezweifelte aber, dass dieser wirklich nach seinem Ball Ausschau hielt.

Fünf Minuten hatten sie Zeit zum Suchen. So schrieb

es die Regel vor. Kurz bevor die Zeit abgelaufen war und er sich schon resigniert abwenden wollte, rief ihm sein Flightpartner, mit beiden Händen winkend, zu:

»Ich glaube, dort liegt dein Ball. Wenn du Glück hast, kannst du ihn sogar noch herausspielen.«

Er drehte sich sofort wieder um, folgte der Armrichtung Maximilians und starrte auf den kleinen, weißen Fleck, der halb verdeckt unter einem Blatt hervorschimmerte.

Es handelte sich in der Tat um einen Golfball.

In steter Gewohnheit griff er nach seinem Lobwedge. Bestimmt der richtige Schläger für einen derartig komplizierten Schlag aus diesem Rough, dachte er bei sich. Der Ball würde, richtig geschlagen, eine kurze Zeit ziemlich hoch fliegen, um dann auf dem Grün, fast ohne zu rollen, zum Liegen zu kommen. Er durfte nur nicht in die Äste der zahlreichen Bäume geraten, denn das würde ihn ungünstig ablenken. Aber Bäume bestehen ja zu 80 Prozent aus Luft, brummelte er in sich hinein.

Vorsichtig kletterte Hartwig nach unten und besah sich von nahem die genaue Lage des Balles. Wenn Maximilian nicht direkt über ihm am Senkenrand gestanden und ihn beobachtet hätte, hätte er den Ball schnell aufgenommen und besser gelegt, auch wenn das absolut nicht den Regeln entsprach. So aber blieb ihm nichts anderes übrig, als ihn so zu spielen, wie er lag.

Schnell überprüfte er noch, ob er einige der störenden Blätter, die in großen Mengen in dieser Senke lagen, entfernen sollte, unterließ es aber, weil die Gefahr bestand, dass sich der Ball aus seiner jetzigen Lage bewegen würde, und das hätte Strafschläge zur Folge gehabt, wodurch er dann das Loch mit Sicherheit verloren hätte. Also musste er den Ball auf das Grün schlagen. Mehrmals probierte er in der Luft den Abschwung, bevor er mit einem wuchtigen Schlag auf den Ball eindrosch. Dieser sauste quer durch die Senke, schlug gegen einen Ast und verschwand endgültig irgendwo im Unterholz. Sichtlich schockiert über diesen verpatzten Schlag kam es zögernd, verärgert über seine Lippen:

»Das war nicht ich! Ich habe da auf irgendetwas Weiches geschlagen.«

»Quatsch, Hartwig«, antwortete Maximilian süffisant vom Senkenrand herab, »es war der Ball! Der Ball war schuld.«

Verärgert schwang Hartwig, wie er es fast immer nach verpatzten Schlägen tat, am Ort seines Fehlschlags noch einmal voll den kurzen Schläger durch, in der Erwartung, dass er spielend durch das aufgehäufte Laub hindurch gleiten würde. Und wieder hatte er deutlich gespürt, dass er auf irgendetwas Weiches, aber trotzdem Hinderliches geschlagen hatte. Wütend stieß er mit dem rechten Fuß danach und zuckte merklich zusammen, als er sah, was er dort aus dem Laub heraus gestoßen hatte. Es handelte sich eindeutig um einen schwarzen Herrenschuh. Das allein hätte ihn noch nicht so fassungslos gemacht, aber an dem Schuh hing der untere Teil einer Hose und dieser Teil war scheinbar noch mit einem Körperteil gefüllt.

»Max! Max!«, rief er laut aus der Senke hoch. »Komm mal schnell her!«

Der Angerufene hatte sich schon wieder auf das Grün zurückgezogen und dem nachfolgenden Flight ein Zeichen gemacht, dass sie schon mal abschlagen könnten, da er zu wissen schien, dass Hartwig dort unten in der Senke noch eine Weile herumtoben würde. So war es bisher fast immer gewesen. Als er das Rufen hörte, wandte er sich wieder der Senke zu und stieg ein paar Schritte hinab. Hartwig kniete inzwischen auf dem Boden und schob wie ein Besessener das Laub zur Seite. Interessiert beobachtete Maximilian ihn dabei, bis ihm klar wurde, dass dort ein Mensch lag. Er sprang nach unten und realisierte, dass direkt vor ihm eine männliche Leiche, die schon einige Leichenflecke aufwies, freigelegt wurde.

»Mensch Max«, rief Hartwig schwer atmend seinem Mitspieler zu, »das war es, was mir den Schlag so versaut hat. Unsere Wette kann deshalb auch nicht gelten. Einverstanden?«

Er sah den entsetzten und ungläubigen Blick des anderen, als dieser ihm zurief:

»Von mir aus! Bleib du hier bei dem Toten und sichere alles ab, Hartwig. Ich laufe ins Clubhaus und rufe die Polizei.«

Hartwig nickte nur und sah ihn schnell wie ein Wiesel den steilen Hang hinaufklettern, den Trolley greifen und Richtung Clubhaus davoneilen.

Wie ein Lauffeuer sprach es sich im Clubhaus und auf der gut gefüllten Terrasse herum, dass an der 17 eine Leiche gefunden worden war, und die sonst so zurückhaltenden Clubmitglieder ließen alles stehen und liegen und eilten zu dem grausigen Fundort.

6

Genko stürmte am frühen Nachmittag fluchend durch die Tür des gemeinsamen Büros und warf ein Bündel Unterlagen auf seinen überfüllten Schreibtisch. »Wer hat denn den Presseheinis gesteckt, dass wir Bilder des Archivmörders haben. Die Reporter wollten von mir unentwegt wissen, um wen es sich handeln würde und was dahinter steckt.«

»Ich vermute mal ganz scharf, dass mindestens einer der beiden Wachmänner, äh, ja, gegen Bargeld sein Wissen an die Presse verscherbelt und auf die Stillschweigeverpflichtung, die wir ihm auferlegt haben, gepfiffen hat. Leider können wir letztendlich gegen derartige Indiskretionen nichts tun. Hast du die Bilder von unserem Mörder und wissen wir schon, um wen es sich handelt?«, wollte Hauptkommissar Schlosser wissen und schaute von seinen Notizen auf.

Genko konnte sich ein Schmunzeln nicht verkneifen. »Die Bilder wurden schon entwickelt und einige Abzüge habe ich mitgebracht. Da es der Presse ohnehin bekannt war, dass wir das Konterfei des Mörders kennen, habe ich denen vorhin auch gleich einige Bilder gegeben. Vielleicht bekommen wir sachdienliche Hinweise aus der Bevölkerung.«

»Gut«, akzeptierte Michael Schlosser das Vorgehen seines hageren Mitarbeiters nachträglich. »Ich habe eine kleine Mannschaft auf die Mitschnitte aus dem Birthler-Archiv angesetzt. Sie sollen herausfinden, ob es noch etwas Wichtiges über den Mörder gibt. Ferner habe ich einen Sprachwissenschaftler und Lippenleser aufgefordert, sich einmal den verärgerten Ausruf unseres Täters anzusehen. Eventuell erhalten wir wertvolle Hinweise auf seine Nationalität.«

»Gut! Dem ersten Eindruck nach scheint es sich um einen Mitteleuropäer, vermutlich sogar einen Deutschen zu handeln. Was haben eigentlich die Auswertungen der Unterlagen Steiners ergeben?«

»Du bist gut«, protestierte Schlosser auflachend. »Ich bin doch kein Zauberer. Die will ich mir in den kommenden Stunden vornehmen und du kannst mir dabei helfen, dann bekommen wir hoffentlich schneller heraus, woher dieser Wenigverdiener soviel Geld hatte, sich eine solch pompöse Wohnungseinrichtung zu leisten. Das zuständige Finanzamt habe ich schon angeklingelt, bezweifle aber, dass sein offensichtlich horrendes Einkommen ordnungsgemäß versteuert wurde. Außerdem wird von einer Spezialabteilung in diesem Moment gerade der Dienstcomputer der Abteilung C der Birthler-Behörde unter größten und geheimsten Sicherheitsvorkehrungen nach der entnommenen Akte und weiteren Hinweisen durchsucht. Ich kann mir allerdings gut vorstellen, dass sie nicht fündig werden. Der Täter hätte ihn sonst mit Sicherheit ebenfalls mitgenommen oder zerstört.«

Er hatte kaum ausgesprochen, als sein Telefon schrill zu läuten begann. Flott nahm er den Hörer ab, fuhr sich mehrmals mit der Hand durch seine strubbeligen, dichten Haare und lauschte. Nachdem er aufgelegt hatte, informierte er sein Gegenüber knapp:

»Lass erst einmal alles stehen und liegen, es gibt schon wieder einen Leichenfund. Diesmal liegt die Leiche in einem Loch des Golfclubs Grunewald.«

»Wie? Was?«, staunte ihn Genko an, »wie soll jemand in einem Golfloch liegen. Das hat doch gerade mal gute zehn Zentimeter Durchmesser?«

»Ach ja? Dann wird es sich vermutlich um irgendein anderes Loch auf dem Golfplatz handeln. Vielleicht bauen die dort gerade!«

»Ach ja! Vielleicht auch schief«, war die lapidare Antwort Genkos.

Eine halbe Stunde später waren sie vor Ort. Sie waren einen langen, geteerten Waldweg entlanggefahren, bis sie endlich an einem großen Clubhaus ankamen. Es sah aus, wie eine moderne, flache Hotelanlage. Viel Glas, viel Beton, umgeben von uralten Bäumen. Am Gebäude vorbei konnten sie die bereits vor ihnen eingetroffenen Polizeifahrzeuge sehen. Ein Pulk von Schaulustigen umlagerte diese. Die Parkplätze unmittelbar am Eingang waren allesamt für den Präsidenten, Vizepräsidenten, Schatzmeister und restlichen Vorstand reserviert. Kleine, aber nicht zu übersehende Schilder zeigten dies. Nur eine schwere Luxuslimousine stand auf dem Platz des Präsidenten.

Michael Schlosser ahnte, was nun kommen würde und er hatte sich nicht getäuscht. Mit sichtlichem Hochgenuss parkte Genko gerade dort den Dienstwagen und stellte ihn so schräg ab, dass er zwei komplette Parkplätze blockierte. Genko war gerade erst ausgestiegen und hatte den Wagen abgeschlossen, als eine langhaarige Brünette aus dem mondänen Eingang gestürmt kam und ihn mit einer etwas hohen, leicht keifenden Stimme anfauchte:

»Können Sie nicht lesen? Diese Parkplätze sind nur für den Vorstand reserviert. Fahren Sie bitte sofort Ihr Auto weg!«

»Heute ist für mich reserviert, mein Fräulein«, grinste Genko die entrüstete Person an, hielt ihr seinen Dienstausweis unter die Nase und wollte sich schon abwenden, als hinter der Frau ein schlanker, sportlich elegant gekleideter, etwa sechzig Jahre alter, bereits ein wenig grau melierter Herr erschien, einen kurzen Blick auf die Szene warf und beruhigend auf die Frau mit nasaler Stimme einzureden begann:

»Geht schon in Ordnung, Molli. Der Herr Kommissar tut doch nur seine Pflicht und ist bestimmt gleich wieder weg.«

Lässig ging er an der Frau vorbei und näherte sich mit einer angedeuteten Verbeugung den beiden Beamten:

»Willkommen im Golfclub Grunewald. Mein Name ist Melchior von Merstall und ich bin hier der Präsident. Darf ich Sie zum Tatort geleiten, meine Herren?«

Elegant, gelackt, vornehm, stellte Schlosser fest, und beurteilte dadurch die Person ungewollt negativ. Es fehlt nur noch, dass dieser Mensch gleich ein Monokel zieht und es sich hinter das Auge klemmt. Ein großes Emblem, das dem auf dem Schild über dem Eingang aufs Haar glich, blinkte an dem dunkelgrünen Jackett des Präsidenten.

»Guten Tag, Excellenz!«, beeilte sich Genko zu sagen, noch ehe er selbst den Gruß erwidern konnte, um gleich noch anzufügen: »Woher wissen Sie, dass es sich um den Tatort handelt. Waren Sie bei der Tat dabei?«

Nur weil die Frage so passend war, schritt Michael Schlosser nicht sofort ein. Das Grinsen auf dem Gesicht seines Mitarbeiters zeigte ihm, dass ihn das blasierte, vornehme Gehabe nervte. Er musste unweigerlich schmunzeln, als er das verunsicherte Gesicht des Präsidenten sah. Dieses zeigte eine Portion Schrecken und Ratlosigkeit. Leicht stotternd begann sich der Mann zu verteidigen:

»Aber ..., aber. Ich dachte, man sagt das so, in Ihren Kreisen, Herr Kommissar. Ich war selbstverständlich nicht dabei und weiß auch nicht, um wen es sich bei dem Toten handeln könnte.«

»Das ist schon in Ordnung, Herr Präsident. Hauptkommissar Schlosser mein Name. Kripo Berlin«, wiegelte er ab und warf Genko einen scharfen Blick zu. »Wenn Sie uns zu der Fundstelle bringen würden, wäre das sehr freundlich von Ihnen.«

»Gerne, bitte steigen Sie ein.«

Bei diesen Worten wies er mit einer nonchalanten Handbewegung auf ein weißes, viersitziges Golfcart, welches nur für ihn reserviert zu sein schien und direkt vor dem Eingang stand. Schnell stiegen sie ein. Mit einem leisen Summen startete der Elektromotor. Ohne zu ruckeln fuhr es los. Als sie um das lang gestreckte Haus herum waren, fuhren sie eine kurz gemähte Wiese, das Fairway der achtzehnten Spielbahn, in entgegengesetzter Richtung entlang. Kurz darauf kamen sie an der menschen- und baumbesäumten Senke an. Die Sonne beschien weich die Szene. Fallende, bunt gefärbte Blätter tänzelten sacht dem Boden entgegen. Sie würden nur noch maximal eine Stunde Zeit haben, um alles bei Tageslicht zu sehen.

Die Senke war inzwischen rundherum mit einem leuchtenden, rot-weißen Band abgesperrt, um die Schaulustigen zurückzuhalten. Die beiden Beamten und der Präsident zwängten sich durch die Anwesenden, stiegen mit einem gewaltigen Schritt darüber hinweg und kletterten zu dem Toten, bei dem inzwischen ein Arzt kniete, hinunter.

»Gott zum Gruße, Michael«, empfing sie dieser, nur kurz aufschauend, um sofort weiter an dem Toten zu hantieren. »Die Bilder wurden schon alle gemacht. Da du ohnehin gleich danach fragen wirst, hier die ersten Erkenntnisse: Der Tod müsste so vor ungefähr zwei Tagen eingetreten sein und ist eindeutig auf ein Gewaltereignis zurückzuführen. Ihm wurde offensichtlich mit einem scharfkantigen Gegenstand der Hinterkopf eingeschlagen. Es handelt sich um eine ungefähr 30 Jahre alte, männliche Person, Personalien unbekannt. Alles andere später, nach der Obduktion.«

»Danke, Knochensäge«, antwortete der, auf diese Weise Informierte, lächelnd. »Wurde die Kleidung des Toten bereits durchsucht?«

»Ja, Hinkebein, aber er hatte wirklich nichts bei sich. Die Kleidung selbst schicke ich sofort zu euch, sobald ich den Toten im Leichenschauhaus habe. Ihr könnt euch dann weiter damit amüsieren.«

»Ha, Ha, Ha! Sehr amüsant«, gab Michael Schlosser leicht angesäuert zurück. Wieder einmal ein Mord, der extrem viel Aufklärungsbedarf haben würde. »Gibt es sonst noch etwas Interessantes?«

»Reicht das nicht?«, brauste der Arzt erst einmal ein wenig auf, um dann doch noch eine kleine Information hinzuzufügen: »Der Mann muss eine Art Schwerathlet gewesen sein. So wie ich mir einen Golfer vom Körperbau her vorstelle, sieht er jedenfalls nicht aus.«

Schlosser betrachtete nun den Toten etwas genauer. Er hatte ein schmales, herbes, durch das lange Liegen in der Senke etwas aufgeschwemmtes Gesicht, auffallend eng zusammenstehende Augen, sowie leicht vorstehende Wangenknochen. Die Hände sind muskulös und groß, stellte er nachdenklich fest. Dieses Gesicht hatte er doch schon einmal gesehen, grübelte er still weiter, während er den Präsidenten fragte:

»Handelt es sich bei dem Toten um eines Ihrer Mitglieder?«

Dieser beugte sich nun ebenfalls nach vorne und musterte den Erschlagenen mit sichtlicher Abscheu. Er wandte sich angeekelt ab, trat zwei Schritte zurück und dachte eine kurze Weile nach, ehe er mit sicherer Stimme antwortete:

»Nein, ich kenne zwar nicht alle Mitglieder unseres Clubs, Kommissar, aber dieser hier wäre mir aufgefallen.«

»Wie können Sie da so sicher sein, Herr Präsident?«, hakte er zur Sicherheit noch einmal nach.

»In den letzten vier Monaten haben wir kein neues Mitglied mehr aufgenommen. Ich bin hier inzwischen seit acht Jahren Präsident und jeder Neuzugang wird von mir bestätigt. Wir haben seit mindestens einem Jahr keinen Mann in dieser Altersklasse mehr aufgenommen. Wenn er schon länger bei uns gewesen wäre, hätte er sich mit Sicherheit in irgendwelchen Turnieren hervorgetan. Bei diesem athletischen Körperbau müsste er exzellent Golf gespielt haben.«

»Er könnte ja auch ein nicht spielendes Mitglied gewesen sein? Oder?«

»Tja! Wir haben fast 1600 Mitglieder und ich würde mal sagen, dass gut die Hälfte davon so gut wie gar nicht Golf spielt, viele überhaupt nicht Golf spielen können. Es handelt sich um die Größen unserer Stadt, die in unserem Club sind, um sich zu sehen und gesehen zu werden und um Kontakte zu knüpfen oder zu halten. Nur etwa 800 Mitglieder sind wirklich aktiv, davon fast die Hälfte Jugendliche, denn wir nehmen Jugendarbeit sehr ernst. Wir holen uns die besten Talente aus der gesamten Region und bauen diese zu einer ...«

»Vielen Dank, Herr Präsident«, unterbrach ihn Schlosser freundlich, aber bestimmt. Er wollte keine Werberede für den Golfclub hören, obwohl er Jugendarbeit uneingeschränkt schätzte. »Ihre Argumente sind sehr einleuchtend.«

Während dieses Wortwechsels hatte er gesehen, wie Genko einen Zettel aus seiner Jackentasche geholt, ihn auseinander gefaltet hatte und das Gesicht des Mörders aus der Birthler-Behörde zum Vorschein kam. Sein Mitarbeiter hielt das Bild dicht neben das Gesicht des Toten und wollte soeben zu einer Mitteilung ansetzen, als der Arzt deutlich verwundert loslegte:

»Das ist ja ein Ding, Genko. Wie kommst du zu einem Foto des Toten?«

»Sie würden also sagen, Doc, dass das Konterfei des Toten mit dem auf dem Bild hier identisch ist?«

»Auf den ersten Blick auf jeden Fall. Die eng liegenden Augen, die Wangenknochen und die Symmetrie.«

Die Erklärung passte genau. Michael Schlosser, der diese Unerhaltung mitbekommen hatte, schaute seinen Mitarbeiter fragend an. Dieser erläuterte das soeben Erfahrene in seiner typischen Art so leise, dass nur er es hören konnte:

»Sakra! Ich hatte dir doch gesagt, Chef, dass wir den Archivmörder im Nu finden würden. Jetzt haben wir ihn. Hier liegt er. Schade, dass er uns nicht mehr sagen kann, wie er heißt und warum er Steiner abgemurkst hat.«

Verblüfft schaute er seinen Mitarbeiter an. In diesem Moment fiel ihm noch ein anderer Zusammenhang ein. Der Pokal in Steiners heimlicher Luxuswohnung.

»Herr Präsident, da Sie ja fast alle Mitglieder Ihres Clubs kennen, würde mich interessieren, ob Sie auch einen Marten Steiner kennen?«

Der Angesprochene schaute ihn sichtlich verblüfft an, zog seine linke Augenbraue hoch und antwortete umgehend, noch eine Spur nasaler sprechend:

»Aber ja, Herr Kommissar. Das ist unser Schatzmeister. Was ist mit ihm?«

Nun war es an Michael Schlosser verwundert zu sein. Damit hatte er nicht gerechnet. Er sah das ehrlich wirkende Gesicht des Präsidenten, welches pure Verwirrung ausdrückte und stellte sogleich eine weitere Frage, anstatt seinerseits die ihm gestellte Frage zu beantworten.

»Wann haben Sie ihn das letzte Mal gesehen?«

Der Präsident dachte wieder eine Weile nach, ehe er antwortete:

»Das war heute vor genau zwei Wochen. Wir hatten hier im Club eine Vorstandssitzung.«

»Sind Sie da ganz sicher?«

»Aber ja, Herr Kommissar. Was soll das alles?«, entrüstete sich der alte Herr.

»Hatte Herr Steiner Feinde?«

Ein deutliches, ein sehr deutliches Zögern trat ein. Leicht verlegen hüstelnd, etwas widerwillig beantwortete der Gefragte trotzdem diese Frage:

»Na ja, sehen Sie Herr Kommissar. Steiner kann hier keiner so richtig leiden. Er passt nicht wirklich in unseren Club.«

»Und warum haben Sie ihn dann aufgenommen und wieso ist er dann sogar im Vorstand?«, hakte Genko sofort nach.

Eine noch größere Pause trat ein.

»Wir haben eine sehr lange Warteliste. Viele möchten Mitglied werden. Wie gesagt, nicht unbedingt wegen der schönen, parkähnlichen 27-Loch-Anlage. Wir können uns die Mitglieder aussuchen und ein neues Mitglied benötigt mindestens drei Mitglieder als Bürgen, die ihn zur Aufnahme vorschlagen. Die hatte Steiner. Außerdem ist der Beitritt nicht ganz billig, das sondert schon die meisten, nicht passenden Interessenten von vornherein aus.«

»Ach ja? Wie teuer ist denn die Mitgliedschaft?«, wollte Genko nun ganz genau wissen.

»Also, das ist so: Der Jahresbeitrag beläuft sich auf 2500 Euro. Damit wird die gesamte Anlage unterhalten und gepflegt. Eine Aufnahmesumme legen wir nicht fest, wir erwarten jedoch eine freiwillige Spende für die Jugend- und Clubkasse. Wenn die erfolgt ist, dann steht einer Aufnahme in unseren Club nichts mehr im Wege.«

»Und wie hoch ist die freiwillige Spende grundsätzlich so angesiedelt und wie hoch war sie bei Steiner?«, fragte jetzt Schlosser bissig weiter. Er glaubte diese Art der so genannten freiwilligen Spende nebst einer steuerwirksamen Spendenbescheinigung zu kennen und war jetzt sehr auf die präzisen Zahlen gespannt.

Der Präsident begann herumzudrucksen und sein Körpergewicht beständig von einem Fuß auf den anderen zu verlagern.

Fieberhaft schien er zu überlegen, ob er antworten sollte oder nicht. Endlich hatte er sich zu einem Entschluss durchgerungen:

»Tut mir Leid, meine Herren, aber darauf werde ich Ihnen nicht antworten. Das ist unser Clubgeheimnis.«

Bei diesen Worten hatte sich der Präsident hoch aufgerichtet und die Augenbrauen noch ein wenig höher gezogen. Genko schien schon aufbrausen zu wollen, sodass ihm Schlosser beruhigend die Hand auf den Arm legte und ausgesprochen freundlich, etwas hintergründig lächelnd, antwortete:

»Das macht nichts, Herr Präsident. Wir werden morgen früh eine außerordentliche Betriebsprüfung beim zuständigen Finanzamt beantragen und spätestens morgen Abend kennen wir dann alle Zahlungen sämtlicher Mitglieder der letzten zehn Jahre. Vielen Dank trotzdem für Ihre Hilfsbereitschaft.«

Fein lächelnd stieg er aus der Senke. Vergnügt feixend folgte ihm Genko, während der Präsident mit geöffnetem Mund bei dem Arzt und dem Toten zurückblieb.

»Durchsucht den gesamten Bereich im weiteren Umfeld besonders gründlich nach verwertbaren Spuren. Vielleicht findet ihr sogar das Tatwerkzeug. Dann vernehmt bitte noch die beiden Spieler, die den Toten gefunden haben, und fragt bei den Herumstehenden nach, ob sie irgendetwas Interessantes zu berichten wissen. Morgen Mittag erbitte ich einen ausführlichen Bericht«, raunte er dem Leiter der Spurensicherung zu. Dieser nickte ihm kurz bestätigend zu, während er sich laut von allen verabschiedete. Gemeinsam mit seinem Mitarbeiter, der immer noch feixend sein Gesicht verzog, begann er die achtzehnte Spielbahn Richtung Clubhaus entlang zu gehen.

Sie waren noch nicht einmal hinter dem achtzehnten Abschlag, als sie der Präsident mit seinem Elektrocart einholte:

»Einen Augenblick, meine Herren. Ich bringe Sie natürlich wieder zurück«, bot dieser den Beamten an.

»Vielen Dank, Herr von Merstall, aber ein kurzer Fußmarsch tut uns ganz gut«, wehrte Michael Schlosser freundlich ab. Ihm war klar, dass dem Präsidenten etwas auf den Nägeln brannte und nun nicht zu wissen schien, wie er es zur Sprache bringen sollte. Langsam fuhr er neben den Beamten her.

Endlich raffte er sich auf und sprach ihn wieder an: »Also, Herr Kommissar, ich will Ihnen selbstverständlich gerne die Mühe ersparen, dass Sie erst beim Finanzamt Amtshilfe einholen müssen. Das mit den freiwilligen Zahlungen ist zwar ein absolutes Clubgeheimnis, aber Ihnen will ich es gerne anvertrauen, wenn es Ihrer Arbeit hilft. Ich erwarte selbstverständlich völlige Diskretion, meine Herren.«

›Ha!‹, dachte Schlosser, bitter grinsend, ›du hast Angst vor einer Prüfung. Das ist es, mein Junge.‹

Laut sagte er jedoch:

»Das ist sehr hilfsbereit von Ihnen, Herr Präsident. Wie war es also bei Steiner?«

Immer noch leicht verlegen herumdrucksend, rang er sich endlich zu einer Antwort durch:

»Ganz besondere Mitglieder, wie spezielle Politiker oder Wirtschaftsgrößen müssen nichts oder fast nichts bezahlen. Die sind gut für das Renommee des Clubs. Andere Berufsgruppen liegen so knapp unter dem sechsstelligen Bereich. Bei Steiner waren es 150 000.«

Schlosser musste erst einmal schlucken. Das war für ihn ein kleines Vermögen.

»Woher wissen die künftigen Mitglieder, wie viel von

ihnen als Spende erwartet wird?«, wollte Genko, schwer durchatmend, wissen.

»Das wird ihnen in einem persönlichen Gespräch dezent nahe gebracht, ohne jedoch gefordert zu werden. Manche legen auch einen unterschriebenen Blankoscheck hin, den wir vom Vorstand dann gemeinsam mit einem gewissen Inhalt füllen«, erklärte der Präsident hintergründig lächelnd.

»Seit wie vielen Jahren war Steiner bereits Mitglied in Ihrem feinen Club?«, hakte Schlosser weiter nach.

Der Präsident schien zu stutzen:

»Wieso war? Er ist es immer noch!«

»Das glaube ich nicht!«, lächelte ihm Genko direkt ins Gesicht und fuhr erklärend fort: »Marten Steiner wurde vorgestern im Archiv der Birthler-Behörde ermordet aufgefunden.«

Der Wagen neben den Beamten machte plötzlich auf dem gepflegten Fairway eine Vollbremsung und riss eine längere, tiefe Narbe ins kurz gemähte Gras. Der Schreck über das soeben Gehörte saß scheinbar tief. Mit großen Augen schaute der Präsident die Beamten an und hauchte nur noch: »Wieso ermordet? Was machte er denn in einem Archiv der Birthler-Behörde?«

»Genau das wollen wir herausfinden«, nickte ihm Michael Schlosser ernst zu. »Können wir uns deshalb einmal sämtliche Unterlagen, Steiner betreffend, in Ihrem Clubhaus anschauen?«

»Ja, selbstverständlich, Herr Kommissar«, antwortete ihm der Präsident, sichtlich geschockt. »Steigen Sie bitte wieder ein, ich fahre Sie umgehend zu unserem Clubmanager, Herrn Rudolf Rasinger. Der kann Sie über alles Wissenswerte ausführlich informieren.«

Das ließ sich Schlosser nicht zweimal sagen. Flink stieg er wieder ein und registrierte vergnügt, wie auch sein Mitarbeiter das Angebot freudestrahlend annahm. Kurze Zeit später befand er sich wieder vor dem gediegenen Eingang des Clubhauses. Scheinbar immer noch verstört, brachte ihn der Präsident, vorbei am großen Eingangsraum, in dem etliche breite Ledersessel und schwere Tischchen, umrankt von einer Flut unechter, großblättriger Pflanzen, herumstanden, in ein kleines Büro, welches sich direkt hinter dem lang gestreckten Empfangstresen befand. Genko folgte wie ein treuer Hund.

»Rudolf, das sind hier Herren von der Kriminalpolizei«, stellte der Präsident ihn und seinen Mitarbeiter einem Mann, der hinter einem Schreibtisch saß, vor und setzte sich schwer atmend auf einen der freien Stühle. »Die Herren wollen einiges von dir wissen.«

Warum sprach der Präsident plötzlich wieder so extrem nasal, wunderte sich Schlosser. Er richtete sein Augenmerk auf den Manager. Jung und dynamisch, sonnengebräuntes Gesicht, scharfe Falten um den Mund, krause Stirn, eingerahmt von dunklen, glatten Haaren, so sah er in diesem Moment den Geschäftsführer des Clubs vor sich.

Dieser sah nur kurz auf, beugte sich dann sofort wieder über irgendwelche Listen und brummte ungnädig los:

»Was wollen Sie von mir, meine Herren? Macht der Tote denn nicht schon genug Ärger. Ich kenne ihn nicht und ich weiß von nichts. Ich habe hier noch eine Menge mit der Turniervorbereitung für das kommende Wochenende zu tun.«

Schlossers Blut kam etwas in Wallung. Dieser Mensch war ja noch arroganter als der Präsident des Clubs.

»Woher wollen Sie denn das wissen, Herr Rasinger?«, zischte er ihn an und warf ihm einen bösen Blick zu. »Sie wissen doch gar nicht, wer der Tote an Loch 17 ist, oder?«

Immer noch nicht den Blick von den Listen erhebend und weiterhin in seiner Arbeit fortfahrend, antwortete Rasinger scheinbar gelangweilt:

»Nein, weiß ich allerdings noch nicht und es interessiert mich auch nur peripher. Die Publicity ist auch so bereits negativ genug.«

Er wollte schon etwas erwidern, als der Präsident mit eindringlicher Stimme offensichtlich die Situation entschärfen wollte:

»Es geht um Steiner, Rudolf. Er ist ermordet worden. Die Herren Kommissare wollen von uns wissen, seit wann er bei uns Mitglied ist und wie viel er damals gespendet hat.«

Schlosser hatte nach diesen Worten eigentlich damit gerechnet, dass der Clubmanager nun aus seiner so wichtigen Beschäftigung herausgerissen werden würde, aber der Mann blieb emsig über seine Listen gebeugt am Schreibtisch sitzen, würdigte keinen der Anwesenden eines Blickes und schien die Nachricht für total nebensächlich und unbedeutend zu halten. Genau so nebensächlich war der Tonfall, mit dem er lax bemerkte:

»Aha! Der Steiner ist ermordet worden. Er ist also der Tote an der 17! Da müssen wir uns wohl schnellstens nach einem neuen Schatzmeister umschauen. Hoffentlich sind sämtliche Unterlagen auf dem Laufenden.«

»Überrascht Sie der Tod Steiners denn überhaupt nicht?«, wollte Schlosser wissen, leicht seinen Kopf schüttelnd.

»Er interessiert mich einfach nicht, Herr Kommissar«, kam es knurrend zurück.

Michael Schlosser war erstaunt, wie man derartig kalt und gefühllos den gewaltsamen Tod eines Menschen, mit dem man bis vor kurzem noch sehr viel zu tun hatte, hinnehmen konnte. »Oder wusste dieser Mann längst von der Ermordung Steiners?«, ging es ihm durch den Kopf. »In den Medien hatte es noch keine Berichte mit Namensnennung gegeben. Die würden frühestens heute Abend zu erwarten sein. Wenn er hier den Täter vor sich hätte, müsste dieser doch Betroffenheit heucheln? Außerdem wüsste er dann auch, dass Steiner nicht der Tote in der Senke war. Wenn dieser Mann also nichts mit dem Tod Steiners zu tun hatte, müsste er doch als fühlender Mensch betroffen sein?«

»Warum interessiert Sie das alles nicht, Herr Rasinger?«, wollte er deshalb in Erfahrung bringen.

Endlich blickte der Clubmanager von seinen Unterlagen auf. Ein klarer, kalter Blick des höchstens dreißigjährigen, körperlich bestens durchtrainierten, sportlich gekleideten Mannes traf ihn und ließ ihn leicht erschaudern. Mit noch kälterer Stimme kam die Antwort:

»Der Mann war eine Plage der Menschheit. Immer wusste er alles besser. Golf spielen konnte er gar nicht. Beschissen hat er wie der Teufel. Immer wieder kam es nach Turnieren, bei denen er mitgespielt hat, zu Protesten und ich konnte das dann jedes Mal hier ausbügeln. Der Mann war eine Schande für den Golfsport. Und dann war er auch noch im Vorstand, dieser Kotzbrocken.«

Hinter dieser kalten Stimme lauerte ein kleiner Vulkan, das spürte Schlosser deutlich. Steiner hatte hier im Club einen gefährlichen Feind gehabt.

»Warum haben Sie ihn dann nicht bestraft oder aus

dem Vorstand oder Club geworfen, wenn er so schlimm war?«, hakte er umgehend nach.

»Weil diese Kröte eine riesige Lobby hatte. Die halbe Ärzteschaft, und daraus rekrutieren sich witzigerweise die aktivsten Golfspieler und Mitglieder unseres Clubs, stand hinter ihm.«

»Wie kommt denn das? Der Mann war doch gar kein Arzt?«

»Nein? War er nicht? Weiß ich nicht! Wie auch immer. Was weiß ich warum«, kam es zurück. »Vielleicht weil er kräftig mit ihnen gezockt oder gebechert hat?«

»Seit wann war Steiner nun eigentlich Mitglied in Ihrem noblen Club?«

Bevor der Gefragte antwortete, tippte er schnell ein paar Buchstaben in den Computer, der vor ihm auf dem breiten Schreibtisch stand, klickte noch zweimal mit der Maustaste und las dann ab:

»Also, er ist vor etwas mehr als sieben Jahren eingetreten und hat die höchste Spende hier abgeliefert, die es je gab: 150 000 Euro.«

»Welche Wohnanschrift haben Sie in Ihren Unterlagen stehen?«

»Gar keine. Wir schicken die Post immer an ein Postfach in Berlin Mitte.«

»Ist das nicht ungewöhnlich?«, fragte Genko erstaunt nach.

»Genau genommen schon«, gab der Clubmanager, zum ersten Mal kurz auflachend, zu, »aber was meinen Sie, was wir für sonderbare Kauze in unserem Club haben. Solange sie pünktlich bezahlen und wir nichts Negatives über sie wissen, kann es mir doch egal sein, ob sie in einem Postfach wohnen – oder in einer feinen Villa.«

Der kurze Blick Rasingers, der bei diesen Worten den Präsidenten streifte, verursachte bei Schlosser ein ungutes Gefühl. Hier schien die Devise zu herrschen: Wenn das Geld stimmt, ist der Rest mehr als egal.

»Was ist als Beruf eingetragen?«, wollte er nun wissen und war gerade im Begriff, um den Schreibtisch herum zu gehen, um einen Blick auf den Bildschirm des Computers werfen zu können.

»Das mag ich aber überhaupt nicht, wenn jemand unaufgefordert hinter meinen Schreibtisch treten will, Herr Kommissar«, fauchte ihn augenblicklich der Clubmanager an. »Wenn Sie einen Blick auf das Datenblatt werfen wollen, dann sagen Sie es bitte! Ich zeige es Ihnen dann oder drucke es für Sie aus.«

Bei diesen Worten drehte dieser den Bildschirm mit einem Ruck nach vorne, sodass Schlosser die Bildschirmmaske bestens lesen konnte. Die harsch hervorgebrachte Zurechtweisung beeindruckte ihn nicht. Kalt entgegnete er: »Genau. Genau das ist es. Einen Ausdruck sämtlicher Daten Steiners wünsche ich mitzunehmen. Würden Sie ihn bitte fertig machen.«

Als er kurz das Datenblatt auf dem Bildschirm studierte, stellte er schnell fest, dass kein Beruf angegeben war.

»Hier fehlt auch die Berufsangabe?«, fragte er deshalb nach, obwohl er die Antwort Rasingers schon ahnte.

»Was für die Adresse gilt, gilt ebenso für die Arbeit unserer Mitglieder. Mehr als die Hälfte geben ihre Tätigkeit nicht an.«

»Wissen Sie denn, was er beruflich machte?«, hakte er weiter nach.

»Nein, weiß ich nicht«, knurrte der Clubmanager, wieder ganz die gewohnte unnahbare Unfreundlichkeit in Person, »und es interessiert mich auch nicht. Er war bestimmt irgendein reicher Schnösel, der sein Geld weiß der Teufel wie erworben hat.«

War da ein gewisser Neid auf die wohlhabenden Clubmitglieder allgemein herauszuhören? Er registrierte diesen feinen Unterton ganz deutlich.

Nachdenklich schaute er den Präsidenten und danach den Clubmanager an. Was war hier los? Steiner hatte ganz klar ein Doppelleben geführt und schien es auch hier im Club fortgeführt zu haben. Keine reale Wohnadresse, keine Berufsangabe, keine Internetadresse oder E-Mail-Anschrift. Nur eine einzige Handynummer.

Obwohl Steiner eine diffuse, unklare Erscheinung gewesen war, hatte er im renommiertesten Golfclub der Stadt einen wichtigen Vorstandsposten bekleidet? Rätselhaft.

»Wie kommt es, dass Steiner, obwohl ihn scheinbar niemand mochte, seit über vier Jahren im Vorstand aktiv war?«

»Weil ihn bei den entsprechenden Mitgliederversammlungen, bei denen diese ehrenamtlichen Posten per Wahl vergeben werden, die Mehrheit der anwesenden Mitglieder gewählt hat.«

»Tut mir Leid, aber das ergibt keinen Sinn. Wenn ihn die meisten Mitglieder zum Kotzen fanden, dann wählt man ihn doch nicht, sondern lässt ihn bestenfalls links liegen«, widersprach er umgehend.

»Da sehen Sie aber Mitgliederversammlungen im falschen Licht, Herr Kommissar«, entgegnete Rasinger mit Bestimmtheit, schief lächelnd. »Wenn bei solch einer Versammlung sämtliche Mitglieder erscheinen würden, dann hätte es mit Sicherheit keinen Steiner im Vorstand gegeben. Dann wäre der gesamte Vorstand ganz anders zusammengesetzt.«

Bei diesen Worten unterbrach der Clubmanager einen Augenblick seine Rede und Schlosser entging der eindeutige, sehr kurze Blick auf den Präsidenten wiederum nicht.

»Nein, meine Herren. Bei solch einer Versammlung erscheinen gerade mal zehn Prozent der Mitglieder, und die stellen meistens sogar noch Lobbyfraktionen dar. Es ist fast wie in der Politik. Diese Gruppen bringen dann ihre Leute mit Mehrheitsbeschluss durch. Die Masse der Mitglieder des Clubs interessiert das nicht die Bohne. Höchstens wenn's ums Meckern oder an ihren Geldbeutel geht, dann wird aktiv Vereinspolitik betrieben. Und so hat sich eben unser Vorstand, der nun schon die zweite Amtsperiode hintereinander aus denselben Leuten besteht, gebildet. Außerdem sind auch nur wenige Mitglieder bereit, eine unbezahlte, ehrenamtliche Tätigkeit auszuführen. Wie gesagt, meckern ist leichter.«

Ein leicht kollerndes Lachen Rasingers folgte diesen Worten. Mit einer kurzen Handbewegung drehte er den Monitor wieder in seine ursprüngliche Position zurück.

»Wer gehört denn alles dem Vorstand an und wie läuft so eine Vorstandssitzung eigentlich ab?«, wollte Michael Schlosser wissen.

»Also, zum Vorstand gehören ...«, begann nun plötzlich der Präsident die Frage zu beantworten, um mitten im Satz zu stoppen und nachdenklich, wie zu sich selbst sprechend, fortzufahren: »Da wir nach diesen bedeutenden Ereignissen ohnehin kurzfristig eine außerordentliche Vorstandssitzung einberufen müssen, ich würde mal sagen, gleich morgen Abend, möchte ich Sie hiermit herzlich dazu einladen. Dann beantwortet sich Ihre Frage am besten. Was halten Sie davon, meine Herren Kommissare?«

Schlosser hatte mit allem Möglichen gerechnet, aber nicht mit einer solchen Einladung. Noch überraschter schien allerdings der Clubmanager zu sein. Mit einer wuchtigen Bewegung riss er seinen Kopf hoch und schaute Melchior von Merstall erkennbar verblüfft an. Sein Blick sagte deutlich aus: ›Normalerweise wird um die Sitzungen des Vorstandes ein wahnsinniges Brimborium der Geheimniskrämerei und der Geheimhaltung gemacht. Und nun lädt unser Präsident zwei absolut Fremde, noch dazu Schnüffler, dazu ein? Tickt der jetzt nicht mehr richtig?‹

»Gerne«, antwortete Schlosser so schnell er konnte, damit sich der Präsident unter diesem Blick Rasingers seine Einladung nicht noch einmal überlegen konnte. »Hier haben Sie meine Karte. Rufen Sie mich bitte auf meinem Handy an, wenn Sie den genauen Termin wissen.«

Bei diesen Worten reichte er mit einer leichten Verbeugung dem schlanken Mann seine Visitenkarte, der sie mit einer eleganten Handbewegung entgegennahm und in seine Jackettasche steckte. Eine zweite Visitenkarte legte er vor Rasinger auf den Schreibtisch. Dieser nahm sie kurz auf, öffnete eine kleine Schublade und ließ sie darin verschwinden.

»Haben Sie sonst noch Fragen, meine Herren?«, fragte der Präsident währenddessen höflich, obwohl Schlosser aus dem näselnden Tonfall schloss, dass er endlich aus dem Zimmer hinaus wollte.

»Ja. Wissen Sie, wo sich die Golfausrüstung Steiners befinden könnte.«

»Na, in seinem Schrank. Wo sonst?«, antwortete der Clubmanager erstaunt. Wie konnte man nur so etwas Selbstverständliches fragen, drückte seine Miene aus.

»Können Sie mir bitte seinen Schrank zeigen?«

Irgendwie gefiel dem Kommissar dieser sportliche, selbstsichere Mann nicht, auf der anderen Seite war er aber auch wieder irgendwie erfrischend direkt, gerade. Er schien eine gespaltene Persönlichkeit zu sein. Einerseits zufrieden, andererseits ausgesprochen unausgeglichen. Der Mann hatte eine Menge beruflichen Stress, das sagte ihm seine Erfahrung.

Ohne zu antworteten, schaltete Rasinger den Computer ab und stand auf. Schlosser hatte nun die Gelegenheit, sich kurz in dem kleinen Raum umzuschauen. Neben mehreren Aktenregalen fielen ihm nur einige große Pokale auf. Da er solche Trophäen erst kürzlich in Steiners Wohnung gesehen hatte, trat er einen Schritt näher heran. Erstaunt stellte er fest, dass es sich ausschließlich um Pokale Rasingers handelte. Am markantesten war der Größte unter diesen, ein mindestens 50 Zentimeter durchmessender, stark verzierter Silberteller, versehen mit einer Gravur:

Sieger 1. Brutto
Turnier der Linkshänder 2004
Rudolf Rasinger

Anerkennend nickte er Rasinger zu. Dieser schien es nicht zu bemerken und verließ den Raum. Die beiden Beamten und der Präsident sahen sich genötigt, ihm zu folgen. Rasinger ging mit forschen Schritten durch die Empfangshalle auf einen lang gezogenen Flur zu und lief ihn entlang. Eine Tür aufstoßend, trat er ins Freie und eilte zu einem flachen Gebäude. Dort wiederum eine Tür aufstoßend, kam er in einen großen Raum, in dem unzählige zwei-etagige, verschieden große Gitterboxen standen. Schlosser war kaum in der Lage, mit ihm Schritt zu halten.

»Der Steiner hat eine verschalte Doppelbox«, erläuterte der Mann und ging zum hinteren Ende des Raumes, in dem sich die größeren Boxen befanden. In der letzten Reihe blieb er stehen und zeigte mit den Fingern auf eine solche Doppelbox.

»Die hier gehört ihm. Oben sind die Anziehsachen, unten befindet sich die Golfausrüstung. In der Box ist auch ein Elektroanschluss zum Aufladen der Akkus. Steiner fuhr sein Bag immer mit einem Elektrotrolley herum.«

Der Tonfall der Erklärung zeigte Schlosser deutlich, dass er von derartigen Hilfsmitteln sehr wenig hielt. Beide Boxen waren mit jeweils einem Vorhängeschloss versehen. Das obere war verschlossen, das untere hing halb schräg, geöffnet in der Verschlussöse des Schrankes. Genko beugte sich dicht über dieses Schloss und untersuchte es gründlich.

»Das Ding hier ist ganz klar mit einem dickeren Schraubenzieher oder ähnlichem Werkzeug geknackt worden, Chef«, stellte er kopfschüttelnd fest, nahm das defekte Schloss ab, steckte es in seine Tasche und öffnete behutsam den Schrank.

Im Schrank befanden sich neben einem Elektrotrolley ein Akkumulator, der an eine Ladestation angeschlossen war und dessen Ladekontrollleuchte grünes Licht zeigte, sowie ein mit Schlägern prall gefülltes Golfbag.

»Sakra!«, entfuhr es Genko, »das Schloss wurde offensichtlich aufgebrochen und trotzdem ist der Schrank knacke voll.«

Michael Schlosser schaute mit einem mulmigen Gefühl in die Golftasche und zog wahllos einen Schläger heraus. Deutlich waren Buchstaben kurz unter dem Griffstück zu erkennen:

»Was bedeuten diese Buchstaben hier an den glänzenden Stielen der Schläger?«

Der Clubmanager verdrehte die Augen. Stiele!? Wie konnte es nur derart ahnungslose Einfaltspinsel geben, schien es ihm durch den Kopf zu gehen. Trotzdem beantwortete er diese Frage höflich:

»Die Stiele, wie Sie es nennen, Herr Kommissar, nennen wir Schäfte. Hier handelt es sich um so genannte Grafitschäfte. Die Buchstaben darauf sind das Monogramm Steiners. Wenn ein Spieler mal einen Schläger verliert und er so seinen Schläger gekennzeichnet hat, dann wird er in der Regel im Lokal oder bei meinen Damen abgegeben und wir können ihn danach dem Eigentümer wieder zurückgeben.«

»Ach so«, nickte Genko verstehend. »Und fehlt hier ein Schläger oder irgend etwas anderes in dieser Ausrüstung?«

Der Clubmanager und der Präsident zählten die Schläger durch und grinsten sich gegenseitig an. Michael Schlosser verstand diese Szene absolut nicht und fragte deshalb neugierig:

»Ist irgendetwas nicht in Ordnung?«

»Doch, doch«, antwortete der Präsident, immer noch grinsend. »Normalerweise besteht ein kompletter Schlägersatz, den wir mit auf die Runde nehmen dürfen, aus maximal 14 Schlägern. Steiner hat hier in seinem Spielbag aber 15 Schläger. Wenn der nicht ...«

»Zählt in der Regel ja ohnehin keiner nach!«, ergänzte der Clubmanager, »Passt aber genau zu Steiner.«

»Das heißt also, dass Ihrer Meinung nach, nichts fehlt?«, wollte Schlosser nun ganz genau wissen.

»Richtig, es ist eher etwas zu viel davon da«, bestätigte der Clubmanager, säuerlich lächelnd.

»Und was?«

Der Befragte schaute sich noch einmal genau die Ausrüstung an und fällte dann sein Urteil:

»Ich würde sagen, die Approachwedge. Die konnte ein Spieler wie Steiner mit Sicherheit nie vernünftig spielen.«

»Was aber nichts zu sagen hat, Rudolf. Du weißt doch, die schlechtesten Spieler schaffen sich alles an, in der Hoffnung, damit entscheidend besser spielen zu können. Dass nur üben, üben und noch mal üben den Meister macht, erkennen sie häufig erst Jahre später, wenn überhaupt.«

»Haben denn nicht viele Golfer mehr als 14 Schläger?«, staunte Michael Schlosser und blickte kopfschüttelnd auf die kleine Schlägeransammlung.

»Doch, doch!«, stellte der Clubmanager sofort richtig. Ihm war scheinbar durch diese Frage klar geworden, dass er den Eindruck erweckt hatte, dass Golfspieler grundsätzlich nur 14 Schläger besitzen würden. »Manche Spieler haben mehrere Hundert Schläger aller Art, aber normalerweise nicht im Spielbag. Auf die Runde darf man mit maximal 14 Schlägern gehen. Wirklich gute Spieler gehen auf Trainingsrunden auch mal mit nur einem Schläger über den Platz und spielen nicht schlechter als Durchschnittsgolfer. Steiner lief immer mit der vollen Ausrüstung über den Platz. Und das hier ist Steiners Spielbag.«

»Also dürfte eigentlich nichts entwendet worden sein?«, fragte er noch einmal nach. Einiges passte hier nicht zusammen.

»So würde ich das sehen«, nickte ihm der Clubmanager zu.

»Wozu dann das aufgebrochene Schloss?«, stellte nun der Präsident kopfschüttelnd fest.

»Genau das fragen wir uns auch«, beendete Schlosser das Thema und bat Genko, das obere Schloss zu öffnen.

Kurze Zeit später hatten sie den Inhalt der oberen Gitterbox vor sich. Außer zwei Paar Golfschuhen, drei Hosen, einen Regenanzug, mehreren einzelnen Handschuhen und Hemden gab es keine Kleidungsstücke. Lediglich einige Handtücher und diverse Reinigungsutensilien standen zusätzlich wohlgeordnet in dem geräumigen Schrank.

»Er zog sich also hier immer um?«, fragte Schlosser sicherheitshalber die Anwesenden, was diese nur leicht nickend bestätigten.

»Warum hatte Steiner nur linke Handschuhe? Was anderes sehe ich hier nämlich nicht.«

»Weil der normale Rechtshändergolfer beim Schlagen des Balles aus Schutzgründen an der linken Hand einen Handschuh trägt«, erklärte ihm Rasinger. Mit dieser Erklärung gab sich Schlosser zufrieden. Wenige Minuten später verließen sie den Boxenraum. Sie waren keinen Schritt weiter gekommen, das war ihm klar geworden. Sie wussten nur, dass die beiden Mordfälle irgendwie zusammenhingen.

Als sie vor dem Haupteingang ankamen, war die Dunkelheit schon hereingebrochen. Es war eine herrliche Vollmondnacht. Die schattenhaften Umrisse der riesigen Bäume waren gut gegen den Hintergrund zu erkennen. Der größte Teil der Polizeifahrzeuge war verschwunden. Nur noch wenige Wagen der Spurensicherung befanden sich auf dem Parkplatz.

»Notiere alle Kennzeichen der Fahrzeuge«, wies Schlosser seinen Mitarbeiter an und schaute sich weiter um.

»Warum?«

»Weil der ermordete Mörder irgendwie hierher gekommen sein muss. Danach mach gleich die Halternachfragen. Vielleicht können wir dann morgen den Wagen abholen lassen und wissen etwas mehr.«

»Aber er hatte doch gar keinen Autoschlüssel bei sich?«, gab Genko zu bedenken.

»Stimmt, das wundert mich auch«, nickte Schlosser leicht resigniert zurück.

Geduldig machte sich Genko an die Arbeit. Es standen nur noch ein knappes Dutzend Fahrzeuge weit verteilt auf den beiden Parkplätzen.

Bevor die beiden Beamten den Parkplatz verließen, diskutierten sie noch eine Weile, ob sie noch an diesem Abend im Clubhaus die anwesenden Mitglieder über Steiner befragen sollten oder nicht. Letztendlich einigten sie sich darauf, dass sie dies später, wenn sie mehr wussten, immer noch nachholen konnten.

7

Normalerweise hätte Michael Schlosser den Bericht der Pathologie abgewartet. In diesem doppelten Mordfall war es ihm aber extrem wichtig, zuerst einmal die genauen Todesursachen zu erfahren. Also entschloss er sich, am kommenden Tag zuerst in das Gerichtsmedizinische Institut zu fahren und die Pathologie aufzusuchen. Sicherheitshalber hatte er sich telefonisch angemeldet. Mit eiligen Schritten betrat er den zweistöckigen, unscheinbaren Bau und marschierte grüßend an dem Pförtner vorbei. Er kannte nach seinen vielen Dienstjahren den Weg nur allzu gut. Die wenigen Stufen in das Untergeschoss machten ihm wieder deutlich, wie schlecht man eine Treppe hinab gehen konnte, wenn ein Knie den Dienst nicht mehr richtig verrichten wollte. Leicht humpelnd betrat er den weiß gekachelten, sterilen Raum. Mitten darin stand ein monströser, silbrig matt glänzender Tisch, der an einem Ende eine breite, tiefe, eingelassene Wanne besaß, an dessen Stirnseite eine kleine Brausebatterie angebracht war.

Das kalte Licht mehrerer Neonröhren ließ ihn unweigerlich frösteln.

Auf dem Tisch lag eine männliche Leiche. Völlig nackt. Auf dem Bauch. Der Kopf des Toten war kahl geschoren und die abrasierten Haare in das dahinter liegende Becken gespült worden. Auf dem Rand der Vertiefung stand ein dampfender, henkelloser Kaffeetopf, den in diesem Moment ein Mann mit einem weißen Kittel, dessen

Haare fast den gleichen Farbton wie sein Kleidungsstück aufwiesen, gedankenverloren ergriff, an seinen dünnlippigen Mund setzte und einen tiefen Zug daraus tat, um ihn anschließend mit einem zufriedenen »Ahh« wieder abzusetzen.

Mit einem Zollstock vermaß der Mann anschließend sorgfältig eine dunkle, fast handtellergroße Stelle am Hinterkopf des Toten und sprach dabei laut vor sich hin:

»Kante am Hinterkopf sechskommadrei Zentimeter lang, einskommazwei Zentimeter breit und ungefähr drei Zentimeter tief. Der Schädelknochen wurde in diesem Bereich an den Rändern eingedrückt, im Zentrum durchtrennt. Die Hirnrinde und das Kleinhirn ... Ach du bist's, Hinkebein! Guten Morgen.«

»Guten Morgen, Knochensäge«, begrüßte Schlosser den Pathologen, den er seit Jahren kannte, dessen gewissenhafte Arbeit er sehr schätzte und mit dem er mehr oder weniger befreundet war. Ein anderer hätte ihn nicht Hinkebein nennen dürfen. Neben Genko eigentlich der einzige Mensch, dem er noch etwas näher stand. »Wenn du deine Beleidigung soeben auf das Band gesprochen hast, werde ich es gleich einziehen und gegen dich verwenden. Ist dir das klar?«

»Oh Gott, Oh Gott!«, stöhnte der Arzt scheinbar ängstlich auf. »Bitte zeige mich nicht an, Herr Hauptkommissar, ich erzähle dir dafür auch alles, was du von mir wissen willst!«

Mit einem kleinen, angedeuteten Handzeichen winkte ihn der Pathologe zu sich, schaltete mit einer geübten Bewegung das von der Decke des Raumes herabhängende Mikrofon ab und deutete auf den Rücken des Toten.

»Schau mal, Michael. Siehst du diesen kräftigen, langen,

roten, blau unterlaufenen Striemen unterhalb des siebten Wirbels. Dieser Striemen besagt ganz klar, dass dieser kräftige, athletische Mann mit einem Gegenstand mit voller Wucht niedergeschlagen wurde. Vielleicht war es ein Baseballschläger oder eine Eisenstange, die eine kleine Verdickung am Ende gehabt haben muss. Oder ein ähnliches Werkzeug. Der Mann muss, als ihn der Schlag traf, in gebückter Stellung vor seinem Niederstrecker gestanden haben. Würden wir uns noch im Mittelalter befinden, würde ich gesagt haben, er hat einen tiefen Dienerbückling gemacht. Dieser Schlag, der also von oben nach unten ausgeführt wurde, war allerdings nicht die Todesursache. Er hat den Mann nur auf den Boden gezwungen und für eine kurze Zeit handlungsunfähig gemacht. Noch bevor er wieder handlungsfähig wurde, traf ihn ein zweiter, absolut tödlicher Schlag, vermutlich wieder mit demselben Tatwerkzeug. Diesmal am Hinterkopf und wieder von oben nach unten. Das Tatwerkzeug drang so tief ein, dass es den augenblicklichen Atemstillstand zur Folge hatte, der seinerseits den Tod herbeiführte. Es muss am Ende ziemlich scharfkantig gewesen sein, weil es nur so durch den Schädelknochen in das Kleinhirn eindringen konnte. Die Stelle, an der das Tatwerkzeug eindrang, ist, jetzt mal mit den Augen des Mörders betrachtet, die beste, weil tödlichste. Wo anders wäre der todbringende Erfolg kaum so schnell und sicher gewesen.«

»Willst du damit etwa andeuten, dass der Mörder bewusst darauf gezielt hat?«, hakte der Hauptkommissar nach.

Der Pathologe wiegte seinen ergrauten Kopf hin und her und lachte spitzbübisch auf:

»Nee, Nee, mein Lieber. Das herauszubekommen ist

schon deine Aufgabe. Ich sage dir nur, wie es zum Ableben dieses Mannes gekommen sein muss. Den Rest musst du schon machen. Du sollst ja auch mal etwas arbeiten, Schnüffler.«

»Noch einmal zum Tatwerkzeug, Knochensäge. Du weißt ja, dass der Tote auf einem Golfplatz gefunden wurde. Könnte die Tatwaffe ein Golfschläger gewesen sein?«

»Darauf verwette ich sogar deinen Arsch, Michael. Die Spuren deuten präzise darauf hin. Schau dir doch mal diese Kanten am Schädelknochen an. Das war ein scharfkantiger Gegenstand, der aber nicht die Schärfe eines Messers hatte. Bring mir die unterschiedlichsten Golfschläger und ich sage dir, welcher Typ für den Mord infrage kommt.«

»Lässt sich aufgrund der Tiefe der Wunde etwas über den Mörder aussagen?«

»Du meinst, ob der Schlag von einem Rechtshänder oder Linkshänder ausgeführt wurde. Ob der Mörder kräftig von Statur gewesen sein muss oder nicht. Richtig?«

»Genau!«, bestätige der Hauptkommissar kurz.

»Der Mörder kann sowohl ein Rechtshänder wie auch Linkshänder gewesen sein. Als Rechtshänder hätte er den Schläger dann ganz normal als Vorhand geschwungen, als Linkshänder eben als Rückhand. Allerdings kann ich mir nur sehr schwer vorstellen, wie man als Linkshänder dann einen derart präzisen Schlag ausführen kann, denn der Schläger selbst war eindeutig ein Rechtshänderschläger, was man sehr gut an der Schädelfraktur erkennen kann. Es spricht also alles für einen Rechtshänder. Die Statur des Mörders kann alle Stufen umfassen. Also kann es sich sowohl um einen Mann als auch um eine Frau gehandelt haben. Groß oder klein. Nicht die Kraft des Schlages ist das Geheimnis, sondern die Schwunggeschwindigkeit. Selbst von einem ungeübten Anfänger oder von älteren Menschen kann ein Golfschläger so schnell geschwungen werden, dass er an der Schlägerspitze, die ja immerhin im Verhältnis zu seinem Schaft besonders schwer ist, eine Geschwindigkeit von 100 Kilometer in der Stunde erzeugen kann. Profis schaffen mühelos das Doppelte und mehr. Also kannst du dir jetzt gut vorstellen, mit welcher Wucht solch ein Schläger auf den Hinterkopf des Toten aufgeprallt sein muss. Eines jedoch kann ich jetzt schon mit Sicherheit sagen, wenn es ein Supergolfer, Baseballkönner oder Hockeyprofi gewesen sein sollte, der diesen Schlag ausgeführt hat, dann hat er den Schlag nur mit halber Kraft ausgeführt!«

Nach dieser langen Erklärung hielt der Pathologe erst einmal leicht aufschnaufend inne, griff wieder nach seinem Kaffeetopf und trank gierig einen großen Schluck.

»Aha! Begründe bitte deine letzte Aussage, Knochensäge«, bat Schlosser, die Augenbrauen eng zusammenziehend.

»Hätte ein Profi mit voller Wucht den Schlag ausgeführt, wäre der Schädel dieses Mannes zerborsten wie eine prall gefüllte Melone. Wir hätten das Gehirn aus der Senke herauskratzen können.«

»Uff«, entfuhr es Schlosser, der sich in diesem Moment diese Situation plastisch vorstellte. »Gibt es sonst noch etwas zu diesem Mann zu sagen?«

»Ja. Er war körperlich bestens in Schuss, ausgesprochen kräftig und vor kurzem in zahnärztlicher Behandlung. Die Arbeiten waren allerdings so durchschnittlich, dass nicht unbedingt damit zu rechnen ist, dass es eine

Aufnahme des Gebisses gibt. Seine Fitness und ganzkörpergebräunte Statur lässt allerdings darauf schließen, dass er in irgendwelchen Fitnessclubs oder ähnlichem zu Hause gewesen sein muss. Und noch eine Besonderheit: Der Mann wurde von einem Gesichtschirurgen behandelt. So vor einem halben Jahr, würde ich mal schätzen. Er hat eine neu geformte Nase bekommen. Der Mann sah also im Gesicht früher etwas anders aus, aber wie, kann man jetzt und hier kaum mehr nachvollziehen. Ansonsten gibt es nichts zu sagen. Bilder und der Bericht liegen euch morgen vor.«

»Verdammt! Das macht alles nicht gerade einfacher. Hast du noch mehr solche Überraschungen auf Lager?«

Der Pathologe schüttelte nur stumm seinen Kopf.

»Na schön! Prima! Hast du auch schon Marten Steiner, den Toten aus dem Birthler-Archiv untersucht?«, wollte Schlosser nun noch wissen.

»Ja, sicher. Der war ja ebenfalls brandeilig. Dieser Bericht wird gerade geschrieben und liegt dir schon heute Mittag vor. Steiner war das genaue Gegenteil von diesem Kraftprotz hier, und dieser Kraftprotz hat ja wohl den Steiner kalt gemacht, oder? Die Todesursache waren innere Verletzungen und schlichte innere Blutungen, hervorgerufen durch die tonnenschwere Wucht des Einklemmens. Es waren mehrere Rippen gebrochen. Hier gibt es eine medizinische Besonderheit: Eine Spitze einer gebrochenen Rippe hat sich in die rechte Herzkammer gebohrt und so zum Tode geführt. So etwas kommt normalerweise nicht vor, aber ich vermute, der hohe Pressdruck war dafür verantwortlich. Für deinen Fall hat es eigentlich keine Bedeutung. Der von euch festgestellte Todeszeitpunkt ist korrekt. Der Mann war spätestens zehn Minuten nach dem Eingequetschtwerden tot. Selbst wenn die Wachleute den Tathergang bemerkt, sofort Alarm ausgelöst und ärztliche Hilfe angefordert hätten, wäre es zu spät gewesen.«

Nachdenklich stand Michael Schlosser vor dem Pathologen, der schon wieder einen Schluck aus dem unappetitlichen Kaffeetopf nahm. Schlosser musste wegschauen. Ihm drehte sich ein wenig der Magen um. Wenn er mit dem Pathologen hin und wieder ein Restaurant besuchte, war es gerade der Arzt, der auf feinste Bewirtung Wert legte, und hier ...

»Sonst noch etwas Besonderes, was Steiner angeht?«, wollte er trotzdem noch wissen.

»Ja, aber ob es für deine Ermittlungen von Bedeutung sein wird, ist fraglich. Der Mann muss wie ein Schlot geraucht und wie ein Loch gesoffen haben. Er hatte deutliche Anzeichen eines Alkoholikers.«

»Äußerlich bereits erkennbare Anzeichen?«, hakte Schlosser sofort nach.

»Nein, das würde ich nicht sagen. Nur bestens geschulte Augen hätten solche Anzeichen in Verbindung mit seinem Verhalten bemerken können. In ein paar Jahren hätte es vermutlich schon anders ausgesehen. Eine Besonderheit habe ich allerdings noch für dich, Michael. Der Mann trug einen billigen Pullover unter seinem Dienstkittel und nicht minder einfache, lange dunkle Hosen. Die Unterwäsche hingegen war vom Feinsten und Teuersten, und ich versteh etwas davon, wie du ja weißt. Und auch die Schuhe waren teure Exponate. Mach dir selbst einen Reim daraus.«

»Das passt bestens zu dem verwirrenden Bild, welches wir von Steiner haben«, nickte der Kriminalbeamte zustimmend und erzählte dem Pathologen kurz von der erstaunlichen Entdeckung in Steiners Wohnung.

»Schau, schau. Ein Mann mit einem echten Doppelleben. Wenn er soviel Geld besaß, warum hat er dann seinen öden Dienst bei der Birthler-Behörde geschoben?«, wunderte sich der Arzt und griff, in Gedanken versunken, schon wieder zu seinem Kaffeetopf.

»Wenn wir das wissen, sind wir dem Täter und den Tatmotiven ein ganzes Stück näher gekommen. Ich halte dich auf dem Laufenden«, versprach Schlosser, verabschiedete sich schnell, um sein Frühstück im Magen zu behalten. Er konnte diese abstoßende Kaffeetrinkerei beim besten Willen nicht länger ertragen.

8

Hauptkommissar Schlosser traf gleichzeitig mit einem Mitarbeiter der Spurensicherung in seiner Dienststelle ein.

»Was schleppen Sie denn da alles an?«, wollte er von dem Mann wissen, da dieser einen großen Karton und zwei verschlossene Eimer prustend und keuchend trug.

»Die Sachen des Toten aus dem Grunewald und das, was wir in der Senke gefunden haben, Herr Schlosser. Genko rief uns an und meinte, wir sollen alles in sein Büro bringen«, erklärte der Mann, und stöhnte noch einmal kurz auf.

»Geben Sie mir die beiden Eimer«, bot der Hauptkommissar seine Hilfe an. Ein erstaunter Blick traf ihn. Es war ihm klar, dass dieser Kollege eine solche Hilfe von ihm nicht erwartet hatte.

»Ganz schön schwer, diese beiden Eimer. Was ist denn darin?«, fragte er den Mann.

Dieser zuckte nur mit den Schultern. Kurze Zeit später betraten sie das kleine Büro Genkos und Schlossers. Scin Mitarbeiter, der gerade im Internet einige Nachforschungen anzustellen schien und dabei den Rest einer Klappstulle in seinen Mund stopfte, schaute ihnen mit zusammengezogenen Augen entgegen und fragte, Krümel über seine Akten verstreuend: »Sakra! Was bringt ihr denn da mit?«

»Das, was du von der Spurensicherung angefordert hast, Genko«, kam es grinsend von Schlosser zurück.

Er stellte die beiden Eimer schwungvoll auf den Schreibtisch seines Kollegen. Den Karton ließ er, angedeutet durch eine kleine Geste, auf seinen Schreibtisch stellen. Der Kollege von der Spurensicherung verließ mit einem kurzen Gruß den Raum.

Genko öffnete sofort neugierig den ersten Eimer. Mehr als ein enttäuschtes »Aahh« war nicht zu hören. Schnell riss er auch vom zweiten Eimer den Deckel herunter und rief heftig aus:

»Was sollen wir denn damit, Chef? Spinnen die von der SpuSi?«

Neugierig geworden kam der Gefragte auf die Schreibtischsseite seines Mitarbeiters, schaute in die beiden Eimer und begann schallend zu lachen.

»Was willst du denn, Genko, die von der Spurensicherung haben doch nur genau nach den Anweisungen gehandelt. Wir wollten alles haben, was sie in der Senke gefunden haben und was nicht dorthin gehörte. Jetzt haben wir es!«

»So, jetzt haben wir es. Sollen wir nun einen Handel damit anfangen, oder was?«

Zuerst grinste sein Mitarbeiter nur ein wenig, dann begann auch dieser zu lachen. Der Adamsapfel tanzte an dessen langem, dünnen Hals dabei auf und ab.

»Das sind mindestens 500 Golfbälle. Da kann man mal sehen, wie gekonnt die im Golfclub Grunewald ihre Sportart beherrschen. Ich glaube, dieser Rentnersport kommt seine Betreiber auf diese Weise ganz schön teuer zu stehen.«

»Das kann schon sein«, stimmte ihm Michael Schlosser belustigt zu. »Wir können die Bälle später der Jugendabteilung des Golfclubs überlassen. Jetzt nehmen wir uns erst einmal die Schachtel auf meinem Schreibtisch vor.«

Bei diesen Worten ging er auf seine Schreibtischseite, entfernte den Deckel und schaute hinein. Das Erste, was er sah, und was Genko augenblicklich herausnahm und durchlas, war eine mehrseitige, mit einer veralteten Schreibmaschine geschriebene Aufstellung des gesamten Inhalts, in dreifacher Durchschrift.

»Ordentlich, ordentlich, unsere SpuSis«, stellte er grinsend fest. »Alles fein säuberlich getippt und ein Schreibfehler neben dem anderen. Oh Mann, oh Mann!«

Bei seinen letzten Worten schaute er so vorwurfsvoll nach oben an die Decke, als könnte diese die Fehler wieder beseitigen.

»Die sind nicht so wichtig, Genko. Die Sachen sind wichtig. Ist ein Fahrzeugschlüssel aufgelistet?«, fragte Schlosser und entnahm der großen Schachtel eine sorgfältig zusammengelegte schwarze Lederjacke und filzte sie gründlich.

»Nein, da steht nichts drauf, Chef«, antwortete ihm der Hagere kopfschüttelnd und nahm dabei selbst ein Kleidungsstück aus der Schachtel heraus.

»Nichts in den Taschen, kein Etikett am Saum oder im Kragen? Riechen tut sie auch nach gar nichts. Es ist so, als hätte diese Jacke niemals jemand hergestellt oder getragen«, stellte Schlosser sachlich fest.

»Stimmt, Chef. Ich habe hier eine lange, schwarze Hose und die hat auch keine Etiketten mehr. Fein säuberlich herausgetrennt, würde ich sagen. Es sieht so aus, als wollte der Tote grundsätzlich in allen Bereichen unerkannt bleiben.«

Sie durchsuchten sämtliche Kleidungsstücke und mussten abschließend feststellen, dass nicht ein Stück eine Identität aufwies. Es war auch keine Brieftasche, kein Ausweis oder irgendein anderer individueller Gegenstand zu finden, der auf Anhieb dem Toten zuzuordnen gewesen wäre.

»Merkwürdig, merkwürdig!«, nickte Schlosser vor sich hin und runzelte seine Stirn. »Der Mann wollte nicht erkannt werden. Ich habe so die Befürchtung, dass wir es hier mit einem Profikiller zu tun haben, der selbst gekillt wurde. Hast du einen verdächtigen Wagen gestern Abend auf dem Parkplatz ausfindig machen können?«

»Nein, nein!«, beeilte sich Genko zu sagen. »Nach den Halternachfragen hab ich im Golfclub angerufen und abgefragt, ob die Halter mit Mitgliedern oder Mitarbeitern des Clubs identisch sind und in allen Fällen wurde mir dies bestätigt. Es handelte sich um sechs Mitglieder und fünf Angestellte, die noch da waren. Also isses nix gwesen!«

»Das versteh ich nicht. Wie ist denn der Mann dann in den Club gekommen? Hat ihn der Mörder hingebracht, oder kam er mit einem Taxi?«

»Vielleicht ist er mit den Öffentlichen oder per Pedes angereist, Chef.«

»Unsinn! Öffentliche Verkehrsmittel fahren nicht einmal in die Nähe des Golfclubs und zu Fuß ist es ein viel zu weiter Weg. Da könnte ihn ja jeder gesehen haben und so etwas riskiert ein solcher Profi nicht. Also muss er mit einem Fahrzeug dorthin gelangt sein. Es spricht auch noch etwas anderes dafür, dass er einen eigenen Wagen benutzt haben muss. Solch ein Mensch, der bei seinen Geschäften nichts, aber wirklich auch gar nichts, an sich trägt, was seine Identität preisgäbe, der riskiert bei normalen Bewegungen im Leben nie und nimmer, dass er ohne gültige Papiere bei einer Routinekontrolle auffällt. Also wird er seine Papiere, selbst wenn sie gefälscht sein sollten, in seinem Wagen deponiert haben. Wo ist der aber geblieben. Wo sind die Autoschlüssel? Als Toter wird er ihn kaum weggefahren haben, oder? Kannst du mir diese Frage beantworten, Genko?«

Dieser schüttelte nur stumm seinen hageren Kopf, kramte weiter in der Pappschachtel und schien sich nur noch darauf zu konzentrieren. Neugierig schaute auch Schlosser wieder in die Schachtel.

Neben etlichen Accessoires, wie Holztees, Ballmarker oder Pitchinggabeln, die sie eindeutig dem Golfsport zuordneten und die vermutlich von Golfern bei ihrer vergeblichen Suche nach Bällen in der Senke verloren worden waren, sahen sie nur noch ein dickeres, braunes Kuvert, welches noch zugeklebt war, auf dem Boden des Kartons liegen. Als Genko schon zugreifen wollte, hielt ihn Michael Schlosser zurück, indem er ihm seine Hand auf den Arm legte. Mit der anderen Hand holte er aus dem obersten Schubfach seines Schreibtisches eine Pinzette heraus und hob damit das Kuvert in die Höhe.

»Schau, schau!«, flüsterte er, »ein voll gepacktes Briefkuvert, DIN A 5 oder B 5 würde ich mal sagen. Was hat das in der Senke zu suchen gehabt und wie kam es dort hin?«

Es wurde sehr still in dem kleinen Raum. Genko wagte kaum zu atmen, als er zurückflüsterte:

»Vielleicht hat es ebenfalls irgendein Golfer verloren?«

»Nein, nein!«, schüttelte der Hauptkommissar vehement seinen wuscheligen Kopf. »Dafür ist mir das Kuvert viel zu gut erhalten. Laut unserem Pathologen geschah der Mord in Grunewald zwei Tage bevor die Leiche gefunden wurde, vermutlich in den späten Abendstunden. Drei Tage vorher, am Sonntag, hat es geschüttet wie aus Eimern, am nächsten Tag war es wieder trocken, windig und sehr warm und bis heute hat es keinen Tropfen geregnet. Wäre es am Tag des Mordes von irgendeinem Golfer noch vor dem Mord verloren worden, so hätte dies schon verdammt knapp vor dem Mord geschehen müssen.«

Das schien dem Hageren einzuleuchten. Er schwieg.

»Gib mir mal deine Pinzette auch noch«, bat Schlosser, fordernd seine rechte Hand ausstreckend, »ich will wissen, was sich in dem Kuvert befindet. Vielleicht ist das der Schlüssel zu dem Mord und der Täter konnte dieses Kuvert in dem Laub und der Dunkelheit nur nicht mehr finden, weil er schnell verschwinden musste.«

Schnell hatte Genko das geforderte Werkzeug zur Hand und reichte es seinem Vorgesetzten.

Dieser begann vorsichtig an dem zugeklebten Verschluss zu ziehen.

»Gott sei Dank ein Adhäsionsverschluss«, murmelte Genko und sah, wie Schlosser noch ein wenig mehr Druck gab. Mit einem schlürfenden Geräusch ließ sich der Verschluss öffnen, ohne zu zerreißen.

»Ein normaler Klebeverschluss wäre mir lieber gewesen, dann hätten wir wenigstens die Chance gehabt, durch eine Untersuchung der vielleicht vorhandenen Speichelreste den Eigentümer zu identifizieren, so aber ...«, wandte der Hauptkommissar ein und lugte vorsichtig in das Kuvert hinein. »Holla, das ist prall mit irgendwelchen Scheinen gefüllt«, flüsterte er schon wieder.

»Kipp schon aus, Chef«, bat Genko eindringlich. Er

wollte eindeutig ebenfalls den Inhalt endlich vor sich offen liegen haben. Vielleicht handelte es sich um Geld? Wie viel Geld war es dann wohl?

Mit einem verhaltenen Schwung ließ Schlosser den Inhalt auf die einzige noch freie Stelle seines überfüllten Schreibtisches gleiten und war gespannt wie ein Stahlseil.

Der Inhalt war offensichtlich ein dickeres Geldbündel, welches durch eine selbst gefertigte, primitive Banderole zusammengehalten wurde. Gleich obenauf prangte ein nagelneuer 500-Euro-Schein.

»Oh, Mann!«, entfuhr es dem Hageren, »das sind mindestens hundert Mille!«

Seine Augen schienen fast aus den Höhlen zu treten, der Adamsapfel wollte sich gar nicht mehr beruhigen.

»Jetzt haben wir die erste reale Spur«, nickte der Hauptkommissar und öffnet auch die Banderole mit seiner Pinzette. »Diese handgestrickte Banderole könnte uns weiterhelfen. Sie scheint aus einer Illustrierten hergestellt worden zu sein.«

Mit einem leichten Druck blätterte er mit der Pinzette durch das Bündel und erstarrte.

»Das gibt's ja nicht!«, äußerte sich neben ihm Genko, fühlbar nicht weniger überrascht und enttäuscht zugleich, »nur das Deckblatt scheint ein Geldschein zu sein. Darunter lediglich bunte Blätter. Wozu sollte das denn gut sein?«

»Das weiß ich auch noch nicht, aber ich bin mir jetzt sehr sicher, dass dieses Päckchen mit dem Mord zusammenhängt. Es sieht fast so aus, als wollte der Mann von seinem Auftraggeber seinen Lohn holen und dieser hat ihn dann seinerseits umgebracht. Das Kuvert scheint ihm dabei in der Hektik in die Senke gefallen zu sein.«

»So sehe ich das auch, Chef. Der Mörder, der vermutlich gleichzeitig der Auftraggeber für den Mord an Steiner ist, übergibt dem kräftigen Mann das Kuvert mit dem angeblichen Geld, lässt es dabei scheinbar versehentlich fallen und erschlägt ihn dann mit einem Golfschläger. Ich verstehe nur nicht, wieso der Mann das nicht im Vorfeld gemerkt hat. Ich verbeuge mich doch nach einem Auftragsmord nicht vor meinem Auftraggeber, der einen tödlich gefährlichen Schläger in der Hand hat. Da müssen doch sämtliche Alarmglocken schrillen.«

»Richtig, das gibt mir auch zu denken«, gab Schlosser zu, »ich nehme deshalb an, dass wir unseren Mörder unter den Mitgliedern des Golfclubs suchen müssen.«

»Wieso?«

»Weil ich ganz deiner Meinung bin, Genko. Bei dem Mörder Steiners hätten wirklich sämtliche Glocken läuten müssen, wenn der Auftraggeber mit einem Golfschläger zur Geldübergabe kommt. Es sei denn, dass es unauffällig und normal war, dass er so erschien und es vielleicht schon mehrere derartige Treffen gegeben hat.«

»Und das wäre nur bei einem Golfspieler als normal einzustufen«, vollendete der Hagere den Gedankengang seines Chefs und fuhr nachdenklich kombinierend fort: »Er befindet sich auf der Golfrunde und trifft sich so ganz natürlich und unauffällig an diesem verborgenen Ort, den man nur dann frequentiert, wenn man beschissen spielt.«

Schlosser nickte zustimmend und fuhr seinerseits fort zu kombinieren: »Richtig! Und zusätzlich macht er den Treffpunkt so spät aus, dass die Wahrscheinlichkeit, noch einen Mitspieler auf der Runde zu treffen, äußerst gering ist. Ich nehme an, es war schon ziemlich dunkel, aber immer noch hell genug, sein Vorhaben auszuführen und zugleich für andere Golfer nicht als Nachtgolfer aufzufallen. Er hatte von vorneherein vor, den Mörder Steiners umzubringen, vermutlich um künftig nicht erpressbar zu sein.«

»Dann müsste es für uns doch ganz einfach sein, den Kreis der Tatverdächtigen einzuengen. Wir gehen in den Club und befragen sämtliche Spieler, die an diesem Tag gespielt haben.«

Sein Mitarbeiter war sichtlich zufrieden, das erkannte er an dessen tiefen Aufatmen. Und auch er sah nun eine reelle Chance den Täter zu entlarven. Er nickte ihm bestätigend zu und wechselte das Thema.

»Trotzdem müssen wir unbedingt herausbekommen, woher Steiner dermaßen viel Geld hatte und wer sein Mörder war. Nur wenn wir das herausbekommen, werden wir die wirklichen Hintergründe der Morde herausfinden. Sende die Kleider des Toten und das Kuvert wieder zur Spurensicherung, damit diese die Sachen noch einmal ganz genau unter die Lupe nehmen. Wenn wir Glück haben, hat der Mörder seine Visitenkarte darauf hinterlassen.«

Genko nickte nur zustimmend, packte wieder alles zusammen und brachte den Karton weg. Schlosser griff zum Telefonhörer und fragte nach, wo die Auswertung der Untersuchung im Archiv und von Steiners Wohnung blieb. Als sie ihm für den frühen Nachmittag versprochen wurde, begab er sich zufrieden in sein Stammlokal.

9

Mit hochgezogenen Augenbrauen und betont näselnder Stimme wurde der Clubmanager nun schon zum dritten Mal vom Präsidenten des Golfclubs Grunewald gefragt, ob er sämtliche Mitglieder des Vorstandes und die anderen Funktionäre des Clubs erreicht habe und sie alle mit dem Sitzungstermin am Abend gegen 20 Uhr einverstanden waren. Genau so antwortete dieser nun bereits zum dritten Mal, dass er bis auf den Vergnügungswart, der sich seit zwei Wochen im Urlaub befand, alle erreicht habe und alle ihr Kommen zugesagt hätten, nachdem sie von ihm erfahren hatten, dass der Schatzmeister ermordet und ein fremder Toter auf dem Clubgelände gefunden worden war. Er war stinksauer auf seinen Präsidenten und nur die Tatsache, dass der Vorstand letztendlich sein Arbeitgeber war, hielt ihn von einer scharfen Zurechtweisung zurück.

»Dann kann ich ja die Herren von der Mordkommission zu dem heutigen Termin einladen«, erklärte nun der Präsident, auch dieses zum dritten Mal, und blieb immer noch im kleinen Büro des Clubmanagers sitzen.

Rasinger wurde es nun zu bunt. Kurz entschlossen griff er nach der Visitenkarte, die ihm Hauptkommissar Schlosser am Vortag beim Abschied gegeben hatte, wählte die Telefonnummer des Beamten und wartete ab, bis sich dieser meldete.

»Einen Augenblick, Herr Kommissar, ich verbinde«,

nuschelte er, ohne sich vorzustellen, in den Hörer und reichte ihn grinsend an den Präsidenten weiter.

»Was soll ich denn damit, Rudolf?«, quietschte dieser wie angestochen auf und ergriff mechanisch den Hörer. »Wer ist denn da dran?«, fragte er die Gegenseite.

Als er endlich mitbekam, wen er dran hatte, fiel scheinbar der Groschen. Mit einigen hochtrabenden Worten lud er den Beamten noch einmal zu der Sitzung des Vorstandes ein und nannte ihm den genauen Termin. Danach legte er grußlos auf und wandte sich mit hochgezogenen Augenbrauen an den Clubmanager:

»Wieso laden Sie eigentlich wildfremde Menschen zu unserer Vorstandssitzung ein. Sie wissen doch ganz genau, dass das bei uns nicht Usus ist, Rudolf!«

Nach diesen Worten verließ er grußlos den Raum. Rasingers Zähne mahlten kräftig aufeinander, als er verdeckt seinen rechten Mittelfinger in die Luft hob.

10

Das Studium der Berichte über die Wohnung Steiners hatte ergeben, dass Steiner die noble Wohnung auch noch über einen anderen Ausgang hatte verlassen können. Eine Tür, die sich hinter einem Kleiderschrank verbarg, hatte es ihm ermöglicht, über einen längeren Weg durch mehrere Dachstühle den Treppenabgang eines Hauses, welches um die Ecke lag, zu erreichen.

Ansonsten war nichts von Bedeutung gefunden worden. Es gab weder Bankbelege noch andere interessante Hinweise. Der Mann war mit zwanzig Jahren nach Ost-Berlin gekommen, hatte während der DDR-Zeit in einer unwichtigen, Genko völlig unbekannten, Gesundheitsbehörde gearbeitet und war nach der Wende vom neuen Senat als Beamter direkt in die Birthler-Behörde übernommen worden. Er war nie aufgefallen und schien keine Freunde gehabt zu haben. Bis auf Bilder von den Eltern gab es keinerlei Hinweise auf weitere Bekannte. Der Mann schien nicht nur ein Doppelleben geführt zu haben, sondern auch ein Einsiedler gewesen zu sein.

Das mit den fehlenden Bankbelegen gefiel Genko überhaupt nicht. Der Mann musste ein Bankkonto haben. Seine Dienststelle, immerhin eine Behörde, zahlte das Gehalt doch nicht bar aus. Das gab es schon lange nicht mehr. Ohne zu zaudern rief er in der Personalabteilung der Birthler-Behörde an und wenige Minuten später hatte er die Kontoverbindung Steiners. Danach ließ er eine Abfrage bei Zentralen sämtlicher Bankinstitute Deutschlands machen, in der Hoffnung, auf weitere Konten Steiners zu stoßen. Spätestens am kommenden Vormittag würde er die ersten Anfrageergebnisse auf seinem Tisch haben und danach die richterliche Erlaubnis, direkt in der Bank Konteneinsicht nehmen zu können, beantragen. Dadurch würden sie mit Sicherheit ein gutes Stück weiter kommen, davon war er überzeugt.

Gelangweilt schaute Genko auf seine Armbanduhr. Es war schon nach 18.00 Uhr. In zwei Stunden sollte die Vorstandssitzung im Golfclub beginnen und er sollte zuvor noch seinen Chef, der wieder einmal mit dem Pathologen fein speisen war, abholen. Nach Hause fahren lohnte nicht mehr. Außerdem wartete ohnehin niemand auf ihn. Er war wieder einmal solo. Freundschaften hielten bei ihm meist nur kurz, selbst wenn sie aus seinem näheren Berufsumfeld kamen. Zu sehr war er mit seiner Arbeit verheiratet. Das ließ sich auf Dauer keine Frau gefallen – und er hatte sich längst damit abgefunden. Vielleicht verband ihn dieses Schicksal mit seinem Vorgesetzten. Bei dem hielten die Beziehungen auch nicht allzu lange, nur mit dem Unterschied, dass dieser schon zweimal verheiratet gewesen war.

Pünktlich, wie verabredet, nahm er seinen Chef auf, der offensichtlich bestens gelaunt war und scheinbar an diesem Abend mal keine Schmerzen in seinem linken Knie verspürte, und brauste Richtung Golfclub davon. Langsam, wie es die Verkehrsschilder verlangten, fuhr er die lange, enge Straße, die mitten in ein Waldgebiet hineinführte, entlang und war froh, dass endlich das Clubhaus hinter riesigen Bäumen, die bei dieser schummrigen Dunkelheit noch größer aussahen, leuchtend zum Vorschein kam. Erstaunlich viele Parkplätze waren um diese Zeit noch besetzt.

Wie selbstverständlich stellte er sich auf den einzigen, noch freien Parkplatz des Vorstandes – den Platz, der laut Schild für den Schatzmeister reserviert war.

»Das ist ja ein Ding, Genko«, brummte neben ihm der Hauptkommissar und wies auf das hellgraue Schild vor dem Wagen. »Wir haben etwas übersehen. Steiner muss ganz offensichtlich ein Auto gehabt haben. Ich glaube, da sollten wir schnellstens entsprechende Nachforschungen anstellen.«

»Stimmt, Chef, jetzt wo du es sagst und ich das Schild vor mir sehe, fällt es mir auch auf. Anfängerfehler 1. Stufe. Ich glaube, das sollten wir besser für uns behalten.«

Schief grinsend stieg er aus und ging gemeinsam mit seinem Chef auf den Eingang des Clubhauses zu.

Im Foyer des Clubhauses und im dahinter liegenden Restaurant war ein reges Treiben zu beobachten. Michael Schlosser war überzeugt, dass die jüngsten Ereignisse dafür verantwortlich waren. Viele wollten aus erster Hand erfahren, was los war. Dass der Schatzmeister ermordet aufgefunden worden war, war inzwischen bereits durch die Medien gegangen. Der spektakuläre Fund der Leiche am Loch 17 war zwar bisher nur in den Abendblättern als Kurznotiz und im Radio als Sondermeldung aufgetaucht, hatte aber offensichtlich doch ausgereicht, viele Mitglieder, und mit Sicherheit auch einige Vertreter der Medien, zu mobilisieren, an einem Wochentag am Abend im Club zu erscheinen. Bestimmt hatte sich auch die Sondersitzung des Vorstandes längst herumgesprochen. Die Geräuschkulisse im Clubhaus war deshalb ganz beachtlich.

Er wandte sich lächelnd an die beiden jungen Damen, welche hinter dem brusthohen Tresen saßen und erkundigte sich, in welchem Raum die Vorstandssitzung abgehalten werden würde. Die Brünette, die Genko bei ihrer ersten Begegnung so angeschnauzt hatte, lächelte diesmal sehr freundlich, kam hinter ihrem Schutzwall hervorgetänzelt und brachte ihn und seinen Mitarbeiter persönlich in einen kleineren Raum, der ganz offensichtlich für derartige Sitzungen konzipiert war. Neben zwei Flippcharts und einer kleineren Tafel gab es eine große Leinwand und einen modernen Beamer, der auf dem breiten, langen Tisch stand. An den Längswänden befanden sich mehrere rot umrandete Bilder mit Golfmotiven und einige alte Golfschläger waren darum herum drapiert. Als er die bequemen Armlehnenstühle rund um den rechteckigen Tisch abzählte, konnte er schnell feststellen, dass der Raum für 21 Personen gedacht war, und die schienen sich auch darin aufzuhalten. Eine dicke Wolke stinkenden Zigarettenrauchs, vermischt mit dem würzigen Duft einer Pfeife und dem ätzend, beißenden Gestank mehrerer Zigarren, schlug ihm entgegen. Er konnte einen Reiz im Hals nicht unterdrücken und begann sofort, bellend zu husten.

»Sie haben wohl einen Raucherhusten«, wurde er von einem, ihm fremden Mann, der sich nach diesem unpassenden Satz sofort wieder einem anderen Gesprächspartner zuwandte, lachend angesprochen.

»Idiot«, murmelte er sauer in sich hinein und schaute sich weiter um. Ausschließlich Männer, stellte er fest. Wenn das der Vorstand und die Funktionsträger des Clubs waren, schien dieser gemäß dem veralteten Motto einiger britischer Golfclubs organisiert zu sein:

»NO DOGS, NO WOMEN.«

«Alle, die nicht zu dieser Sitzung eingeladen worden sind, bitte ich nun, den Raum zu verlassen. Wir lüften noch einmal kurz und in fünf Minuten beginnt dann die außerordentliche Vorstandssitzung!«, quäkte in das laute Stimmengewirr die hohe, nasale Stimme des Präsidenten, die in diesem Moment eher wie eine Fanfare wirkte.

Der Erfolg war aber durchschlagend. Schnell sank der Geräuschpegel und die ersten Männer verließen den Sitzungssaal. Wenige Minuten später waren außer ihm und Genko nur noch acht Männer übrig geblieben. Der Präsident hatte sich bereits an der Stirnseite des Tisches niedergelassen und allmählich folgten auch die anderen Anwesenden. Noch ehe er sich einen Platz aussuchen konnte, sprach ihn der Clubmanager, der sich rechts neben dem Präsidenten platziert hatte, laut an, so laut, dass es auch wirklich jeder mitbekommen musste:

»Guten Abend, meine Herren von der Mordkommission. Nehmen Sie bitte dort Platz.«

Dabei wies er mit der Hand auf zwei Plätze, die neben ihm lagen, jedoch einen Platz dazwischen freiließen. Ein »Guten Abend«, allerseits in den Raum stellend, setzte er sich. Genko folgte knurrend seinem Beispiel. Neugierige und kritische Blicke zugleich wurden ihm von den Anwesenden zugeworfen, aber keiner stellte auch nur eine Frage.

»Wo bleibt denn die Meier?«, grunzte ein kleiner, sehr beleibter Endvierziger, der links neben dem Präsidenten Platz genommen hatte, und strich bei diesen ungnädigen Worten mit einem Taschentuch über seine schweißgeperlte Halbglatze.

»Sie kommt gleich, Kurt. Gemach. Immerhin hat sie

noch hinter dem Empfangstresen zu tun und heute Abend ist hier ja die Hölle los, wie du als Vizepräsident doch weißt«, verteidigte der Präsident die Abwesende. »Jeder scheint Informationen aus erster Hand haben zu wollen.«

»Well, die sind allesamt neugierig wie Cats«, fiel ein ausgesprochen gut aussehender, schlanker, blonder Mann ein, dem man die englische Muttersprache deutlich anhörte. »Sogar Trainingseinheiten haben sie wie verrückt gebucht, nicht zum Trainieren, sondern um mich und meine Mitarbeiter, wie sagt man hier, auszuquetschen.«

»Genau so war's bei mir auch«, nickte ein kleiner, mit einer Gärtnermontur bekleideter, älterer Mann dem Golftrainer zu.

»Was? Wie?«, begann der Letzte der Anwesenden, sich nun ebenfalls in das laut geführte Gespräch mit einzumischen. »Allan, gibst du neuerdings auch Golfunterricht? Ich dachte immer, ein schottischer Headgreenkeeper versteht nur etwas vom Rasen.«

»Oh, Shut up, Bernie«, gab der Angesprochene leicht säuerlich zurück. »Du weißt genau, was ich meinte. Viele Mitglieder wollten etwas über den Toten an der 17 wissen. Deine Kids haben dich doch heute auch nur deswegen durchgehend mit Beschlag belegt. Wo bleibt denn nun Molli? Wir wollen doch endlich anfangen. Ich muss morgen ganz früh wieder raus.«

Er hatte seinen Satz noch nicht beendet, als die Brünette, einen Schreibblock in der Hand, durch die noch halb geöffnete Tür hereingetänzelt kam, diese hinter sich schloss und zwischen dem Clubmanager und dem Hauptkommissar Platz nahm.

»Schön! Da jetzt auch unsere Schriftführerin anwesend

ist, eröffne ich hiermit unsere außerordentliche Vorstandssitzung«, begann der Präsident, noch stärker näselnd als sonst, seine Rede. »Als besondere Gäste begrüße ich die ...«

Diese wiederholte Vorstellung gefiel Schlosser zwar überhaupt nicht, aber es half nichts. Er hätte es lieber etwas dezenter, unauffälliger gehabt. Und die Schriftführerin schrieb alles eifrig mit. Wie er erkennen konnte, beherrschte die junge Dame perfekt irgendeine Kurzschrift. Vielleicht sind die Sitzungsprotokolle der vergangenen Jahre aufschlussreich, ging es ihm durch den Kopf. Eine gewisse Langeweile machte sich in ihm breit. Der Bericht des Präsidenten und die anschließende Diskussion erbrachten keinerlei neue Erkenntnisse. Es war schon eine erstaunliche kleine Gesellschaft, die hier versammelt war, stellte er fest, nachdem er sämtliche Anwesende eingehend betrachtet hatte. Neben Genko saßen die beiden Kassenprüfer des Golfclubs. Ihm gegenüber der Vizepräsident, der Jugendwart, der Spielführer, der so genannte Head-Pro und der Headgreenkeeper. Nur Männer. Frauen schienen in der Führungsriege nur als bessere Schreibkräfte zu taugen. Feiner Verein, dachte er, leicht den Kopf schüttelnd, sehr feiner Verein.

»Wir müssen aber jetzt sofort einen neuen Schatzmeister bestellen, da Steiner nicht mehr am Leben ist«, fiel der Vizepräsident des Golfclubs, Kurt Kammler, dem Präsidenten hart ins Wort, als dieser wieder von der Leiche am Loch 17 erzählen wollte. »Das sind wir unseren Mitgliedern schuldig. Ich schlage deshalb Pettersen vor. Der ist als renommierter Wirtschaftprüfer nahezu ideal. Jedenfalls besser als dieser Steiner.«

»Dein Kumpel Peter Pettersen ist doch bei der letzten Wahl ganz glatt durchgefallen, Kurt«, widersprach

Jugendwart Bernie Bolden, zeigte grinsend mit dem Daumen nach unten und warf dem Vizepräsidenten einen leicht hämischen Blick zu.

»Schon, aber damals gab es Steiner noch und heute ist er tot«, beharrte dieser. »Deshalb bestehe ich darauf, dass wir jetzt und sofort einen neuen Sch...«

»Das können wir doch gar nicht«, fiel nun der Clubmanager mit ein. »Laut unserer Satzung kann ein neues Mitglied des Vorstandes nur durch einen mehrheitlichen Beschluss der Mitgliederversammlung gewählt werden, und nicht durch den Vorstand.«

»Ja, das könnte dir gefallen«, knurrte der Vizepräsident wütend zurück. »Dann passt gar keiner mehr auf die Vereinskasse auf.«

»Unsinn!«, empörte sich nun der Spielführer, Sebastian Schöner, einer der besten Golfspieler des Clubs. »Dafür sind doch unsere beiden Kassenprüfer da. Die prüfen ohnehin jedes Jahr vor der ordentlichen Hauptversammlung ganz penibel alle Einnahmen und Ausgaben. Also was sollte das eben, Kurt?«

»Außerdem werden ohnehin seit all den Jahren, in denen ich hier als hauptberuflicher Clubmanager von euch eingesetzt wurde, sämtliche Vorgänge und Buchungen von den Damen am Empfangstresen oder über die Bank erfasst«, gab Rasinger den Anwesenden zu bedenken. »Die Satzung sieht vor, dass bis zur Neuwahl der gesamte Vorstand oder eine von ihm eingesetzte Person des geschäftsführenden Vorstandes oder der Geschäftsführung diesen Posten kommissarisch bis zur nächsten Mitgliederversammlung zu übernehmen hat. Also eindeutig keine außenstehende Person.«

»Richtig!«, meldete sich nun einer der beiden Kassenprüfer, welcher Schlosser als Felix Feigenblatt vorgestellt worden war, energisch zu Wort: »Und deshalb schlage ich jetzt vor, dass wir unseren Clubmanager, der ohnehin diese Arbeit faktisch schon die ganzen Jahre gemacht hat, als kommissarischen Vertreter bestimmen. Steiner hat sich ohnehin als Schatzmeister immer nur als der große Zampano aufgespielt. Wirklich Ahnung hatte er davon doch gar nicht. Wenn nicht Rudolf und seine Mitarbeiterinnen so gute Arbeit gemacht hätten, könnte man bei uns mit Sicherheit von keiner ordentlichen Kassenführung sprechen. Also sollte er diesen Posten kommissarisch übernehmen. Ich bitte um Abstimmung.«

Schlosser bemerkte, dass sich der Vizepräsident nicht so leicht geschlagen geben wollte und sich deshalb direkt an den Clubmanager wandte:

»Dass du unser hauptberuflicher, gut bezahlter Clubmanager bist, Rudolf, und dein Vertrag vor zwei Wochen auf der Vorstandsitzung um weitere fünf Jahre verlängert wurde, hast du doch nur dem Steiner, mit dem du andauernd herum geklüngelt hast, zu verdanken. Deshalb wäre es jetzt höchste Eisenbahn, dass ein neuer Schatzmeister das Amt übernimmt, mit dem du nicht so gut kannst!«, brüllte er wütend in die Runde.

»Meinst du, dass wir vergessen haben, Kurt«, hielt der Spielführer lässig dagegen, »dass du unbedingt deinen Schwiegersohn, diesen lausigen Golfer, der noch nicht einmal die einfachste Etikette kennt und auch kein Mitglied unseres Clubs ist, auf den Posten des Clubmanagers hieven wolltest?!«

»Well! Rudolf ist auch kein Clubmitglied!«, schaltete sich nun der Head-Pro ein. »Ich bin deshalb ganz Kurts Meinung!«

Rasinger schickte bei diesen Worten einen kurzen, harten Blick in die Richtung des Head-Pros und knallte seinen Kugelschreiber heftig auf die Tischplatte, um ihn danach sofort wieder aufzunehmen, als wäre nichts gewesen.

Interessiert verfolgte Schlosser diese Szenen. Es herrschte in dieser Gruppe alles andere als Einigkeit. Es knisterte förmlich vor Spannungen.

»Nimm doch auch mal Stellung, Melchior«, fauchte nun Kurt den Präsidenten an, der auf seinem Platz saß und den Eindruck machte, als bekäme er größere Teile der Unterhaltung nicht mit. »Wozu bist du denn unser Präsident, verdammt noch mal?«

»Damit du intrigantes Arschloch es nicht sein kannst«, zischte neben Genko einer der Kassenprüfer vor sich hin, leise genug, dass es nicht alle Anwesenden in der Runde hören konnten, laut genug, dass es sowohl Schlosser, als auch der Greenkeeper mitbekamen. Ein schmunzelnder Blick von Letzterem streifte deshalb nach dieser Bemerkung den Sprecher.

»Na gut«, entschloss sich nun der Präsident doch noch, herablassend seine Meinung kundzutun. »Wir stimmen über den berechtigten Vorschlag von Felix jetzt ab. Stimmberechtigt ist gemäß Satzung nur der geschäftsführende Vorstand, meine Herren. Wer dafür ist, dass Rudolf bis zur nächsten, ordentlichen Hauptversammlung satzungsgemäß kommissarisch die Tätigkeit des Schatzmeisters ausführt, den bitte ich jetzt um das Handzeichen.«

Nur er selbst hob die Hand und blickte sich um, als wollte er unzählige Handzeichen zählen.

»Ich stelle fest, dass meine Stimme für diesen Vorschlag war. Gegenstimmen bitte!«

Kurts Hand ging nach oben.

»Wieder schaute sich der Präsident weitläufig um und konstatierte mit seiner nasalen Stimme.

»Ich stelle fest, dass es nur eine Gegenstimme gab. Stimmenthaltungen?«

Es erhoben sich keine weiteren Hände. Verblüfft schaute Schlosser seinen Mitarbeiter an: »Was war denn das hier für ein Possenspiel?«, drückte dessen Blick aus.

»Ich stelle hiermit fest, dass bei Stimmgleichheit satzungsgemäß die Stimme des Präsidenten, also meine, den Ausschlag gibt und der Vorschlag somit als angenommen gilt.«

Einige schadenfrohe Gesichter, einige verärgerte Gesichter konnte Schlosser in der Runde ausmachen. Die brünette Molli hatte alles mitgeschrieben. Für sie schienen diese Vorgänge völlig normal gewesen zu sein.

Danach drehten sich die Gespräche nur noch um Nebensächlichkeiten. Das Hauptthema schien abgehandelt zu sein. Eine halbe Stunde später war die Sitzung zu Ende und sie begaben sich in das großflächige, moderne Restaurant, wo immer noch unzählige Mitglieder eifrig diskutierten. Die Entscheidung des Vorstandes wurde offensichtlich unterschiedlich aufgenommen. Es schien auch unter den Mitgliedern mehrere Lager zu geben.

Als sich die Gelegenheit bot, nahm der Hauptkommissar den Clubmanager beiseite und fragte ihn: »Gibt es in diesem Club so etwas wie eine Liste, aus der hervorgeht, wer wann auf dem Golfplatz gespielt hat?«

Verdattert schaute ihn der Gefragte an und antwortete: »Selbstverständlich, Herr Kommissar. Wie soll denn sonst hier ein geordneter Spielablauf vonstatten gehen. Die Runden müssen von jedem, auch von Mitgliedern, vorher beim Empfang persönlich oder telefonisch angemeldet werden. Die Eintragungen werden von unseren Damen dort vorgenommen.«

»Können Sie mir das bitte zeigen«, bat er freundlich.

»Jetzt?«, brauste der Clubmanager auf. »Jetzt? Um diese Zeit? Wissen Sie denn nicht, wie spät es ist?«

»Na sicher weiß ich, wie spät es ist. Wenn es heute nicht mehr geht, dann komme ich eben morgen wieder, wenn das besser passt.«

Nachdem sich der Clubmanager wieder etwas beruhigt zu haben schien, bot dieser an, extra für ihn noch einmal die Computeranlage hochzufahren, damit er das Gewünschte sehen konnte. Zufrieden folgte er dem Mann. Minuten später begann dieser gönnerhaft, ein wenig schulmeisterlich zu erklären: »Also, wir benutzen ein speziell auf Golfclubs zugeschnittenes Programm: Das PC-Caddie. Neben sämtlichen Stammdaten der Mitglieder werden auch alle Zahlungseingänge, Turnierergebnisse und auch alle normalen Platzrunden eingetragen. Sogar die Daten von Gästen werden so erfasst.«

»Ich würde gerne mal die Eintragungen der letzten drei Tage sehen«, bat Schlosser.

»Sie meinen also, Sie würden gerne sehen wollen, wer an dem Tag, an dem der Mord geschehen sein müsste, seine Runde auf dem Platz gedreht hat. Richtig, Herr Kommissar?«, schlussfolgerte grinsend der Clubmanager und blickte ihm in die Augen.

»Woher wissen Sie, wann der Mord geschehen ist, Herr Rasinger? Darüber hat bisher noch niemand gesprochen«, fragte Genko, der inzwischen ebenfalls den Raum betreten hatte, den Clubmanager starr von der Seite fixierend.

»Aber, aber, Herr Kommissar. Ich bin doch nicht doof. Wenn Sie genau drei Tage zurückgehen, liegt es doch auf der Hand, dass das der vermutliche Tag des Mordes sein muss«, kam es polternd auflachend aus dem Mann heraus. »Hier haben Sie sämtliche Eintragungen von diesem Tag. Es war, wie jede Woche, der Tag der Chirurgen.«

»Der Tag der Chirurgen?«, entfuhr es Genko.

»Was hatte ein Tag der Chirurgen mit Golfspielen zu tun?«, wollte auch Michael Schlosser verwundert wissen.

»Also das ist so, meine Herrn. Montag ist hier bis Mittag Ruhezeit, oder besser gesagt, die Zeit der Greenkeeper, Platzpflege und so. Danach haben wir den Chirurgentag. Dienstag ist DiDaGo, Mittwoch ist Ärztetag, weil die meisten Ärzte an diesem Tag nachmittags ihre Praxen geschlossen haben, Donnerstag DoHeGo und die restlichen drei Tage sind grundsätzlich für unsere Mitglieder und Turniere freigehalten. Verstanden, meine Herren?«

Die Herren hatten nur teilweise verstanden, was umgehend die nächste Frage Genkos ausdrückte: »Was bedeutet DiDaGo und DoHeGo?«

»Ich dachte, das liegt auf der Hand«, kam die leicht überhebliche Antwort zurück. »DiDaGo bedeutet: Dienstags Damen Golf. Jetzt ahnen sie bestimmt auch, was DoHeGo bedeutet?«

Die Beamten gingen auf diese Frage nicht ein. Schlosser stellte stattdessen seinerseits eine neue Frage: »Und was meinen Sie nun konkret mit Chirurgentag?«

»An diesem Nachmittag ist sozusagen grundsätzlich zwischen 13.00 Uhr und 15.00 Uhr für die Fraktion der Chirurgen der Platz reserviert. Die scheinen an diesem Nachmittag wohl frei zu haben.«

»Ach, und ich dachte immer, Friseure hätten montags frei«, entfuhr es Genko.

»Wir haben keine Friseure in unserem Club«, zischte ihn augenblicklich der Clubmanager an und wirkte bei diesen Worten noch arroganter als der Präsident.

Michael Schlosser tat so, als hätte er keine Notiz von diesen Worten genommen. Interessiert schaute er auf den Belegungsplan für den Tag, in dessen Abendstunden der Mord an Loch 17 geschehen sein musste. 40 Namen waren in der Liste vermerkt. Der größte Teil, immer in Vierergruppen eingeteilt, listete sich zwischen 13.00 und 15.00 Uhr auf. Danach folgte eine Stunde lang überhaupt keine Eintragung und dann scheinbar nur noch vereinzelte Golfspieler. Als er dies hinterfragte, erhielt er eine kurze, aber aussagefähige Erklärung: »Zwischen 13.00 und 15.00 Uhr spielen nur die Chirurgen, wenn möglich immer in Vierer-Flights, also Vierer-Gruppen. Es handelt sich selbstverständlich dabei um die Startzeiten am ersten Abschlag. Danach wird eine Stunde freigehalten, damit ihnen keiner in die Hacken spielt. Anschließend spielen dann nur noch vereinzelte Spieler, die durchweg mittendrin irgendwo auf der Runde abbrechen, da sie die achtzehn Löcher bis zum Einbruch der Dunkelheit, jedenfalls jetzt im Herbst, nicht mehr schaffen.«

»Und das Loch 17, hinter dem die Leiche gefunden wurde, liegt auf dieser Runde?«, wollte Schlosser auf Nummer sicher gehen.

»Richtig!«, bestätigte der Clubmanager, inzwischen offensichtlich besser gelaunt. »Und die letzten zwei bis drei Flights dürften dort, wegen der Jahreszeit, erst bei anbrechender Dunkelheit vorbeigekommen sein. Immerhin ist so eine Runde mehr als sechs Kilometer lang.«

»Wieso braucht man für die paar Kilometer so lange? Die läuft doch mein Großvater schneller!«, blubberte Genko und kratzte sich am Hinterkopf.

Der Clubmanager blickte ihn schief grinsend eine ganze Weile an.

»Sie meinen wohl auch, dass Golf kein Sport ist, stimmt's?«

Als Genko sichtlich amüsiert nickte, fuhr er fort: »Ich merke schon, Sie glauben wirklich, dass es sich um einen Rentnersport handelt, nur weil so viele ältere Menschen ihn auch noch ausführen. Ich mache Ihnen einen Vorschlag, dann verstehen Sie vielleicht alles ein wenig besser. Wir haben am Samstag, also übermorgen, wieder ein Golfturnier. Ich lade Sie ein, als Caddie mit auf die Runde zu gehen. Sie dürfen zwar dann selbst keine Bälle schlagen, aber Sie haben die Golfausrüstung unter Ihren Fittichen und Sie erfahren alles, was Sie über diesen Sport wissen müssen. Bitte dunkle Sportschuhe, keine groben Stollen oder Spikes, lange Hosen, Sporthemd mit Kragen anziehen und einen Regenschirm nicht vergessen. Kurz vor 10.00 Uhr müssten Sie dann hier sein. Was halten Sie davon, meine Herren?«

Überrascht schaute Schlosser seinen Mitarbeiter, dessen Augen aufzuleuchten begannen, an. Das kam ihm sehr gelegen. Besser ging es nicht. Auf diese Weise konnten sie sich unauffällig unter die Anwesenden mischen und Nachforschungen anstellen.

»Sehr gerne, Herr Rasinger. Wir freuen uns schon darauf. Jetzt habe ich nur noch zwei Fragen, bevor wir Sie verlassen. Erstens, können Sie uns eine Liste der Spieler, die am Montagnachmittag auf dem Platz gespielt haben, ausdrucken, wenn möglich mit ihren, wie nannten Sie es doch gleich, Stammdaten. Zweitens: Wer hat seinerzeit Steiner für die Clubmitgliedschaft vorgeschlagen und wer hat für ihn gebürgt?«

»Die gewünschte Liste können Sie gerne haben, meine Herren. Allerdings handelt es sich hier um fast 40 Spieler. Ich drucke Ihnen jetzt sofort den Tagesauszug mit den Namen aus. Die Stammblätter für so viele Spieler auszudrucken, dauert für diesen Abend viel zu lange. Ich überreiche sie Ihnen dann am Sonntag nach dem Turnier. Zur zweiten Frage: Das weiß ich nicht, denn ich bin erst seit fünf Jahren als Clubmanager hier, aber Ihre Frage kann mit Sicherheit unser Präsident beantworten. Über ihn lief damals alles.«

Noch während er diese Worte gesprochen hatte, hatte er mit der Maus auf den Druckbutton des Golfplatzprogramms geklickt und fast geräuschlos spuckte ein Laserdrucker die geforderte Liste aus. Michael Schlosser steckte sie, zweifach gefaltet, in seine Jackeninnentasche und wandte sich, dezent lächelnd, wieder an den Clubmanager: »Vielen Dank. Herr Rasinger. Wir sehen uns dann also am Sonntag.«

»Ich habe allerdings noch eine kleine Frage, Herr Clubmanager, bevor wir gehen«, grinste Genko den sichtlich selbstzufriedenen Mann an. »Gibt es eigentlich Sitzungsprotokolle aller Vorstandssitzungen der letzten acht Jahre?«

»Na, sicher«antwortete Rasinger, leicht entrüstet, wie man so etwas Selbstverständliches überhaupt fragen konnte.

»Wäre es Ihnen möglich, sie mir in Kopieform kurzfristig zur Verfügung zu stellen?«

»Von mir aus können Sie die Unterlagen gleich in Originalform mitnehmen, Herr Kommissar, wenn Sie mir nur versprechen, sie mir innerhalb einer Woche persönlich wieder zurückzugeben«.

Nach diesen Worten griff er kurzerhand in einen Aktenschrank, zog einen dicken, gelben Ordner heraus und reichte ihn mit einem feinen Lächeln Genko.

»Oh! Sehr hilfsbereit, Herr Clubmanager«, bedankte sich der Beamte.

Nach diesen Worten verabschiedeten sie sich von dem, inzwischen eindeutig bestens aufgelegten Mann und suchten im Getümmel des Restaurants nach dem Präsidenten. Michael Schlosser entdeckte ihn nach einer Weile im Gespräch mit dem Vizepräsidenten, im hintersten Winkel des verqualmten, großen Raumes. Die beiden Männer standen ziemlich weit entfernt von den nächsten Mitgliedern und unmittelbar an der großen Fensterfront, die bei Tageslicht einen herrlichen Ausblick über die weite Wald- und Parklandschaft erlaubte. Langsam schlenderte er, dicht gefolgt von seinem Mitarbeiter, in diese Richtung und nahm das unruhige Geraune und die neugierigen Blicke der Anwesenden wahr. Als er sich den beiden, die fast Seite an Seite standen, von hinten näherte, konnte er deutlich mit anhören, wie der Präsident seinen Vorstandskollegen, diesmal ohne affektiert durch die Nase zu sprechen, anfauchte:

»... wirst nie meine Stimme für die Aufnahme deines Schwiegersohns erhalten und du wirst hier nie meinen Posten einnehmen können!«

Fast noch harscher kam die Antwort des Vizepräsidenten zurück:

»Du bist auch nur Präsident, weil du ein ›von‹ in deinem Namen trägst. Ohne diesen Titel hätten sie dich nie gewählt, du Galionsfigur.«

Schlosser war gespannt, was der so Betitelte nun antworten würde, als dieser ihn erblickte. Deutlich verunsichert wandte er sich an ihn:

»Was kann ich noch für Sie tun, Herr Kommissar?«

Wieder der näselnde Tonfall. Schlosser schüttelte innerlich nur seinen Kopf.

»Wir wollten uns verabschieden und für die freundliche Einladung bedanken«, antwortete er mit einer leicht angedeuteten Verbeugung.

»Gerne geschehen«, ging der Präsident schmeichlerisch auf seine Worte ein. »Ich hoffe, wir, mein verehrter Vorstandskollege und ich, haben Ihnen ein wenig weiterhelfen können.«

»Ja, das haben Sie. Ach ja. Bevor wir gehen habe ich doch noch eine Frage: Wer hat seinerzeit Steiner für die Clubmitgliedschaft vorgeschlagen und wer hat für ihn gebürgt?«

Verblüfft schauten ihn die beiden Vorstandsmitglieder an. Mit klarer Stimme antwortete nach einer kleinen Pause der Präsident:

»Also das waren Professor Waynand und Doktor Vollmarey, glaube ich. Richtig, Kurt? Du warst doch damals auch schon im Vorstand.«

Leicht zögernd beantwortete der Vizepräsident diese Frage: »Ja, die beiden waren es. Aber der Treinemann war auch mit von der Partie. Und zusätzlich hatte sich damals sogar die Ulhorst für ihn ins Zeug gelegt. Also, alles beste Adressen. Wir waren seinerzeit mehr als erstaunt, das kann ich Ihnen versichern.«

Schlosser sah es dem Gesichtsausdruck des Vizepräsidenten an, dass er immer noch mehr als erstaunt über diese Angelegenheit von damals zu sein schien.

»Sind diese Herrschaften vielleicht jetzt hier im Club?«,

fragte er und schaute sich in dem lang gestreckten Raum um.

»Nein, Herr Kommissar, die waren die letzten beiden Tage nicht hier«, antwortete der Präsident, wieder extrem näselnd.

»Woher wissen Sie das so genau?«

»Na, ganz einfach: Weil ich jeden Tag hier bin«, grinste ihn Melchior von Merstall breit an.

»Ach ja? Mit was für einem Auto ist eigentlich Steiner hier im Club immer aufgekreuzt?«, wollte nun Genko wissen.

»Ach, der Spinner!«, entfuhr es dem Vizepräsidenten heftig. »Der hatte einen SLK und einen 924er. Bescheuert, kann ich Ihnen nur sagen. Absolut bescheuert!«

Eine wegwerfende Geste des Abscheus folgte.

»Wieso ist das bescheuert«, fragte Genko, der derartige Fahrzeuge bestimmt gerne sein eigen genannt hätte.

»In solch eine kleine Schachtel bekommt man doch nicht einmal einen längeren Golfschläger hinein, geschweige denn eine ganze Golfausrüstung!«, entrüstete sich der Gefragte.

Tolle Logik, schoss es Michael Schlosser durch den Kopf.

»Steht eigentlich sein Wagen noch hier auf dem Parkplatz?«

»Nein, wieso? Wenn er hier stünde, stünde er auf dem Vorstandsparkplatz. Haben Sie dort einen SLK oder 924er gesehen, meine Herren?«, antwortete mit gewohnt arroganter Stimme und leicht kopfschüttelnd der Präsident.

»Nein, haben wir nicht«, verneinte Schlosser enttäuscht. »Wir wollen nun auch nicht länger stören. Vielen Dank, noch einmal, und auf Wiedersehen.«

Als Michael Schlosser und Genko wieder in ihrem Wagen saßen, atmeten sie erst einmal ganz tief durch und schauten sich an.

»Das ist ja eine feine, sich gegenseitig mächtig achtende und liebende Gesellschaft und so völlig ohne Intrigen«, resümierte Genko. »Auf den Sonntag bin ich aber gespannt. Treffen wir uns hier vor Ort oder soll ich dich von zu Hause abholen, Chef?«

Dieser hatte nicht zugehört, sondern in der Liste, die ihm der Clubmanager gegeben hatte, zu blättern angefangen.

»Schau, schau!«, rief er nach einiger Zeit erfreut aus. »Alle vier Namen, die uns diese Herren vom Vorstand genannt haben, stehen auch auf der Liste der Spieler, die an dem Tag, als der Mord hier geschah, auf der Runde gewesen sein sollen. Und der Vizepräsident scheint später noch alleine über den Platz getigert zu sein. Nur der Herr Präsident selbst war offensichtlich an diesem Tag gemäß dieser Liste nicht anwesend, obwohl er vorhin selbst sagte, er sei jeden Tag hier. Jetzt wird's spannend.«

»Das wird er nur so dahin gesagt haben, um sich wichtig zu machen, dieser Herr von und zu«, winkte Genko schmunzelnd ab.

11

Mit aufgeplusterten Wangen, rot im Gesicht, schlürfte Michael Schlosser in die Pathologie und lud auf dem großen, ausnahmsweise einmal leeren Untersuchungstisch eine umfangreiche Ladung Golfschläger ab.

»Ich habe über zwei Stunden Zeit benötigt, ehe ich dieses Sammelsurium an verschiedenen Testschlägern von Hohmanns Golfshop geliehen bekommen habe. Ich musste dem bärbeißigen Eigentümer versprechen, sie noch heute zurückzubringen. Also ran an die Arbeit.«

Der Pathologe schaute ihn mit großen Augen an und antwortete:

»So wörtlich solltest du mich aber wirklich nicht nehmen. Ich hab auch so genug zu tun. Du weißt, was nach meiner Arbeit fällig wird?«

Schlosser schmunzelte nur und setzte sich abwartend auf einen der wenigen Stühle und rieb sich sein linkes Knie. Brummend reihte der Pathologe die Schläger an der Wand auf, zog den Archivmörder aus dem Kältefach, nahm einen Schläger nach dem anderen, vermaß jeden und hielt alle anschließend vorsichtig an das Loch im Schädel des Toten.

»Dein Bein macht dir heute wieder zu schaffen? Stimmt's«, fragte der Pathologe seinen Freund und schaute ihn kurz an, ehe er sich wieder seiner Arbeit widmete. »Was empfindest du eigentlich, wenn du mit Golfschlägern hantieren musst?«

Michael Schlosser wiegte leicht seinen wuchtigen Kopf ehe er antwortete:

»Ich könnte die ganze Welt zusammentreten. Nichts läuft seit dem Schlag gegen mein Knie normal. Meine Ehe ist im Eimer und irgendwie komme ich persönlich nicht mehr an meine Mitmenschen heran. Es ist zum Kotzen.«

»Na, na, Michael. Deine Ehe mit Gabi war schon vorher kaputt. Außerdem hast du ja mich und deinen schlaksigen Mitarbeiter als Vertraute und Freunde. Mehr Freunde braucht ein Mensch doch wirklich nicht«, gab der Pathologe warm zurück.

»Trotzdem hätte ich gerne eine Familie«, hielt Schlosser dagegen und schaute auf den Boden.

»Ich weiß, Michael. Aber jede Verabredung, die meine bessere Hälfte für dich in letzter Zeit arrangiert hat, hast du umgehend zum Platzen gebracht. Findest du das hilfreich?«

Inzwischen hatte der Pathologe den kürzesten Schläger in der Hand und seine Vergleiche am Kopf des Ermordeten angestellt. Erregt rief er nun in Richtung seines Freundes, sodass dieser auf die zuletzt gestellte Frage nicht mehr antworten konnte:

»Jetzt hab ich ihn, Michael, jetzt hab ich ihn. Es ist eindeutig ein Schläger dieser Art gewesen!«

Bei diesen Worten hielt er einen Schläger in die Höhe. Auf der Stirnseite stand die Zahl ›64‹.

»Wieso bist du dir da so sicher?«

»Weil der Neigungswinkel und die Größe der Schlagfläche genau zu dem Loch im Schädel passen. Ein Irrtum ist ausgeschlossen. Ein solcher Schläger war die Tatwaffe.«

Interessiert betrachtete nun Michael Schlosser den Schläger und begann dem Pathologen leise zu erläutern:

»Es handelt sich um eine Lobwegde. Ich ließ mir von Hohmann persönlich jeden einzelnen Schläger genau erklären. Dieser Schläger ist für kurzes, hohes Spiel gedacht und kann wirklich effektiv nur von guten Spielern genutzt werden.«

»Das ist ja bestens, Schnüffler. Dann musst du doch nur noch nach guten Spielern Ausschau halten.«

»Dachte ich auch. Aber mir wurde schon zweimal zu verstehen gegeben, dass gerade solch schwer zu spielende Schläger auch von mittelmäßigen Spielern gekauft werden, weil sie nach dem Prinzip Hoffnung damit ihre Ergebnisse verbessern wollen. Aber ich weiß nun nach welcher Tatwaffe ich Ausschau halten muss.«

Der Pathologe nickte ihm nur kurz zu und schob den Toten wieder in die Kältekammer. Aus dem Raum heraus rief er seinem Freund noch zu:

»Und denk dran, Michael, das nächste Essen geht wieder auf deine Rechnung!«

12

Die gesamte Woche über war angenehmes Herbstwetter gewesen. Ein wunderschöner Altweibersommer schien sich abzuzeichnen. Am Freitagnachmittag wurde es jedoch schon bedeutend kühler und die ersten Regenwolken tauchten am Himmel auf. Schlossers Knie machte fühlbar auf den Wetterumschwung aufmerksam.

Der Samstag allerdings zeigte ihm und den Bewohnern der Stadt, wie unangenehm das Wetter im Herbst werden konnte. Ein beständiger, böiger Nordwestwind brachte unentwegt massiven Nachschub an dunklen Regenwolken, die an diesem Tag kübelweise über der Hauptstadt abregneten.

»Sakra! Der Rasinger scheint den Wetterbericht vom Wochenende im Blut gehabt zu haben, als er uns empfahl, einen Regenschirm mitzubringen«, sagte Genko zu Schlosser, als sie auf den nur mäßig gefüllten Parkplatz des Golfclubs fuhren. Diesmal parkte er wie ein normaler Besucher ein. Er wollte nicht unnötig auffallen.

»Ich glaube, Golfer haben grundsätzlich die Wetterkarte im Kopf«, murmelte Michael Schlosser und griff nach seinem Regenschirm.

»Na ja, wenn du meinst, Chef. Wir sind da«, antwortete Genko, sichtlich aufgekratzt. »Jetzt werden wir mal unseren gemütlichen Samstagsspaziergang durch eine feine Parklandschaft machen und ganz unauffällig unsere Ermittlungen anstellen. Ich freue mich schon.

Das ist doch endlich mal eine Abwechslung in unserem Berufsalltag.«

Als sie die Empfangshalle betraten, kam ihnen sofort die brünette Molli entgegen und begrüßte sie fast wie Staatsgäste:

»Willkommen im Golfclub Grunewald. Darf ich Sie zum Abschlag begleiten. Sie werden schon erwartet!«

»Sie haben heute auch Dienst?«, wunderte sich Schlosser und schaute ihr in die hübschen, braunen Augen.

»Aber ja! Am Wochenende ist doch am meisten los. Wir, meine Kollegin und ich, haben immer montags und dienstags frei.«

»Und wer passt dann auf den Laden hier auf?«, wollte er interessiert wissen.

»Na, Herr Rasinger, wer denn sonst?«, antwortete sie leicht kopfschüttelnd.

»Und wann hat Herr Rasinger mal frei?«, hakte er schnell nach.

»Nie«, kam es prompt zurück. »Der ist immer hier im Club. Er kann frei nehmen, wann er will und auch Golf spielen, wie und wann er will, obwohl er kein Clubmitglied ist.«

»Ach!«, entfuhr es Genko erstaunt, »spielt der auch Golf?«

»Ja, sogar verdammt gut. Er spielt fast jeden Abend ein wenig und er ist einer der besten Linkshänder der Region. Er hat ein einstelliges Handicap.«

»Was sagt denn seine Frau dazu, dass er so viel hier im Club ist?«

»Gar nichts! Der gehört doch der Proshop und sie ist, bis auf montags, auch immer anwesend.«

»Proshop? Was ist denn ein Proshop?«, fragte Schlosser, der mit diesem Begriff nichts anfangen konnte.

»Ein Laden für Golfartikel. Den müssen Sie doch schon gesehen haben. Er liegt schräg gegenüber unserem Counter. Wenn wir mal nicht an unserem Arbeitsplatz sind, dann können sich die Mitglieder oder Besucher auch dort melden. Frau Rasinger hilft dann gerne weiter. So, jetzt wird's aber Zeit, dass Sie zum ersten Abschlag kommen. Es geht gleich los!«

Und schon tippelte sie an ihm vorbei, einen langen Gang hinunter, durch einen Nebenausgang an einem kleinen Puttinggreen entlang zu einer kleinen Menschenansammlung. Den obligatorischen Regenschirm hatte sie gleich nach dem Verlassen des Clubhauses aufgespannt, da ihr der Regen ins Gesicht wehte. Die beiden Beamten machten es ihr augenblicklich nach.

Noch bevor sie die Gruppe erreichten, bemerkte Schlosser, wie sie von einigen der dort Anwesenden neugierig beäugt wurden und wie sich so manches Gesicht trotz des schlechten Wetters zu einem breiten Lachen verzog.

»Wie kann man bei so einem Sauwetter so gut gelaunt sein«, knirschte Genko neben ihm in seinen nicht vorhandenen Bart. Schlosser fragte sich das ebenfalls.

»Das ist der Abschlag für das 1. Loch, meine Herren«, erklärte die Empfangsdame hastig, wies mit der Hand auf die Menschengruppe, drehte sich schnell um und lief flott in das Clubhaus zurück. Sie hatte eindeutig keine Lust, bei diesem Wetter länger als notwendig im Freien zu sein.

Rudolf Rasinger löste sich aus der Gruppe der Wartenden und kam auf sie zu:

»Seien Sie gegrüßt, meine Herren. Schön, dass Sie so pünktlich sind. In fünf Minuten erfolgt der Start des ersten Flights. Sie, Herr Hauptkommissar Schlosser, haben die Ehre, als Caddie unseres Präsidenten fungieren zu dürfen und Sie, Herr Kommissar Genske, werden im zweiten Flight folgen. Wird es denn bei Ihnen gehen, Herr Hauptkommissar?«

Schlosser registrierte bei dieser Frage einen eindeutigen Blick Rasingers auf sein linkes Bein. Die hochgezogenen Augenbrauen und die in Falten gelegte Stirn des Clubmanagers sagten ihm, dass ihn dieser nicht für gleichwertig oder belastbar hielt. Dies ärgerte ihn. Knirschend antwortete er:

»Sicher doch. Solch ein Spaziergang über grüne Wiesen stellt für mich eher eine Erholung dar.«

»Wunderbar, Herr Hauptkommissar. Dann darf ich Ihnen jetzt Ihre Flightpartner vorstellen.«

Dabei drehte er sich um, nannte den Anwesenden kurz die Namen der beiden Beamten, ohne jedoch auf ihren Beruf hinzuweisen. Schlosser war das nur allzu recht. Danach erfolgte die Vorstellung der Golfer. Schlosser würde in der kleinen Gruppe mit dem Präsidenten, einem Herrn Freisinger und zu seiner Freude mit dem Chirurgen Professor Doktor Wilfrid Waynand über den Platz gehen. Genko wurde der Caddie von einer Frau, dessen Namen er nicht genau verstanden hatte. Die beiden Herren von Genkos Flight entpuppten sich schnell als alte Bekannte. Es waren der Vizepräsident und der Spielführer des Clubs und sie hatten, wie offensichtlich alle Spieler des Turniers, keine Caddies.

Der Hauptkommissar musterte verstohlen Professor Doktor Wilfrid Waynand. Schlank, hoch gewachsen, graumeliert, leicht asketische Gesichtszüge. Als er ihm die Hand gab, bemerkte er, wie zartgliedrig die Hand des Mannes war, die seine Hand trotzdem sehr fest drückte.

Das Alter schätzte er auf knappe 60 Jahre. Irgendwoher kannte er diesen Mann – aber woher? Er forschte in seinem Gedächtnis nach, kam aber nicht darauf, und fragen mochte er auch nicht.

Rasinger, eine Liste, die bereits wie ein feuchter Lappen aussah, in der Hand haltend, blickte auf seine Armbanduhr und rief laut in die Gruppe:

»Erster Flight bitte fertig machen. In zwei Minuten erfolgt der Start!«

Als hätte der Clubmanager einen Zauberspruch getan, verstummten die Unterhaltungen und sämtliche Spieler, die nicht dem genannten Flight angehörten, traten mehrere Schritte zur Seite. Schlosser, der sich nicht sicher war, ob das auch für ihn galt, wollte sich ebenfalls entfernen, als ihm Professor Waynand zuraunte:

»Sie nicht, Herr Schlosser! Sie gehören zu unserem Flight.«

Gehorsam blieb er stehen und beobachtete die folgenden Szenen. Als Erstes schlug der Präsident den Ball vom Abschlag weg und fluchte danach leise wie ein kleiner Rohrspatz, ohne zu näseln:

»Immer dieser verdammte erste Abschlag!«

War es vorher schon sehr still gewesen – jetzt schien es fast noch stiller zu werden. Nur das leichte Prasseln des Regens unterbrach diese Ruhe. Versteckte Schadenfreude machte sich bei den meisten Mitspielern breit. Der Ball des Präsidenten war flach nach vorne links gekullert und keine zwanzig Meter weiter, kurz vor zwei roten Markierungen zum Liegen gekommen.

»Das war eine blitzsaubere Lady«, raunte ihm wiederum der Professor zu und zwinkerte vergnügt mit den Augen. »Das gibt nachher Champagner.«

»Was ist eine Lady?«, fragte der Hauptkommissar, ebenfalls nur im Flüsterton, als er, sich umsehend, keine Frau erblicken konnte.

»Ein Abschlag eines Herrn, der so kurz ist, dass er nicht einmal bis zum Abschlag der Damen, das sind die beiden roten Markierungen dort vorne, kommt.«

Danach schlugen Herr Freisinger und der Professor ab. Ihre Bälle flogen in hohem Bogen weit nach vorne. Ein verhaltenes Beifallsklatschen war die Folge. Die Regenschirme wurden wieder aufgespannt.

Der Präsident trat an sein Golfbag, welches auf einem schwarzen Trolley festgeschnallt war, warf seinen Driver hinein, holte sich ein längeres Eisen heraus und stapfte zu seinem Ball. Die anderen Spieler griffen nach ihren Trolleys und folgten ihm. Schlosser lief interessiert hinterher. Er war gespannt, wie es nun weitergehen würde.

Der Präsident klappte den Regenschirm zu und warf ihn vor sich auf den Boden. Danach machte er mehrere Probeschwünge und musterte anschließend ausgiebig die künftige Flugrichtung. Endlich stellte er sich an den Ball und schlug ihn. Deutlich mit Frust und Wucht geschlagen, flog der Ball in hohem, weitem Bogen nach vorne, auf den Rand des Waldes zu und verschwand darin. Achselzuckend nahm der Präsident das unerwünschte Ergebnis seines Schlages hin, spannte seinen Regenschirm wieder auf und lief, gemeinsam mit der Gruppe los. Schlosser wunderte sich, warum der Präsident den Golfschläger unter seine Achsel klemmte und sein Golfgepäck am Abschlag stehen ließ.

Plötzlich hörte Michael Schlosser hinter sich lautes Rufen. Irritiert drehte er sich um und versuchte die Ursache zu ergründen. Mehrere Spieler der folgenden

Flights gestikulierten wild und deuteten unentwegt auf den Trolley des Präsidenten. ›Die haben also mitbekommen, dass dieser alte Schussel seine Ausrüstung vergessen hat‹, amüsierte er sich innerlich und wollte sich schon wieder umdrehen, als er sah, dass sein Mitarbeiter Genko den zurückgelassenen Wagen ergriff und im Laufschritt auf ihn zukam.

»Chef, Chef!«, brüllte dieser gegen den Regenwind, »du musst ihn doch mitnehmen! Das ist die Aufgabe eines Caddies!«

Jetzt verstand Schlosser. Er schaute kurz über seine Schulter und sah das breite Grinsen der drei Spieler, die mitten auf dem Fairway standen und sichtlich belustigt diskutierten. Er ging einige Schritte seinem Mitarbeiter entgegen, dankte ihm kurz mit einem Kopfnicken und folgte seinem Flight mitsamt Trolley.

»Tut mit Leid«, näselte ihm der Präsident entgegen, »ich habe wohl vergessen Ihnen zu sagen, dass das unter anderem zu den Aufgaben eines Caddies gehört.«

Danach ging es flott weiter. Schlosser war gespannt, was ein Caddie noch so alles zu tun hatte.

Er sollte es bald erfahren. Ball suchen, Schläger reichen, Ball reinigen und immerzu den immer schwerer werdenden Trolley ziehen. Bergauf, bergab. Er hatte eigentlich vorgehabt, sich entspannt mit den Flightpartnern, speziell dem Präsidenten und dem Professor zu unterhalten, um so wichtige Informationen zu erhalten. Aber Pustekuchen. Mit einer Geschwindigkeit, die er diesen älteren Männern, jedenfalls bedeutend älter als er selbst, nie zugetraut hätte, bewegten sie sich durch das hügelige Gelände. Der peitschende Regen und der schwere Boden wurden für ihn allmählich zur ungewohnten Last. Dabei hielt er sich selbst für einen körperlich fitten Menschen, den eigentlich nur sein lädiertes, schmerzendes Knie häufig behinderte.

Nach knapp zwei Stunden hörte der Wind zu pusten auf und die Wolken verschwanden vom Himmel und mit ihnen die Regenschirme in den Bags. Es war Mittag und die Sonne begann die Erde schnell zu erwärmen. Es wurde ungewöhnlich warm und schwül. Zwischen dem 9. Grün und dem 10. Abschlag, welche eine schiere Ewigkeit vom Clubhaus entfernt waren, gab es einen kleinen Imbiss. Die Spieler setzten sich auf die bereitstehenden, überdachten Bänke, verputzten munter plaudernd einige Snacks und tranken sogar jeder ein Glas Sekt. Sie schienen bester Laune zu sein, obwohl die Spielergebnisse alles andere als berauschend waren, wie er mitbekommen hatte. Er verzichtete gerne auf ein Glas Sekt. Er wollte sich erst einmal ein klein wenig erholen. Am liebsten hätte er an dieser Stelle das Spiel abgebrochen und wäre zum Clubhaus zurückgelaufen, so fertig war er bereits. Aber es wurde ihm, als er sein Ansinnen kundtat, lang und breit erklärt, dass es sich bei diesem Golfplatz um einen der ältesten des Landes handeln würde, deshalb der erste Abschlag und das Clubhaus sehr weit entfernt liegen und dass er nicht gegen die anderen Flights zurücklaufen könne. Zu gefährlich für einen Platzunkundigen ... wegen der fliegenden Bälle. Es wurde ihm auch erläutert, dass dies bei neuen Plätzen ganz anders sei. Das 9. Grün und damit der 10. Abschlag würden auf solchen Plätzen immer unmittelbar am Clubhaus liegen und dort wäre es für ihn kein Problem gewesen, mittendrin aufzuhören. So aber ...

... so aber ging es wieder weiter. Es wurde noch schwüler und die Steigungen schienen auch immer länger und gewaltiger zu werden. Die Zeit wollte nicht vergehen.

Das Laufen fiel ihm immer schwerer. Endlich näherten sie sich den letzten drei Löchern und wie auf ein Kommando zogen erneut dunkelste Wolken auf. Die Sonne verschwand so schnell, wie sie Stunden zuvor gekommen war. Der Wind setzte mit heftigen Böen wieder ein.

Sie waren am Abschlag des 17. Lochs, als der Regenguss einsetzte. Bevor Schlosser seinen Regenschirm aufspannen konnte, war er bereits völlig durchnässt. Die Spieler schien das überhaupt nicht zu stören. Ungerührt schlug, mit mehr oder weniger gutem Erfolg, einer nach dem anderen den kleinen weißen Ball Richtung Grün, dem Grün, hinter dem sich der Mord abgespielt haben musste. Er hatte eigentlich gerade hier besonders aufmerksam darauf achten wollen, ob die Spieler besonders nervöse Reaktionen zeigten und gerade hier wollte er auch ein wenig provozieren, um zu sehen, wer auffällig reagierte. Er war aber so sehr mit sich, dem immens schweren Golfgepäck des Präsidenten und dem Regenguss beschäftigt, dass er froh war, als sie sich endlich kurz vor dem letzten Grün befanden und diese Golfrunde bald ein Ende haben würde. Aber dort ereilte ihn auch noch das letzte Übel: Eine heftige Windböe erfasste von hinten seinen Regenschirm, drehte ihn mit einem lauten Knall um und zerfetzte das Gestänge. Jetzt stand er auf den letzten Metern endgültig schutzlos im Regen.

Als sie im Clubhaus ankamen, plauderten die Spieler immer noch so locker miteinander, als hätten sie lediglich einen vergnüglichen, entspannenden Wochenendausflug gemacht. Er war bis auf die Haut durchnässt und kräftemäßig ziemlich ausgelaugt. Sein linkes Bein fühlte sich wie ein Fremdkörper an und pulsierende Stiche durchfluteten es unentwegt. Das hatte er nicht erwartet.

Zehn Minuten später kam sein Mitarbeiter auf dem 18. Grün an. Schon von weitem sah er ihm an, dass es auch ihm nicht besser ergangen war. Er wusste in diesem Moment, dass Genko nie wieder von Rentnersport sprechen würde, wenn vom Golfspielen gesprochen wurde.

»Haben Sie Kleider zum Wechseln mit?«, fragte ihn mitfühlend der Professor. »Wir duschen jetzt und danach darf uns unser Präsident freihalten. Sie als Caddie sind natürlich ebenfalls dabei.«

»Ich habe leider keine Kleider zum Wechseln dabei, Herr Professor. Ich werde wohl erst einmal nach Hause fahren müssen. Wie lange geht es denn hier so. Lohnt es sich, so in zwei Stunden wieder hier aufzukreuzen?«

»Aber ja!«, antwortete der Gefragte freundlich lächelnd. »In drei Stunden beginnt erst das gemeinsame Abendessen und ungefähr zwei Stunden später erfolgt die Siegerehrung. Wenn auch nicht alle Turnierteilnehmer so lange hier bleiben, die meisten werden anwesend sein. Bis später dann. Wir werden noch ein Glas Champagner für Sie übriglassen, Herr Schlosser.«

Der Hauptkommissar nickte nur. Der Professor zog sich in die Umkleideräume zurück und Schlosser suchte nach seinem Mitarbeiter, den er auch bald fand. Bei seinem Anblick, konnte er sich ein Lachen doch nicht verkneifen. Wie ein nasser, zerzauster Kater sah dieser aus. Als er das breite Lachen auf dessen Gesicht sah, wusste er, dass er selbst wohl auch keinen besseren Anblick bot.

»Das war ein Schlag ins Wasser, Chef«, gluckste Genko. Sein Adamsapfel tanzte in gewohnter Weise auf und ab. »Die haben uns ganz schön gelinkt, wie ich so nebenbei am Ende mitbekommen habe.«

»Wieso gelinkt?«, staunte Michael Schlosser. Er verstand nicht, was sein Mitarbeiter damit sagen wollte.

»Die haben uns, mit Ausnahme des Präsidenten und Vizepräsidenten, mit den schnellsten und besten Spielern des Clubs gleich in den ersten beiden Flights als Caddies mitmachen lassen, wohl wissend, dass eine Runde mit denen an Leistungssport grenzt. Wir sind in knapp viereinhalb Stunden über den Platz gefegt. Trotz Pause am 10. Abschlag. Das soll bei diesem ekligen Sauwetter ausgesprochen schnell gewesen sein.«

Schlosser sagte kein Wort mehr. Er spürte eigentlich nur noch seine Beine, bis zum Hintern hoch.

13

Michael Schlosser fühlte sich wieder einigermaßen frisch, als er gemeinsam mit Genko gute zwei Stunden später erneut im Club erschien. Umgehend gesellte er sich zu seinem Flight und hatte diesen noch nicht ganz erreicht, als ihm auch schon ein Glas, gefüllt mit bestem Champagner, gereicht wurde.

Die roten Gesichter der drei Spieler sagten ihm, dass diese inzwischen mehr als ein Glas geleert hatten. Ihm konnte es nur recht sein. So würden sie vermutlich etwas gesprächiger sein. Nach längerem Fachsimpeln und Wiederkäuen der gespielten Golfrunde kam unweigerlich das Gespräch auf den Toten an Loch 17.

»Weiß man denn inzwischen, wer der Tote ist, Herr Kommissar?«, fragte der Präsident, trotz der schlechten Golfrunde bestens gelaunt. Der Mann konnte dergleichen scheinbar sehr gut wegstecken.

»Nein, leider nicht«, antwortete er. Es war ihm überhaupt nicht recht, dass ihn der Präsident plötzlich wieder mit seiner Dienstbezeichnung ansprach. Er wäre diesbezüglich lieber etwas unauffälliger geblieben. »Haben Sie vielleicht eine Idee, meine Herren, wer es gewesen sein könnte?«, stellte er die Gegenfrage und beobachtete dabei besonders Professor Waynand aus den Augenwinkeln heraus.

Einhelliges Kopfschütteln.

»Und haben Sie eine Ahnung, wer ein Interesse daran

gehabt haben könnte, Steiner, Ihren Schatzmeister, zu ermorden?«

»Nein, wozu auch. Ich kannte ihn kaum«, antwortete Freisinger, während die beiden anderen wiederum nur den Kopf schüttelten.

»Kannten Sie ihn ebenfalls nur kaum, Herr Professor?«, nahm Schlosser zufrieden die Vorlage, die ihm soeben gegeben worden war, auf und schaute Waynand direkt ins Gesicht.

Das Zögern war zwar nur gering, aber es entging ihm nicht.

»Nicht allzu gut, Herr Kommissar«, antwortete Professor Waynand flüssig, »wie man sich eben so kennt, wenn man jahrelang im selben Club Golf spielt.«

»Haben Sie ihn denn nicht vor über sieben Jahren zur Aufnahme in diesen Club mit vorgeschlagen?«, hakte er umgehend nach.

»Ach, na ja!«, hauchte der Professor ziemlich leise, »das war doch nur so eine kleine Gefälligkeit, mehr nicht.«

Täuschte er sich, oder wurde der Mann sichtlich nervöser und verlor das Gesicht eine Spur seiner starken Rötung?

»Was hat das mit dem Mord an Steiner zu tun?«, wollte Freisinger wissen.

»Das kann ich noch nicht sagen«, redete sich Schlosser gewandt heraus. »Ich will mir nur ein umfassendes Bild von dem Toten machen. Aber zurück zu meiner letzten Frage, Herr Professor. Wie kam es zu einer solchen Gefälligkeit?«

»Ach, wissen Sie, Herr Kommissar, das weiß ich doch heute nicht mehr. Vermutlich hat er mich einfach darum gebeten, weil er gerne Golf spielen wollte.«

»Woher kannten Sie denn Steiner?«

»Auch das weiß ich nicht mehr so genau. Ich glaube, ich habe ihn in der Charité zum ersten Mal getroffen. Warum allerdings, kann ich heute nicht mehr sagen.«

Die Antworten kamen inzwischen wieder sehr flüssig und bestimmt aus dem Mund des schlanken, hoch gewachsenen Mannes. Jede Spur der Unsicherheit war verschwunden. Jetzt, wo Waynand die Charité erwähnte, fiel es Schlosser auch wieder ein, woher er ihn kannte. Aus Medienberichten, welche allerdings schon Jahre zurücklagen. Er war einer der führenden Spezialisten der Gefäßchirurgie. Bypässe und so weiter. Das passte perfekt mit dem Tag der Chirurgen und der späten Startzeit zusammen, aber die Gedächtnislücken, die der Professor soeben offenbart hatte, passten wiederum nicht zu solch einer Koryphäe. Aber was sollte er nun noch fragen, ohne den Mann zu stark in eine abwehrende Haltung zu drängen?

»Wann haben Sie Steiner das letzte Mal persönlich gesehen, Herr Professor?«

»Vor gut zwei Wochen. Da war eine Vorstandssitzung hier im Hause und danach haben wir uns noch kurz an der Bar getroffen.«

»Kamen Sie gut mit ihm aus?«

»Na ja. Gut wäre bestimmt zuviel gesagt. Er stand mir so nahe, wie die meisten anderen Golfer unseres Clubs auch. Nicht mehr und nicht weniger.«

»Also so nahe wie Ihre Kollegen, mit denen Sie jeden Montag schon fast regelmäßig eine Runde Golf spielen?«

»Nein!«, protestierte der sichtlich geschockte Mann sofort. »Mit meinen Kollegen hier verbindet mich neben unserem gemeinsamen Beruf und Hobby auch eine enge Freundschaft!«

Die erste wirklich starke Regung, stellte Schlosser befriedigt fest, und Steiner grenzte er dabei deutlich aus. Was also hat die beiden Männer wirklich verbunden?

Er beschloss, erst einmal nicht weiter zu bohren und lenkte das Gespräch wieder auf allgemeine Dinge, welches dann ganz schnell erneut auf golferische Ereignisse abglitt. Obwohl nun nichts Bedeutendes mehr gesprochen wurde, hatte er mehrfach das Gefühl, dass ihn der Professor heimlich eingehend musterte. Da würde er wohl später noch ein wenig tiefer bohren müssen.

Von den nun aufkommenden Golferwitzen gelangweilt, blickte er sich nach seinem Mitarbeiter um. Dieser schien in einer intensiven Unterhaltung mit einer für ihr Alter noch sehr attraktiv aussehenden Frau zu stehen. Bei der nächsten passenden Gelegenheit verabschiedete er sich von seinen Gesprächspartnern und gesellte sich dazu. Er hörte noch, wie die Frau erzählte:

»... die drei golfvernarrten Freunde kamen nun am 13. Grün an. Es lag genau an der langen Straße zum Friedhof. Gerd war mit dem Putten dran, als ein kleiner Trauerzug langsam die Straße entlang kam. Er blickte kurz hoch und hielt sofort inne. Ganz ruhig blieb er mit gesenktem Kopf so lange stehen, bis der Zug mit dem Sarg vollständig vorüber war. Danach nahm er das Putten wieder auf und lochte sogar aus größerer Entfernung gekonnt ein. »Mensch, Gerd, seit wann bist du so pietätvoll und gläubig?«, fragte ihn sein Flightpartner erstaunt. Antwortete Gerd mit ernstem Gesicht: »Aber schau, wenn man 25 Jahre miteinander verheiratet war, ist das doch wirklich das Mindeste, oder?«

Ein dunkles, rauchiges Lachen der rothaarigen, topschick gekleideten Frau ertönte. Die tief liegenden, etwas dunkel geränderten Augen machten allerdings keinen belustigten Eindruck, bemerkte Schlosser. Auch sein Mitarbeiter lachte erkennbar nur pflichtschuldigst mit.

»Ach, darf ich Ihnen meinen Chef, Hauptkommissar Schlosser vorstellen, Frau Doktor Ursula Uhlhorst«, wechselte Genko, tief aufatmend, schnell das Thema, als er ihn neben sich auftauchen sah, und wies mit der Hand auf ihn.

»Sehr erfreut, Herr Hauptkommissar«, empfing ihn die Dame und reichte ihm mit einer eleganten Bewegung die Hand.

Er überlegte blitzschnell, ob sie jetzt einen Handkuss erwartete, entschied sich aber dagegen und gab ihr die Hand.

»Frau Doktor Uhlhorst? Angenehm. Sind Sie Ärztin?«, ging er umgehend zu seinem Hauptanliegen, mehr über Steiner zu erfahren, über.

»Ja, allerdings. Trauen Sie mir denn so etwas nicht zu?«, lachte sie gewinnend zurück und spitzte dabei mehrmals hintereinander leicht ihren Mund.

»Aber ja doch«, antwortete er augenblicklich lächelnd. »Welcher Fachrichtung gehören Sie denn an?«

Er stellte diese Frage, obwohl er die Antwort längst kannte. Sie war bestimmt eine Chirurgin. Das würde ihre Teilnahme am montägigen Golfen erklären.

»Ich habe eine kleine Praxis für Gesichtschirurgie und Hauttransplantationen am Kudamm. Wenn es mal so weit ist, Herr Hauptkommissar, dann können Sie zu mir kommen und sich liften oder Fett absaugen lassen. Jetzt haben Sie das allerdings noch nicht nötig.«

»Sehr freundlich, gnädige Frau. Verschönern Sie auch Nasen?«

Sie sah ihn kurz, sichtlich verwundert an und spitzte erneut mehrmals den Mund.

»Ja, sicher doch. Aber Ihre Nase ist doch ganz in Ordnung.«

»Kannten Sie eigentlich den Toten von Loch 17 oder Steiner?«

Ohne zu überlegen kam diesmal die Antwort:

»Also, über den Toten vom Golfplatz kann ich Ihnen überhaupt nichts sagen. Aber Steiner, unseren Ex-Schatzmeister, den kannte ich ganz gut. Ich habe ihm vor vielen Jahren zum Beitritt in diesen Club verholfen.«

»Was war der Grund für diese Gefälligkeit, gnädige Frau?«, hakte er sofort nach.

Plötzlich schien sie zu stutzen und stierte förmlich an ihm vorbei. Der schon wieder leicht gespitzte Mund blieb gespitzt stehen. Schnell drehte er sich um und erhaschte noch aus den Augenwinkeln heraus, wie Professor Waynand ihr ein Zeichen mit den Händen, quer durch den Raum, zu machen schien, es aber augenblicklich unterließ, als dieser seinen Blick wahrnahm. Als er sich wieder zurückdrehte, spürte er die Veränderung in der Haltung der Frau. Richtig deutlich wurde dieser Umschwung, als sie begann, seine Frage zu beantworten. Die Stimme wurde hart, jede freundliche Verbindlichkeit war verschwunden.

»Das weiß ich heute nicht mehr. Bestimmt, weil er unbedingt in den Club wollte und man dazu halt Bürgen benötigt.«

Flaue Antwort, fand er, mehr als flau.

»Wann und wo haben Sie denn Steiner kennen gelernt, gnädige Frau?«

»Ach, das weiß ich nicht mehr so genau, Hauptkommissar, und ... und da ist ja Irmgard. Sie entschuldigen mich, bitte, meine Herren, ich muss unbedingt noch etwas mit meiner Bekannten dort drüben besprechen. Auf Wiedersehen.«

Sie hatte noch nicht einmal die letzten Worte ausgesprochen, als sie auch schon davon rauschte und ihn wie einen dummen Jungen stehen ließ.

»Was war denn das?«, staunte Genko. »Die war bis eben noch so freundlich und nun dieser Abgang?«

»Da scheinen wir ja in ein Wespennest gestochen zu haben, Genko. Für heute werden wir hier mit Sicherheit nichts mehr erfahren. Ich schlage daher vor, dass wir zu Hause unsere Schulaufgaben machen und uns dann alle möglichen Verdächtigen gründlich vorknöpfen.«

»Was?«, fuhr Genko entsetzt hoch. »Noch vor dem leckeren Büffet? Ich habe einen Mordshunger!«

Schlosser konnte sich ein belustigtes Lachen nicht verkneifen. So kannte er seinen Mitarbeiter. Essen war dessen zweites Leben - gleich nach der Arbeit.

Erst als er ihm vorschlug, ihn zu einem kleinen Abendessen in einem nahe gelegenen Steakhaus einzuladen und weiter über den Fall zu reden, ließ sich der Hagere breitschlagen und verließ einigermaßen zufrieden gestellt gemeinsam mit ihm das Clubhaus. Er freute sich schon auf das entspannte Essen und auf den kommenden, arbeitsfreien Sonntag. Dann konnte er seinem geschundenen Bein etwas Erholung gönnen.

14

Die Anfrage bei den Banken hatte Erfolg gehabt. Es wurde ein weiteres Konto bei einer kleinen Bank gefunden. Die staatsanwaltliche Erlaubnis und die richterliche Genehmigung zur Konteneinsicht für die letzten zehn Jahre hatte Schlosser bereits eine Stunde nach Arbeitsbeginn in der Tasche. Im Eiltempo machte er sich daher am Montagvormittag zur Filialzentrale des Bankinstituts auf, auf welches die Gehaltszahlungen gingen. Schnell musste er dort feststellen, dass es sich lediglich um ein normales Gehaltskonto handelte.

Anschließend begab er sich zu dem kleinen Bankinstitut und verlangte sämtliche Unterlagen der Konten, die auf den Namen Marten Steiner lauteten. Zuerst weigerte sich der Filialleiter, diese Informationen herauszusuchen, da sie angeblich zu wenig Personal zur Verfügung hatten und es zudem noch so etwas wie ein Bankgeheimnis gäbe. Als Michael Schlosser jedoch damit drohte, eine Durchsuchung größeren Umfangs anzuordnen, bekam er innerhalb kürzester Zeit die gewünschten Dokumente zur Einsicht und einen kleinen Raum zugewiesen.

Auf den Namen Marten Steiner lautete nur ein einziges Konto. Der aktuelle Kontostand war beachtlich. Knapp 100 000 Euro zeigte er an. Als er die Kontenbewegungen des laufenden Jahres im Schnelldurchlauf betrachtete, stutzte er. Jeden Monat, stets um den Ersten herum, waren mehrere Einzahlungen, durchwegs zwischen 200 und 900 Euro zu verzeichnen. Als er durchzählte, kam er auf die stattliche Zahl von 52 Zahlungseingängen im vergangenen Monat, alle in Form von Überweisungen. Schnell verschaffte er sich einen Überblick über die vergangenen Jahre und wusste danach, dass vor ungefähr neun Jahren die ersten Überweisungen dieser Art erfolgt waren. In den Folgejahren waren mehrere Einzahler hinzugekommen und scheinbar nur wenige weggefallen. Die letzten vier Jahre war dann niemand mehr hinzugekommen. Genauso auffällig war die Tatsache, dass sich die Summen im Laufe der Jahre nie verändert hatten.

Die Gründe für die Überweisungen waren nahezu fantasielos. Stets stand in der dafür vorgesehenen Zeile der gleiche Satz: ›Vereinbarte Zahlung‹. Der wirkliche Zweck, der sich hinter den Überweisungen verbarg, war so nicht zu ersehen. Bei den meisten Überweisungen handelte es sich offensichtlich um Daueraufträge.

Anders sah es da schon bei den Kontoinhabernamen der überwiesenen Beträge aus. Deutlich standen in der ersten Zeile jeder Spalte der Name, die Kontonummer und die Bankleitzahl. Es verwunderte ihn schon nicht mehr, dass er trotz einer nur flüchtigen Durchsicht auf Anhieb vier Namen kannte: Waynand, Treinemann, Vollmarey und Uhlhorst. Einige andere Namen kamen ihm irgendwie bekannt vor, andere wiederum sagten ihm nichts.

Warum waren derartige Beträge überhaupt geflossen? Wenn Steiner für wichtige, bedeutende Akten aus der DDR-Vergangenheit verantwortlich gewesen wäre und die Beträge höher gewesen wären, hätte er einen Ansatz gesehen und dann wären der Mord und seine Ausführung darum herum auch nachvollziehbar gewesen: Erpressung. So aber?

Da waren wohl einige Erklärungen seitens der Einzahler fällig.

Nicht sonderlich zufrieden grübelte er vor sich hin und drückte kopfschüttelnd auf den Klingelknopf. Dass derart intelligente Menschen, wie es doch zumindest ein Teil der Einzahler waren, nicht wussten, dass die Ermittlungsbehörden in einem Mordfall diese Kontenbewegungen einsehen konnten, wunderte ihn sehr.

Kurze Zeit später erschien ein junger Mann und fragte nach seinen Wünschen.

»Ich sehe hier Kontenbewegungen, durchwegs Geldabgänge, die mit dem Hinweis auf so genannte Umbuchungen versehen sind. Empfängernamen kann ich dabei nicht erkennen. Nur zweistellige Nummern. Können Sie mir erklären, was sich dahinter verbergen könnte?«, fragte er, die Stirn runzelnd.

Eifrig schaute der Bankangestellte auf die Kontenblätter und nickte ihm zu:

»Das lässt sich ganz einfach erklären. Es sind im Laufe der Jahre Geldbeträge auf so genannte Unterkonten geflossen.«

»Mir wurde versichert, dass auf den Namen Steiner nur ein einziges Konto lautet«, hinterfragte Schlosser, etwas verärgert.

»Das ist ja auch richtig, Herr Kommissar. Unterkonten werden nicht als gesonderte Konten bei uns gewertet. Solche Konten werden zum Beispiel für Festgelder, Aktiendepots oder besondere Bedürfnisse wie Hauskonten, Kinderkonten und so weiter eingerichtet, Herr Kommissar.«

»Dann würde ich jetzt gerne sämtliche, und ich sage und meine sämtliche Unter-, Neben- und Wasweißichnochwasfürkonten von Marten Steiner sehen«, knurrte Schlosser den Bankangestellten an.

Er mochte diese Spielchen überhaupt nicht, die nach dem Motto: »Was du nicht selbst entdeckst, bekommst du auch nicht auf dem Tablett serviert« abliefen. Jedenfalls nicht bei Banken oder Versicherungen. Bei Tatverdächtigen konnte er sie nachvollziehen, nicht aber...

Diesmal dauerte es doch fast eine Stunde bis er sämtliche Belege vorliegen hatte. Die meisten älteren Vorgänge waren nur noch auf Mikrofilmen vorhanden gewesen und das Ausdrucken verschlang viel Zeit.

Als der Hauptkommissar sich in die Lektüre der Belege vertiefte und seine Notizen machte, konnte er nicht umhin, wiederholt anerkennend durch die Zähne zu pfeifen. Steiner war ein steinreicher Mann gewesen. Der Doppelsinn seiner Gedanken ließ ihn fein auflächeln.

Steiner hatte im Laufe der Jahre immer wieder Geld auf Sonderkonten überwiesen und dieses teilweise als Festgeld angelegt, teilweise mit Aktien oder ähnlichem spekuliert. Hierbei, speziell bei den Aktien und Warentermingeschäften, schien er ein ausgesprochen gutes Händchen gehabt zu haben, denn es war ihm gelungen, ein Barvermögen von über fünf Millionen Euro anzuhäufen. Zählte man noch die erheblichen Barabhebungen, Überweisungen und Anschaffungen der vergangenen Jahre hinzu, musste dieser Mann einen zweistelligen Millionenbetrag erwirtschaftet haben. Es war mehr als beachtlich.

Kopfschüttelnd saß Schlosser vor den Belegen. Hatte Steiner Leute wie Professor Waynand oder Doktor Uhlhorst dauerhaft beraten und dafür Geld erhalten? War er eine Art verdeckter Börsenguru gewesen, der bewusst nicht an die Öffentlichkeit treten wollte? Wenn Steiner die spekulierten Börsengewinne bei seinen Steuerklärungen verschwiegen hatte, konnte das einen Sinn ergeben. Sollte er jemanden durch seine Ratschläge dermaßen geschädigt haben, dass...? Er dachte bewusst nicht zu Ende, um seine Gedanken nicht zu kanalisieren.

Geräuschvoll schob er sämtliche Unterlagen zusammen, packte sie in seine Aktentasche und verließ die Bank in bester Laune. Jetzt wusste er, wie er weiter vorgehen würde.

15

»Halleluja, Chef! Wir wissen nun, wer der Tote von Loch 17 ist«, wurde Schlosser von seinem Mitarbeiter empfangen, als er, ein leises Liedchen summend, das gemeinsame Büro betrat. »Es handelt sich um einen Pierre Pollens, ein Franzose mit deutschem Pass.«

»Woher kommt diese Information?«, wollte Schlosser wissen, als er seine Aktentasche auf den Schreibtisch legte und seine Jacke umständlich in den kleinen Kleiderschrank hängte.

Genko biss erst einmal einen kräftigen Happen von einer schlanken, grünen Gurke ab und zerkaute ihn genießerisch, bevor er sichtlich zufrieden antwortete:

»Die von der SoKo Organisierte Kriminalität haben ihn in ihren Akten. Der Hinweis, dass er durch eine Gesichtsoperation sein Aussehen verändert haben muss, hat die OK auf die richtige Spur gebracht. Das Ungewöhnliche ist nur, dass er zu keiner Gruppe Krimineller dazu gehört. Er soll ein absoluter Einzelgänger sein.«

»Wie passt denn das zusammen?«, staunte Michael Schlosser, hörte kurz mit dem Ausräumen seiner Aktentasche auf und schaute Genko gespannt an.

»Unser Mann soll ein Killer gewesen sein, obwohl ihm bisher noch keine einzige Tat nachzuweisen war, und er soll sogar für mehrere kriminelle Organisationen tätig gewesen sein. Deshalb sind die von der OK auch auf ihn aufmerksam geworden. Ich will dir jetzt nicht auflisten, was er vermutlich so alles auf dem Kerbholz hatte, aber er war wohl ein sehr schweres Kaliber.«

»Steht ganz sicher fest, dass es sich um unseren Mann handelt?«

»Freilich! Fingerabdrücke, Fotos und so weiter. Die von der OK sind jedenfalls nicht traurig, dass es ihn nicht mehr gibt. Sie hätten nur ganz gerne noch einige Auskünfte von ihm gehabt.«

»Haben die von der OK auch eine Antwort auf die Frage gegeben, wie und wer ihn angeheuert haben könnte, Steiner zu ermorden?«

»Nein, haben sie nicht! Ich habe ganz intensiv deswegen nachgehakt. Sie hatten ihn nie längere Zeit unter Beobachtung. Es gelang ihnen nicht. Immer wieder entzog er sich geschickt den Nachforschungen. Nie hatte er einen festen Wohnsitz. Sie konnten ihn nie richtig fassen. Gerade in den letzten Monaten hatten sie ihn nicht mehr im Griff. Deswegen konnten sie auf meine Fragen leider keine Antworten geben.«

»Schade. Dann werden wir auch in dieser Richtung noch kräftig ermitteln müssen, denn der Fall wird immer interessanter. Schmeiß mal ein Bild von ihm rüber!«

Wortlos grinsend schob ihm sein Mitarbeiter gleich zwei Fotos zu. Er nahm sie auf und betrachtete sie eingehend. Das eine Bild stellte einen fast unattraktiven, hakennasigen Kerl dar, das andere zeigte einen wirklich gut aussehenden, markanten Mann mit einer kleinen, geraden Nase.

»Schau an! Wie doch eine Nasenkorrektur das Aussehen eines Menschen verändern kann«, stellte er bewundernd fest. »Woher hast du die Fotos?«

»Das mit der Hakennase von der Passbehörde, das andere wurde am Computer von unseren Spezialisten nach den Bildern des Toten und den Aufzeichnungen aus dem Birthlerarchiv nachgestellt. So dürfte Pollens die letzten Monate ausgesehen haben.«

»Ganze Arbeit. Das kann uns weiterhelfen. Wir werden die Bilder jedem unter die Nase halten. Und nun zu Steiner. Folgendes habe ich heraus bekommen ...«

Ausführlich berichtete er von den Fakten, die er aus den Bankunterlagen erfahren hatte. Konzentriert hörte Genko zu und äußerte auch sofort nach dem Bericht seine Meinung:

»Dann muss der Mörder unter den Einzahlern der monatlichen Beträge zu finden sein!«

»Tja!«, nickte Schlosser nachdenklich, »so sieht es jedenfalls aus. Wenn wir nun noch die anderen Fakten hinzuziehen, dann kann es eigentlich nur ein einzahlendes Mitglied des Golfclubs gewesen sein. Nur wer?«

»Das bekommen wir schon heraus, Chef«, äußerte Genko optimistisch seine Hoffnung, »wir müssen nur alle Infragekommenden gründlich vernehmen. Die Banklisten, die Liste der Clubmitglieder und die Liste der Spieler, die an dem Tag, als der Killer erschlagen wurde, auf dem Platz unterwegs waren, engen den Täterkreis perfekt ein. Wenn festzustellen ist, welche Akte aus dem Birthler-Archiv verschwunden ist, kommen wir zusätzlich noch bedeutend weiter. Außerdem können wir schon heute Abend, wo wir doch den Chirurgentag haben, im Golfclub Befragungen durchführen.«

»Stimmt, Genko, genau das hatte ich vor. Speziell die Chirurgen sollten wir mit den Bildern des Archivmörders konfrontieren. Irgendjemand muss diesem Mann ja ein neues Gesicht verpasst haben. Also lass uns noch ein wenig hier arbeiten und dann ran an die Golfer«, schmunzelte Michael Schlosser und fuhr fort: »Gut dass wir keine Familien haben, die mit dem Abendessen auf uns warten. Gelle?«

Erkennbar zweifelnd, ob das soeben Gesagte ernst gemeint gewesen sein könnte, schaute ihn Genko an. Schlosser wusste, dass sein Kollege das eigentlich ganz anders sah. Dieser hätte auch gerne ein geregeltes Familienleben und ein gemütliches Abendessen gehabt, aber es klappte auch bei ihm einfach nicht. Deshalb brummte Genko auch nur ein kurzes »Hmmm« und zuckte mit den Schultern.

Lächelnd nahm Schlosser den Telefonhörer auf und drückte flott mehrere Tasten. Kurz darauf nuschelte er in den Hörer:

»Schlosser hier. Habt ihr herausbekommen, welche Akte im Archiv fehlt?«

Er lauschte gespannt.

»Seid ihr ganz sicher?«

»Danke, Kollege.«

Er knallte den Hörer auf die Ablage und schimpfte lauthals los:

»Mist, verdammter. Es fehlt scheinbar keine einzige Akte in diesem verdammten Archiv!«

»Dann hat dieser Steiner das Klügste getan, was man tun konnte: Er hat seine geheime Akte wie eine Stecknadel in einem gut gefüllten Stecknadelkissen verborgen. Wirklich clever«, kommentierte Genko den Ausbruch seines Vorgesetzten.

»Richtig, aber wohl nicht clever genug, wie sein Tod beweist«, knurrte Schlosser zurück und winkte ab.

Schweigend machten sie sich an die Arbeit. Gründlich nahm sich Michael Schlosser zuerst einmal die Vorstandssitzungsprotokolle vor. Bald hatte er bestätigt gefunden, dass ein erhebliches Spannungsfeld zwischen dem Präsidenten und dem Vizepräsidenten bestand. Auch Steiner und der Vizepräsident waren sich in den vergangenen Jahren unentwegt gegenseitig in die Haare geraten. Immer wieder war es um Aufträge gegangen, die der Golfclub vergab. Immer wieder waren die Aufträge letztendlich an die Firmen von Clubmitgliedern, und hierbei speziell des Vizepräsidenten, gegangen. Immer wieder gab es Streit deswegen. Und jedes Mal hatte Steiner diesen Auftragsvergaben zugestimmt. Meistens gegen die Stimme des Präsidenten. Es gab offensichtlich zwei starke, gegensätzliche Fraktionen in diesem Clubvorstand. Lediglich der Clubmanager schien in der Lage gewesen zu sein, die Wogen wieder ein wenig zu glätten, obwohl er von den Clubmitgliedern scheinbar nicht als gleichwertig angesehen wurde. Das ersah Schlosser aus der Tatsache, dass er auf drei Tagesordnungspunkte stieß, in denen über den Aufnahmeantrag Rasingers in den Golfclub beschlossen werden sollte. Jedes Mal hatte Steiner einen solchen Antrag eingebracht und jedes Mal war der Antrag einstimmig abgelehnt worden.

Anschließend nahm er sich jeden Bankbeleg einzeln vor und stellte Kolonnen von Namen, Daten und Summen zusammen. Einige Stunden später hatte er den potentiellen Täterkreis zusammen. Er enthielt eine hausgemachte Überraschung – neben Waynand, Treinemann, Uhlhorst und Vollmarey gehörte auch der Präsident des Golfclubs zu den Verdächtigen, mit dem Unterschied, dass dieser als Einziger nicht an der Chirurgen-Golfrunde teilgenommen hatte und nur eine der kleineren Summen monatlich überwiesen hatte. Der Vizepräsident fehlte in der Liste der Einzahler. Sollte hier der Kern der vergangenen Auseinandersetzungen verborgen liegen? Wusste er von den ungewöhnlichen Arrangements mit Steiner und hatte auch gerne teilhaben wollen?

Der Hauptkommissar teilte seinem Mitarbeiter seine Ergebnisse mit und war eine Stunde später gemeinsam mit diesem wieder auf dem Weg zum Golfplatz.

16

Als Michael Schlosser mit Genko bei strahlendem Sonnenschein die großflächige Terrasse des Golfclubs betrat, war er verwundert, dass nur wenige Clubmitglieder oder Gäste anwesend waren. Zwei ältere Damen saßen am äußersten Ende auf einer kleinen Bank und plauderten angeregt miteinander. Flüchtig schaute Schlosser auf seine Armbanduhr und stellte fest, dass es erst kurz nach 17.00 Uhr war. Wenn er seiner Erfahrung vom Sonntag trauen konnte, dann müssten in einer halben Stunde die ersten Flights der Chirurgen am 18. Grün, welches schräg rechts von der Terrasse lag, ankommen. Er war schon sehr gespannt, wer als erstes eintrudeln würde.

Er setzte sich auf einen der bequemen Gartenstühle, holte die Startliste des letzten Chirurgentages heraus und studierte sie.

»Solch eine Liste müsste eigentlich auch heute existieren«, dachte er laut nach und blickte seinen Mitarbeiter nachdenklich an, bevor er ihn ansprach: »Lauf mal zum Clubmanager und lass dir die heutige Startliste ausdrucken. Dann wissen wir, wer als Erstes hereinkommt und wen wir uns dann in welcher Reihenfolge vornehmen können.«

Genko nickte nur und ging gemächlich in das Haus. Kurze Zeit später kam er wieder zurück, strahlend und die Liste in der Hand schwenkend.

»Der Rasinger ist ja wie ausgewechselt. Er hat ohne zu zicken die Liste herausgerückt. Ich hab schon mal nachgeschaut, Doktor Treinemann kommt im ersten Flight herein.«

»Prima, dann müssen wir nur noch abwarten«, freute sich Schlosser und wandte sich dem welligen Grün zu.

Lässig setzte sich sein Mitarbeiter neben ihn und unterstützte ihn beim lautlosen Warten. Gelangweilt sah Michael Schlosser zwei älteren Herren zu, wie sie auf dem Puttingreen vor der Terrasse gekonnt die Bälle in den kleinen Löchern verschwinden ließen, als sich von hinten leise summend Rudolf Rasinger näherte und ihn ansprach:

»Schade, dass Sie vorgestern Abend so zeitig gegangen sind. Es war noch richtig lustig.«

»Dann haben wir wohl etwas versäumt?«, fragte Schlosser, die Stirn in Falten legend, »aber weil Sie gerade hier sind, würde es mich sehr interessieren, ob Sie diesen Mann schon mal hier im Club oder anderswo gesehen haben?«

Bei diesen Worten hielt er ihm die beiden Bilder des Archivmörders hin. Rasinger nahm sie ihm aus der Hand, blickte flüchtig darauf, schüttelte bedauernd den Kopf und gab sie ihm wieder zurück.

In diesem Moment gingen zwei Frauen mit flotten Schritten, jede ein Bag auf einem Trolley hinter sich herziehend quer an der Terrasse vorbei und verschwanden bald darauf links aus dem Sichtfeld Schlossers. Dieser stutzte. Der erste Abschlag für den Golfkurs lag doch genau in der anderen Richtung, nach rechts?

»Wo spielen denn die beiden Damen, die soeben an uns vorbeigelaufen sind?«, wollte er erstaunt von dem Clubmanager wissen.

»Die spielen auf unserer kleinen 9-Loch-Anlage. Der erste Abschlag liegt dort hinten links. Der Kurs ist bedeutend kürzer als unser Meisterschaftskurs und erheblich einfacher, aber trotzdem wunderschön.«

Bei diesen Worten zeigte der Gefragte weitschweifig nach links.

»Müssen dort ebenfalls die Abschlagzeiten am Counter eingebucht werden?«

»Für Mitglieder wochentags nicht. Nur für Greenfeespieler.«

Schlosser sah, wie bei Genko der Mund aufklappte. Sein Mitarbeiter musste irgendetwas in die falsche Kehle bekommen haben, denn dieser fuhr Rasinger wie angestochen an: »Was meinen Sie mit Grünviehspieler?«

Dieser stutzte zuerst, zog dann die Augenbrauen hoch und begann leicht lächelnd zu antworten: »Nicht Grünvieh, Herr Kommissar. Griiieeeeenfiiiieeeee! Als Greenfee bezeichnen wir die Summe, die Gäste, also fremde Spieler, für eine Runde Golf bezahlen müssen.«

»Ach so«, kam es kleinlaut von Genko, »also eine Spielgebühr.«

»Wenn ich in diesen Verein hier eintreten wollte, an wen müsste ich mich wenden?«, fragte Schlosser, um seinem Mitarbeiter eine weitere Antwort zu ersparen.

»Der Golfclub Grunewald ist kein *Verein*, Herr Kommissar, sondern ein *Club*«, zischte ihn der Gefragte, nun gar nicht mehr lächelnd, an. »Aber wenn jemand in unseren Club aufgenommen werden will, bereite ich alles für den Vorstand vor. Dieser entscheidet dann über die jeweilige Aufnahme.«

»Wurden Aufnahmeanträge, die Sie dem Vorstand vorgeschlagen haben, schon mal abgelehnt?«

»Nein, weil ich sie vorab mit diesem abstimme. Wenn Sie allerdings fragen, ob grundsätzlich schon im Vorfeld Anträge abgelehnt wurden, so kann ich Ihnen versichern, dass neun von zehn Anträgen bereits im Vorfeld, ja man kann sogar sagen, im weiten Vorfeld von mir eliminiert werden.«

»Wenden sich denn nicht viele Aufnahmesuchende direkt an eines der Vorstandsmitglieder?«

»Aber ja, Herr Kommissar. Nur schicken diese die Leute meistens umgehend zu mir. Die machen sich doch wegen so etwas nicht viel Arbeit. Nein, nein. Das gehört zu meinen Aufgaben, dafür werde ich bezahlt. Und genau deswegen muss ich mich jetzt auch wieder zurückziehen, meine Herren. Einen schönen Tag noch.«

Der Clubmanager wartete nicht einmal mehr eine Antwort ab, machte kehrt und verschwand wieder im Clubhaus.

»Schau an!«, brummte Genko gut vernehmbar in sich hinein. »Dann ist er so ein wenig der allmächtige Gott in diesem ›Verein‹.«

Das Wort ›Verein‹ hörte sich wie ausgespuckt an.

»Ein Gott, der allerdings eine verdammt lange Arbeitszeit zu haben scheint und trotzdem von den Mitgliedern nicht unbedingt als gleichwertig angesehen wird«, relativierte Schlosser die Ausführungen seines Mitarbeiters und schaute wieder gespannt die achtzehnte Bahn hinunter. Der erste Flight der Chirurgenrunde musste jede Sekunde kommen.

Wenige Minuten später wurde sein geduldiges Warten belohnt. Hinter der über zweihundert Meter entfernten Geländekuppe erschienen die ersten Köpfe. Kurz darauf folgten die Körper und diesen die Beine und die Trolleys.

Anschließend flogen die ersten Bälle neben und auf das achtzehnte Grün. Sie spielten nicht schlecht, diese Chirurgen, das konnte Schlosser nach der Golfrunde vom Vortag schon beurteilen. Nachdem jeder Einzelne der kleinen Gruppe eingeputtet hatte, kamen sie gemeinsam angeregt diskutierend auf die Terrasse zu, nickten den Anwesenden zu und setzten sich an einen freien Tisch.

Die Ergebnisse wurden verglichen und die Scorekarten unterschrieben. Laut unterhielten sie sich über die Runde und noch lauter bestellten sie Getränke.

Langsam begaben sich die Kriminalisten zu den vier Spielern und stellten sich vor.

»Wir ermitteln im Mordfall Steiner und dem unbekannten Toten von Loch 17«, erklärte Schlosser, worauf ihnen neugierige und erstaunte Blicke zugeworfen wurden. Die Chirurgen wussten erkennbar nicht, was sie mit der Anwesenheit der Kriminalisten anfangen sollten.

»Ist Ihnen dieser Mann bekannt oder haben Sie ihn hier auf der Anlage schon mal gesehen?«, fragte Genko als Erstes und hielt jedem Golfer die beiden Fotos des Archivkillers unter die Nase.

Bedächtiges, bedauerndes Kopfschütteln war die Folge.

»Haben Sie letzte Woche ebenfalls hier in solch einer Runde gespielt?«, legte nun Schlosser mit seiner ersten Frage los. Er stellte sie bewusst an sämtliche Spieler zugleich.

»Nein. Ich habe mit drei anderen Spielern, allerdings wieder im ersten Flight gespielt«, antwortete ein jüngerer Mann.

»Und ich erst im dritten Flight, der ebenfalls anders zusammengesetzt war«, gab eine der wenigen Damen, die an den Montagsrunden teilnahmen, an.

»Wir beide, Doktor Treinemann und ich, haben mit zwei anderen Spielern im vorletzten Flight gespielt«, fiel der dritte Spieler ein und zeigte dabei auf einen ungefähr fünfzig Jahre alten, etwas korpulenteren, verlebt wirkenden Mann, der unmittelbar neben ihm stand.

»Richtig«, bestätigte dieser und nahm seine dunkel geränderte, wuchtige Brille ab. »Wir haben mit zwei weiteren Spielern gemeinsam die Runde gespielt.«

»Ach, ja!«, wandte sich der Hauptkommissar an den Chirurgen. Die auffallenden buschigen Augenbrauen stachen ihm förmlich in die Augen. »Wer war denn noch mit von der Partie?«

»Der Müller und Weinmann«, kam es schon fast gelangweilt aus dessen Mund, der durch seine wulstigen Lippen auffiel. Die Brille wanderte wieder auf seine Nase. »Es war eine ganz angenehme Runde.«

»Nur eure Ergebnisse waren bescheiden«, lachte die Dame auf. »Aber euch Männer ist das ja ohnehin Wurst, weil ihr immerzu zocken müsst.«

»Zocken?«, fragte Genko verwundert. Er konnte sich scheinbar nicht vorstellen, wie man beim Golf zocken konnte.

»Na ja, um einen Fünfer je Loch oder um eine Runde Schampus, wer das *Last in* verliert«, antwortete sie dem hageren Beamten geduldig und erklärte danach, wie das ablief, als sie den fragenden Hundeblick Genkos sah.

»Das ist ja bescheuert, das *Last in*«, entfuhr es schwer ausatmend dessen Brust, »ich dachte immer, es sei Sinn des Spieles, so wenig Schläge wie möglich zu machen?«

»Richtig«, schaltete sich nun Doktor Treinemann wieder lachend ein. »Nur eben nicht beim *Last in*. Da kann es teuer werden.«

Sein dicker Bauch wackelte vor Lachen. Schnell stellte Michael Schlosser nun eine Frage:

»Warum haben Sie seit Jahren jeden Monat 750 Euro auf das Konto von Steiner überwiesen?«

Er dachte im ersten Moment, dass den Chirurgen nach dieser Frage der Schlag treffen würde. Jäh wurde dieser ernst. Sein Gesicht verzog sich zur Grimasse und wurde blass. Die Augen traten deutlich hervor, was durch die Gläser der Brille noch verstärkt wurde, und die Augenbrauen zogen sich hoch, fast bis zum Haaransatz. Die krause Stirn schien zu verschwinden.

»Wie? Was meinen Sie?«, stotterte der Mann los. »Ich verstehe nicht?«

»Soll ich meine Frage noch einmal wiederholen?«, wollte Schlosser, den Mann scharf anschauend, wissen.

Die Nerven Treinemanns schienen sich sehr schnell wieder zu beruhigen. Die Brauen senkten sich und die Stirn wurde wieder glatt.

»Das geht Sie, glaube ich, gar nichts an, mein Herr!«, zischte er ihm nun mit deutlich verhaltener Wut entgegen. »Meine Geschäfte mit Steiner gehen keinen etwas an!«

»Meinen Sie denn, wir wissen nicht, dass er Ihnen Börsentipps verkauft hat«, grinste ihn Genko von der Seite her an und zwinkerte vertraulich mit beiden Augen.

Nun wurden die Augen Treinemanns groß, durch die Brille ungewöhnlich groß.

»Treffer! Richtig?«, nickte ihm der Hagere zu und riss dabei eine Faust in Siegerpose nach oben.

Der Chirurg schien fieberhaft zu überlegen. Endlich antwortete er, betont langsam sprechend:

»Eigentlich sollte es ja keiner erfahren, aber da er ja

ohnehin tot ist, kann es ja nichts mehr schaden: Ja, er hat mich seit Jahren, wie übrigens so manch anderen Kollegen auch, gegen Bares mit wertvollen Börsentipps versorgt. Woher wissen Sie davon?«

Während der letzten Worte war der Clubmanager wieder auf der Terrasse erschienen. Lässig stand er an einem der dunkelgrünen Pfosten, die das weit ausladende Überdach hielten. Seine ganze Aufmerksamkeit gehörte eindeutig den hereinkommenden Golfspielern und dies wiederum schien zu seinen Aufgaben zu gehören.

»Das haben wir ermittelt, Herr Doktor Treinemann«, fiel nun der Hauptkommissar, die Frage beantwortend, ein und strich sich dabei nachdenklich über seinen wallenden Schnauzbart. »Ist Ihnen letzten Montag während der Golfrunde hier auf dem Platz etwas Besonderes aufgefallen?«

Er schaute sich bei diesen Worten in der kleinen Runde um und war auf die Antwort gespannt. Wieder einheitliches Kopfschütteln.

Aus den Augenwinkeln heraus beobachtete er, wie der nächste Flight das achtzehnte Grün schwatzend verließ und wollte schon zur nächsten Frage ansetzen, als Treinemann achselzuckend bemerkte:

»Wenn es für Sie von Bedeutung ist, Kommissar, dann gibt es eigentlich nur zu berichten, dass Ursula Uhlhorst einmal einen ihrer Schläger am vorhergegangenen Grün liegen gelassen hat.«

»Ach ja? An welchem Grün?«, hakte er sofort nach.

»Am siebzehnten! Sie hat hier am achtzehnten zuerst zu Ende gespielt und kam uns danach stocksauer und wie angestochen entgegengelaufen. Sie winkte aufgeregt, damit wir sie auch sehen und nicht abschießen, immerhin lief sie ja die Spielbahn in der falschen Richtung und duster wurde es auch schon.«

»Wissen Sie auch, welchen Schläger sie vergessen hatte?«

»Ich glaube, sie hatte etwas von ihrer Lobwedge geredet«, fiel nun der andere Spieler, der damals ebenfalls mit im Flight gewesen war, ein. »Und sie war an diesem Tag ohnehin nicht gerade gut in Form und wirklich ganz schön in Fahrt, unsere Schönheitschirurgin, das kann ich Ihnen versichern.«

»Nehmen denn nachfolgende Spieler vergessene Schläger nicht mit?«, schien sich Genko zu wundern.

»Doch, schon«, antwortete Doktor Treinemann leicht schmunzelnd, »aber nur wenn sie gefunden werden. Und Ursula hat ihren Schläger scheinbar an einer ganz blöden Stelle vergessen.«

Treinemann war inzwischen wieder die Ruhe in Person, so wie Michael Schlosser es von einem guten Chirurgen eigentlich erwartete.

»Sie waren also im vorletzten Flight«, stellte er mehr für sich selbst fest, als für die Anwesenden. Entsprechend leise sprach er auch. »Dann muss Frau Uhlhorst im drittletzten Flight gewesen sein und auf den letzten Flight am siebzehnten Grün gestoßen sein. Ist das richtig?«

Den letzten Teil seiner Worte hatte er wieder lauter ausgesprochen.

»Nein, dem dürfte vermutlich nicht so gewesen sein«, schüttelte Doktor Treinemann seinen dicht behaarten Kopf. »Es ist wahrscheinlicher, dass sie den letzten Flight nach dem Abschlagen auf der Achtzehn passiert hat. Aber genau wissen das natürlich nur die Uhlhorst und die Spieler des letzten Flights.«

Inzwischen kamen die nächsten Spieler auf die Terrasse und setzten sich diskutierend und lachend an den Nachbartisch. Gemächlich wandte sich der Hauptkommissar diesem Tisch zu und erfuhr sehr schnell, dass, wie es auch auf seiner Liste stand, keiner der Verdächtigen dabei war. Interessante Hinweise konnten sie ebenfalls nicht geben. Den toten Archivmörder kannte niemand. So erging es ihm auch bei der nächsten Gruppe. Noch bevor der folgende Flight mit dem Putten zu Ende war, schlenderte Doktor Treinemann an den Grünrand, nahm wiederholt seine Brille ab, um sie sich gleich danach wieder aufzusetzen, und sprach eine Weile mit einer Frau und einem Mann. Bei der Frau handelte es sich um die Schönheitschirurgin Ulhorst. Den Mann, der sich schon stark in den Sechzigern bewegen musste, kannte er nicht.

Während der Unterhaltung bemerkte er wiederholte Blicke, die in seine Richtung gingen - oder hatte er sich getäuscht? Er würde sie sich gleich, wenn sie auf der Terrasse erschienen, vornehmen.

Genko schaute zu ihm und schien seine Gedanken erraten zu können.

»Heute entkommt uns keiner, Chef. Danach wissen wir mehr.«

»Irre weise Worte, Genko, wirklich irre weise«, schüttelte Schlosser den Kopf und schaute dabei nach oben. »Dazu müssen sie aber erst einmal herkommen.«

Die Schönheitschirurgin, Doktor Treinemann und der Unbekannte dachten scheinbar überhaupt nicht daran. Sie unterhielten sich immer noch, dicht am Grün unter einem Baum stehend, obwohl sich die anderen Mitspieler bereits verabschiedet hatten.

Michael Schlosser überlegte schon, ob er zu der kleinen Gruppe gehen und sich in das Gespräch einmischen sollte, als die nächsten Spieler das Grün betraten und zu putten begannen. Soviel hatte er am Tag zuvor gelernt, dass es absolut gegen die Etikette verstieß, wenn man Spieler auf dem Grün in irgendeiner Form störte. Also blieb er in abwartender Haltung stehen und beobachtete weiterhin die Szene.

Das Putten schien beendet zu sein. Sämtliche Spieler schüttelten sich gegenseitig die Hände, drei lachend, einer sichtlich verärgert. Es hatte also wieder einmal einen Verlierer irgendeiner Zockerei gegeben. Einer der Lachenden, ganz eindeutig Doktor Waynand, gesellte sich zu der in der Nähe des Grüns stehenden Dreiergruppe, die immer noch intensiv diskutierte, und wurde offensichtlich augenblicklich in die Unterhaltung miteinbezogen.

Michael Schlosser hatte ein ungutes Gefühl, als sich kurz darauf die kleine Gruppe auf die Terrasse zubewegte.

Michael Schlosser registrierte, wie Genko, mit zusammengekniffenen Augen und mahlendem Kiefer, den Ankommenden entgegenblickte. Diese setzten sich nicht an einen der Tische und taten auch nicht so, als wären die beiden Beamten nicht anwesend, sondern steuerten direkt auf diese zu:

»Darf ich Sie mit Doktor Vollmarey bekannt machen, meine Herren«, sprach Treinemann die Beamten lächelnd an. »Frau Doktor Uhlhorst und Herrn Professor Waynand kennen Sie ja schon.«

Der Vorgestellte verbeugte sich leicht und blickte dem Hauptkommissar freundlich ins Gesicht, als er den Beamten mit seiner tiefen Stimme fragte:

»Womit können wir Ihnen helfen, meine Herren?«

»Sie waren vor einer Woche gemeinsam mit Frau Doktor Uhlhorst im drittletzten Flight. Ist das so richtig?«, wollte Michael Schlosser augenblicklich wissen.

»Ja.«

»Wissen Sie noch, wann Frau Uhlhorst festgestellt hat, dass sie ihren Schläger irgendwo liegen gelassen hat?«

»Ja, direkt am 18. Grün. Ihr Ball lag im tieferen Gras und sie wollte ihn dort herausschlagen. Dabei stellte sie fest, dass ihr ein Schläger fehlt. So war's doch, Ursula?«

Die Frage hatte der Ärztin gegolten, die sofort bestätigend nickte und ergänzte: »Ich spiele im satten, tiefen Rough immer den gleichen Schläger, deshalb habe ich ihn auch vermisst. Ich habe dann mit einer Sandwedge den Ball ganz leidlich aufs Grün geschlagen und mich erst nach dem Einputten auf den Weg zurück zum siebzehnten Grün gemacht.«

»Warum sind Sie nicht umgehend zurückgeeilt, gnädige Frau?«, wollte Genko wissen.

»Ich wollte die Gruppe am letzten Loch nicht unnötig aufhalten, deshalb haben wir erst einmal zu Ende gespielt.«

»Wussten Sie denn noch ganz genau, wo Sie den Schläger vergessen hatten?«

»Ja, weil ich auch schon an der siebzehn neben dem Grün im tiefen Gras lag.«

»Wieso lagen Sie im tiefen Gras, gnädige Frau?«, wunderte sich Genko.

»Doch nicht ich, Herr Kommissar, doch nicht ich. Der Ball lag dort, nicht ich«, antwortete sie, schrill auflachend.

»Aber Sie sagten doch eben, dass Sie am ...«, begann Genko den nächsten Satz.

»Das sagt man doch bloß so«, unterbrach ihn Doktor Waynand lächelnd, und schien nahe dran zu sein, dem Beamten väterlich auf die Schulter zu schlagen.

»Was für einen Schläger haben Sie denn benutzt?«, lenkte Michael Schlosser schnell von diesem Intermezzo ab.

»Ich benutze immer eine Lobwedge«, nickte ihm Frau Uhlhorst zu und begann eine schwingende Bewegung mit ihren Händen zu machen, als wollte sie einen Schlag ausführen.

»Kann ich den Schläger mal sehen. Sie haben Ihr Golfbag gerade bei sich.«

Sie ging die wenigen Meter zu ihrem Bag, welches unmittelbar an der Terrasse stand, zog einen ziemlich kurzen Schläger heraus und hielt ihn in die Höhe. Schlosser nahm ihr den Schläger mit einem leichten Nicken ab und musterte sehr genau die Schlagfläche, konnte aber nichts Auffälliges erkennen. Danach reichte er ihn an Genko weiter. Auch dieser schien nach genauester Suche nicht das zu finden, was er zu finden hoffte.

»Können Sie bitte kurz erzählen, wie Sie wieder in den Besitz Ihres Schlägers kamen, gnädige Frau«, bat Schlosser und gab ihr den Schläger zurück. Erneut bemerkte er bei der kleinen Frau das wiederholte, leichte Spitzen des Mundes.

»Gerne. Ich stellte mein Bag an einem Baum in der Nähe des 18. Grüns ab und ging ziemlich verärgert wieder das Fairway zurück. Dabei machte ich mich immerzu bemerkbar und passte gut auf, um nicht abgeschossen zu werden. Ich erzählte den Kollegen des vorletzten Flights, warum ich zurück musste und eilte weiter. Dann musste ich warten, bis der letzte Flight abgeschlagen hatte. Unser Präsi bot sich als Gentleman an, mit mir zurück zu gehen und den Schläger suchen zu helfen. Es war ja immerhin schon ganz schön dunkel. Ich nahm dankend an und so gingen wir gemeinsam zum 17. Grün zurück. Dort fand ich meinen Schläger glücklicherweise schnell und wir gingen zum Clubhaus über die 18. Bahn zurück. Anschließend musste ich einen ausgeben.«

Michael Schlosser war sich nicht sicher, ob er richtig verstanden hatte. Sicherheitshalber fragte er deshalb nach: »Der Präsi? Wen meinen Sie denn damit?«

Sie schaute ihn an, als wäre er nicht ganz richtig im Kopf und antwortete hochmütig:

»Den Präsidenten! Den kennen Sie doch? Wieso fragen Sie?«

»Aber ist denn Herr Melchior von Merstall auch ein Chirurg?«

»Nein!«, lachte Waynand laut auf. »Aber ein Präsident darf überall mitspielen, ob es passt oder nicht.«

Hörte er aus diesen Worten eine Missbilligung heraus? Sicher war er sich nicht.

»Aber der Präsident stand doch überhaupt nicht auf der Liste der Spieler an diesem Tag?«, fragte nun Genko. »Wie konnte er dann überhaupt mitspielen?«

»Weil, wie jeden Montag, immer wieder irgendjemand ausfällt und kurzfristig absagt. Heute hat sich zum Beispiel Peter entschuldigen lassen.«

»Peter?«

»Ja, doch. Peter Paulsen«, erklärte Treinemann, vorwurfsvoll aufstöhnend.

»Fiel Ihnen irgendetwas am 17. Grün auf? Befand sich jemand dort, den Sie kannten oder auch nicht kannten?«, hakte er weiter nach.

Ein heftiges Kopfschütteln der Chirurgin war die Folge.

»Hörten Sie ein verdächtiges Geräusch? Oder ein anderes Geräusch?«

Wieder das Kopfschütteln.

»Waren Sie beide immer zusammen, oder hat jeder an einem anderen Ort gesucht?«

»Die Sucherei dauerte nicht allzu lange«, erläuterte Frau Uhlhorst zögerlich, tippelte dabei von einem Fuß auf den anderen. »Ich wusste doch noch, wo ich meinen Schläger liegen gelassen hatte.«

»War das nicht eine unnötige Spielverzögerung?«

»Nein! Es waren doch nur höchstens hundert Meter und hat auch nur einige Minuten alles in allem gedauert.«

»Was machten Sie eigentlich nach der Golfrunde? Haben Sie sich noch ein wenig zusammengesetzt oder gingen Sie alle auseinander?«

»Wir haben uns nach dem Duschen noch in der Bar getroffen und die Ergebnisse abgewartet.«

»Alle?«

»Nein! Viele verlassen unmittelbar nach so einer Runde den Club und duschen sich auch erst zuhause«, erläuterte Frau Uhlhorst. »Und du warst doch auch nicht mehr dabei, oder?«

Bei diesen Worten wandte sie sich an Doktor Vollmarey und schaute diesen fragend an.

»Stimmt«, bestätigte dieser umgehend, »ich bin direkt nach der Runde zu meinem Wagen gegangen und nach Hause gefahren.«

»Ich übrigens auch«, fiel nun Tim Treinemann mit ein.

»Verlassen Sie immer den Club sofort nach einer Golfrunde?«, wollte jetzt Michael Schlosser wissen.

»Nein. Nein, eigentlich nicht«, druckste Treinemann etwas herum. »Aber an diesem Tag war es eben so.«

»Ach ja? War es eben so«, äffte Genko, so süffisant grinsend nach, dass Treinemann sich veranlasst sah, seine Bemerkung zu erklären.

»Na, ich hab saumäßig gespielt an diesem Tag und keine Lust mehr gehabt, anschließend noch darüber zu reden.«

»Und Sie, Doktor Vollmarey. Warum sind Sie ebenfalls gleich weggefahren?«, hakte Michael Schlosser nach.

»Ich hatte noch einen privaten Termin«, blockte der Gefragte etwas unwirsch ab. Schlosser sah ihm an, dass ihm die Fragen allmählich auf die Nerven gingen und keine Lust mehr hatte, weitere zu beantworten.

Hier kam er erst einmal nicht mehr vorwärts, das war ihm klar.

»Jeder von Ihnen hat jeden Monat an Steiner seit vielen Jahren einen festen monatlichen Betrag überwiesen und Sie haben ihn in diesen Club gebracht. Wofür und wieso?«

»Er hat uns, aber das war selbstverständlich strikt vertraulich, mit sehr lukrativen Anlagetipps versorgt. Deswegen zahlten wir einen vereinbarten Obolus und entsprachen seiner Bitte, ihm beim Clubbeitritt zu helfen«, antwortete Professor Waynand, stellvertretend für alle anderen und blickte sich dabei Zustimmung heischend um.

Diese wurde ihm durch einhelliges Nicken gewährt.

»Aber einen derart konstanten Betrag über die vielen Jahre hinweg?«, zweifelte Genko die Aussage des Arztes an. Seine Zähne mahlten sichtbar im Gesicht.

»Wir haben durchgehend gute Hinweise erhalten. Hätte sich das geändert, hätten wir die Zahlung umgehend eingestellt.«

»Auch während der Krisenzeiten lag Steiner richtig?«, staunte Schlosser und sah die drei Golfer zweifelnd an.

»Gerade in dieser Zeit war er sehr wertvoll. Wir sind durch ihn immer rechtzeitig aus unseren Engagements herausgekommen.«

Die Begründung war absolut stichhaltig, musste er sich eingestehen. Wenn die Börse so richtig gut lief, konnte sogar ein Laie gewinnen. Erst wenn es abwärts ging, waren die wirklich Wissenden oder richtig Ahnenden gefragt. Steiner schien solch ein Mensch gewesen zu sein. Warum hatte er das nur nicht offen für alle ausgeschlachtet, sondern trotzdem weiterhin so bescheiden gearbeitet und zwiespältig gelebt?

Nachdenklich holte Schlosser als Nächstes die beiden Bilder des Archivmörders aus seiner Tasche und hielt sie den Chirurgen hin:

»Kannte jemand von Ihnen diesen Mann oder hat ihn schon mal gesehen?«

Er beobachtete die vier Personen sehr genau und hatte bei allen den Eindruck, als würden sie nur zögerlich verneinen. Es konnte sich aber auch nur um eine längere, genauere Überprüfung der Bilder handeln. Frau Uhlhorst schien sogar unangenehm berührt wegzuschauen, aber auch sie schüttelte ihren Kopf.

Da ihm keine weiteren Fragen mehr einfielen, verabschiedete er sich höflich und wollte gerade die Terrasse verlassen, als er in seiner unmittelbaren Nähe, immer noch an einem der dunkelgrünen Pfosten gelehnt, den Clubmanager entdeckte. Dieser schien nur Augen für das 18. Grün und die immer noch eintreffenden Flights zu haben.

»Wieso war Ihre Startliste für den vergangenen Chirurgentag nicht vollständig, beziehungsweise korrekt?«, sprach er ihn lauernd an. Auf die Antwort war er sehr gespannt.

»Wie meinen Sie das?«, kam prompt die Gegenfrage.

»Im letzten Flight hat der Präsident mitgespielt, weil ein vorher gemeldetes Mitglied kurzfristig nicht erschienen ist.«

Der Clubmanager schaute ihn an, als hätte er einen Irren vor sich, soviel Unverständnis drückte seine Miene aus, als er mit rauer Stimme, entrüstet antwortete:

»Ja meinen Sie denn, dass ich permanent die Listen umschreibe, nur weil die Chirurgen ihre Startzeiten nicht einhalten können? Es handelt sich bei solchen Veranstaltungen lediglich um interne Turniere, und so fertige ich nur die Startlisten an und hänge sie aus. Wenn die Herren Spieler nun meinen, dass sie diese selbständig wie's beliebt verändern können, dann sollen sie es von mir aus tun, aber nicht von mir verlangen, dass ich sie andauernd nachbessere.«

»Ich wollte Sie nicht kritisieren, Herr Rasinger, sondern nur wissen, warum der Präsident nicht auf der Liste stand, nicht mehr und nicht weniger«, hielt Michael Schlosser dezent schmunzelnd dagegen. Jetzt hatte er den kühlen Manager endlich einmal so richtig erregt gesehen.

»Das, worauf sich Ihre Frage bezog, war in diesem Club schon sehr oft ein unangenehmes Thema. Bei vorgabewirksamen Turnieren, die für alle Mitglieder und Gäste ausgeschrieben werden, darf man Startzeiten nicht einfach tauschen. Wer bis zu zwei Minuten zu spät kommt, kassiert zwei Strafschläge, danach wird er disqualifiziert. Punkt. Als ich das bei den Chirurgen versuchte, gab es riesige Proteste mit den Begründungen, dass sie doch nur zum Vergnügen spielen wollten und wenn jemand etwas länger operieren müsse, käme er eben mal etwas zu spät. Also sollen die doch ihre Startfolgen zusammenstellen, wie sie wollen.«

Da verbarg sich eine Menge Resignation hinter den Worten des Managers, das war unüberhörbar.

»Gilt das nur für die Chirurgen oder auch für die Ärzte am Mittwoch?«

»Ach, das gilt letztendlich für alle fest gefügten Gruppen«, antwortete Rasinger, unterstrich seine Worte noch durch eine wegwerfende Geste mit der Hand, drehte sich um und verschwand grußlos im Clubhaus.

Achselzuckend verließen die beiden Beamten die Terrasse und gingen zu ihrem Fahrzeug.

»Sakra!«, stöhnte Genko auf, »in diesem Verein scheinen ja mörderische Spannungen und Rivalitäten zu bestehen.«

»Club, Genko, Club!«, wies ihn Schlosser lachend zurecht und machte seinem Mitarbeiter ein Zeichen, dass dieser losfahren sollte.

Gehorsam setzte der Hagere den Wagen in Bewegung und verließ den lang gestreckten Parkplatz. Als er außer Sichtweite des Clubhauses war, tippte ihm der Hauptkommissar kurz auf den rechten Arm:

»Jetzt wende mal und fahre wieder auf den Parkplatz zurück, aber parke zwischen zwei Fahrzeugen, sodass wir aber noch einen freien Blick auf das Clubhaus haben und jeden Herauskommenden und jedes abfahrende Fahrzeug beobachten können.«

»Warum denn das?«, fragte Genko, begann aber gekonnt zu wenden und die Anweisung umzusetzen. Als sie in einer tauglichen Parklücke auf dem nur mäßig gefüllten Parkplatz standen, erklärte der Hauptkommissar kurz sein Vorhaben:

»Wir wissen, dass zwei Personen in etwa zur Tatzeit am Tatort waren, angeblich um einen verlorenen Schläger zu holen. Ferner haben wir erfahren, dass weitere zwei Verdächtige unmittelbar nach der Golfrunde die Clubanlage verlassen haben. Zumindest behaupten sie das. Wenn du dir jetzt einmal die Parkplatzsituation hier genau anschaust, kannst du erkennen, dass wir hier auf dem Hauptparkplatz stehen, an dessen Ende am Clubhaus die Vorstandsparkplätze sind. Dort hat mit Sicherheit der Wagen des Präsidenten am Tag des Mordes gestanden. Wo aber befanden sich die Fahrzeuge der anderen Verdächtigen?«

»Wieso ist das so wichtig, Chef?«, fragte Genko. Er konnte sich offensichtlich noch keinen Reim daraus machen, worauf sein Vorgesetzter hinauswollte.

»Wenn du am Clubhaus vorbeiblickst, dann kannst du noch einen schmalen, lang gezogenen Parkplatz erkennen. Auch dort stehen jetzt mehrere Fahrzeuge. Dieser Parkplatz liegt erheblich näher am Abschlag 1 und am Tatort und ist zudem nicht so gut einsehbar. Ich will jetzt sehen, wer von den Verdächtigen wo seinen Wagen parkt, denn ich gehe davon aus, dass jeder von ihnen, immer wenn er montags hier spielt, aus Gewohnheit den selben Parkplatz benutzt.«

»Und wozu soll das gut sein?«, fragte der Hagere weiter.

»Das erkläre ich dir, wenn alle Verdächtigen weggefahren sind.«

Aufstöhnend warf Genko einen Blick auf seine Armbanduhr und sank scheinbar verzweifelt ein Stück tiefer in seinen Sitz hinein.

»Das war genau richtig. Je tiefer wir uns ducken, umso weniger wird man uns bemerken«, grinste Schlosser seinen Mitarbeiter an und rutschte ebenfalls nach unten, sodass auch er nur noch ganz knapp über das Armaturenbrett blicken konnte.

»Das kann ja Stunden dauern«, maulte Genko und steckte sich gelangweilt einen Kaugummi in den Mund.

Michael Schlosser nahm seinen Notizblock aus der Jackentasche und begann seine bisherigen Beobachtungen aufzuschreiben. Nach einer knappen halben Stunde wurde er sacht von seinem Mitarbeiter angetippt: »Ich glaube, es geht los, Chef. Da kommt die Uhlhorst aus dem Eingang. Frisch aufgetakelt und teuer gekleidet.«

Und richtig: Langsam, mit tippelnden Schritten, wie sie nur sehr hochhackige Damenschuhe hervorrufen, stöckelte sie auf eine schicke, dunkelblaue Jaguar-Limousine zu, stieg ein und brauste davon. Der Wagen war auf dem schmalen Parkplatz in der Nähe der Driving Range geparkt gewesen. Der Jaguar hatte den Parkplatz noch nicht ganz verlassen, da kamen auch schon die nächsten Verdächtigen aus dem Clubgebäude heraus, blieben noch kurz davor stehen, redeten einige Sätze miteinander, schüttelten sich die Hände und trennten sich. Professor Waynand kam auf die beiden Beamten zugelaufen und bestieg, direkt eine Reihe vor ihnen, einen Mercedes 320. Ohne auf seine Umgebung zu achten, fuhr er mit dem schweren Wagen davon. Der andere Mann, bei dem es sich um Doktor Treinemann handelte, lief, wie zuvor bereits Frau Uhlhorst, den schmalen Parkplatz Richtung Driving-Range entlang und bestieg einen BMW. Als der Wagen auf die beiden Beamten zukam und diese sich noch tiefer in ihre Sitze duckten, musste Schlosser zu seinem Erstaunen feststellen, dass hinter Treinemanns Wagen dichtauf ein bulliger Mercedes der M-Klasse folgte. Schnell nahm er seinen Kopf hoch, damit er den Fahrer dieses Fahrzeugs sehen konnte. Als er ihn erkannte, pfiff er leise durch die Zähne: »Schau an. Treinemann und

Vollmarey parken ganz hinten auf dem schmalen Parkplatz und ganz offensichtlich kann man den auch durch einen Seitenausgang des Clubhauses bestens erreichen und sämtliche Verdächtige scheinen ihre Golfausrüstung im Clubhaus zu lassen.«

»Was hat das schon zu besagen?«, kam es polternd aus Genko heraus. »Die können parken, wo sie wollen. Da stehen doch viele Autos. Was hat das mit unserem Fall zu tun?«

»Also dann denk mal nach, Genko«, antwortete Michael Schlosser auflachend und setzte sich wieder in voller Größe auf seinen Sitz. »Los! Abfahrt! Wir haben für heute genug erfahren.«

Brummend fuhr der Hagere los. Am Parkplatzende hielt er an und warf noch einen kurzen Blick durch eine Lücke in der Hecke auf den Golfplatz, wo ein Golfer, angeleuchtet durch die untergehende Sonne, mit dem Rücken zu ihnen einen Ball abschlug.

»Hmm. Was meinst du, Chef! Würde dich dieser Sport eigentlich reizen?«

»Also, wenn ich ganz ehrlich sein soll: Ja, trotz meines Arbeitsunfalls und meines kaputten Knies«, kam prompt die Antwort. »Wenn ich sehe, wie elegant der Golfer dort durchschwingt, dann juckt's mich richtiggehend in den Fingern.«

Er zeigte auf einen athletisch wirkenden, jüngeren Mann, der auf einem Abschlag stand, mit einem Eisen einen Ball abgeschlagen hatte und nun aufgedreht in Ballflugrichtung blickte. Der Körper war wie ein Bogen gespannt, der Schläger hing locker über das linke Schulterblatt. Der Ball flog in hohem Bogen nach links seinem Ziel entgegen. Kurz darauf entspannte sich der Sportler, zog den Schläger locker nach vorne und ging mit ruhigen Schritten in die Richtung, in die kurz zuvor der Ball geflogen war, davon.

»Sakra! Das ist doch der Clubmanager persönlich«, bemerkte Genko, die Augenbrauen etwas hochziehend und fuhr fort: »Sieht wirklich sehr sportlich aus. Das wäre dann wohl doch nichts für dich, Chef.«

»Für dich dann aber auch nichts. Du würdest bei jedem Schlag glatt in der Mitte durchbrechen«, konterte Schlosser lachend.

Sichtlich vorwurfsvoll blickte ihn sein Mitarbeiter an und stieg hart aufs Gaspedal.

17

Am folgenden Morgen einigte sich der Michael Schlosser mit seinem Mitarbeiter darauf, dass dieser sich zuerst einmal um das Fahrzeug des toten Killers kümmern sollte, indem er weiträumig um das Clubgelände herum die Gegend absuchen lassen sollte. Anschließend sollte er sich die Vita sämtlicher Personen, mit denen sie in den letzten Tagen zu tun gehabt hatten, besorgen, während er selbst Finanzämter aufsuchen wollte, um zu erfahren, wer welche Einkommen gemeldet hatte. Es war ihm klar, dass es ein sehr beschwerlicher Gang werden würde, denn Finanzbeamte waren in der Regel alles andere als kooperativ und verschanzten sich meist hinter dem Begriff Datenschutz, um den sie sich selbst seiner Meinung nach grundsätzlich herzlich wenig scherten. Aber er würde schon die wesentlichsten Informationen erhalten, davon war er überzeugt – bisher hatte es immer noch geklappt.

Bevor er losgefahren war, hatte er sich die Wohnanschriften sämtlicher Verdächtigen besorgt und war heilfroh, dass er nur zu zwei Wohnortfinanzämtern fahren musste, denn sämtliche Personen wohnten im Südwesten der großen Stadt. Abschließend ein kurzer, problemloser Besuch bei dem Finanzamt, das für Marten Steiner zuständig sein musste, und er dürfte wieder einen Schritt weiter gekommen sein.

Gemächlich parkte er seinen Dienstwagen vor dem lang gestreckten, grauen Gebäude der Finanzverwaltung ein und begab sich in das Foyer. Er wusste, dass er in die Abteilung ›Veranlagung‹ musste und die zuständigen Sachbearbeiter unter dem Anfangsbuchstaben der Steuerpflichtigen finden würde. Schnell stellte er fest, dass sowohl Waynand als auch Vollmarey und Frau Uhlhorst bei ein und demselben Sachbearbeiter geführt wurden. Das würde seine Aufgabe erheblich erleichtern. Vergnügt fuhr er mit dem Fahrstuhl in die dritte Etage und lief einen langen, trostlosen Gang entlang, bis er endlich vor der richtigen Tür stand. Ein Schild zeigte ihm, dass sich zwei Mitarbeiter die Arbeit teilten. Forsch klopfte er an, öffnete kurz danach die Tür und betrat den kleinen Raum. Links und rechts waren die Wände mit bis zur Decke reichenden Regalen voll gestellt. In jedem Regal befanden sich unzählige, kleine, rechteckige Löcher, die ihrerseits mit unzähligen Akten voll gestopft waren. Die meisten Akten waren dunkelgrün, einige rot und unterschiedlich dick. Es schien sich um ein geordnetes Chaos zu handeln. Der Doppelschreibtisch in der Mitte des Raumes erinnerte ihn stark an seinen eigenen Arbeitsplatz. Voll, fast überladen und scheinbar chaotisch. Ein veralteter Computerbildschirm verstärkte die Trostlosigkeit des Raumes noch.

»Was wollen Sie? Können Sie nicht lesen, dass heute kein Publikumsverkehr ist?«, fauchte ihn eine rundliche Frau hinter dem Schreibtisch an und warf ihm einen giftigen Blick über die Gläser einer randlosen Brille zu. Der gegenüberliegende Schreibtisch lag wie verwaist da.

»Hauptkommissar Schlosser, Kripo Berlin. Ich benötige einige kurze Auskünfte einiger Steuerpflichtiger, die hier bei Ihnen geführt werden«, entgegnete er mit weicher, freundlicher Stimme und hielt ihr seinen Dienstausweis hin.

»Sie wissen genau, dass ich Ihnen keine Auskünfte ohne richterliche Erlaubnis geben darf. Außerdem müssen Sie sich vorher anmelden. Haben Sie diese Erlaubnis?«, kam es erbost zurück.

Uff, ein harter Brocken, das spürte er sofort. Hier half vermutlich nur die Brechstange.

»Bei Gefahr im Verzug benötige ich weder eine vorherige Anmeldung noch eine richterliche Erlaubnis«, fuhr er sie mit harter Stimme an, wohl wissend, dass seine Behauptung so nicht ganz der Wahrheit entsprach. »Ich ermittle in mehreren Mordfällen und es steht zu befürchten, dass es zu weiteren Toten kommt. Wollen Sie das verantworten, nur weil Sie mir wichtige Informationen vorenthalten haben?«

Er wusste, dass diese Behauptung fast immer Erfolg zeitigte. Es war wie bei einem Arztbesuch: Wenn ein Patient behauptete, dass er sich krank fühlte und eine Krankschreibung für den Arbeitgeber haben wollte, wagte kaum ein Arzt dies abzuschlagen, da der Patient eventuell wirklich krank war, obwohl sein Fachwissen das Gegenteil feststellte. So auch hier. Die füllige Dame nickte ihm, wenn auch sehr ungnädig und leicht aufstöhnend zu und fragte mit gequälter Stimmlage:

»Was wollen Sie wissen, Herr Kommissar. Ich hoffe es ist nicht zu viel, denn ich schaffe meine Arbeit auch so schon kaum mehr.«

»Ich will von Ihnen eigentlich nur erfahren, ob folgende, steuerpflichtige Bürger in den letzten fünf Jahren Einkommen aus Kapitalerträgen deklariert haben.«

Mit diesen Worten reichte er ihr einen Zettel mit den Namen der drei Verdächtigen. Sie warf einen kurzen Blick darauf, stand mühsam auf und begann ihre Suche in den quadratischen Regallöchern. Nach einigen Minuten wurde sie fündig und legte die Erste, ziemlich dicke Akte auf ihren Arbeitsplatz. Danach suchte sie noch weitere zwei, sogar noch etwas umfangreichere, Akten heraus. Einmal kurz die Finger abgeleckt, begann sie, in der ersten Akte zu blättern und las ihm vor:

»Uhlhorst: Letztes Jahr knapp 240 000 Euro, vorletztes Jahr 300 000 Euro, davor ...«

Nach einer halben Stunde hatte er die gewünschten Informationen zusammen. Sowohl Vollmarey, wie auch Waynand und Frau Uhlhorst hatten jedes Jahr erhebliche Beträge angemeldet. Sie waren durchweg höher, als sein eigenes Jahreseinkommen. Man hätte fast neidisch werden können.

»Lässt sich auch feststellen, aus welchen Anlagequellen präzise diese Einkünfte stammen?«, wollte er nun wissen.

Die Finanzbeamtin verdrehte gequält ihre Augen, als sie antwortete:

»Könnte man schon. Dann müsste man sich die Erträgnisaufstellungen von den Steuerpflichtigen oder Banken besorgen. Wir fordern diese nur an, wenn wir Zweifel haben. Die lagen in diesem Fall aber nicht vor. Sie müssen sich also an die Hausbanken der Anmeldenden wenden. Für uns war immer alles korrekt.«

Das war eine deutliche Abfuhr. Freundlich bedankte sich Schlosser bei der sichtlich überforderten Frau und fuhr in das nächste Finanzamt. Dort erfuhr er auf dem gleichen Weg, dass Treinemann ebenfalls ganz erkleckliche Beträge angegeben hatte. Anders war es jedoch bei dem Präsidenten des Golfclubs, Melchior von Merstall. Er hatte keinerlei Einkünfte aus Kapitalanlagen angegeben.

Nachdenklich stand er vor dem Finanzbeamten und überlegte, ob er einen Hinweis geben sollte, dass der honorige Präsident vermutlich Steuern hinterzogen hatte. Nach kurzer Überlegung unterließ er es jedoch und fuhr zum Finanzamt, bei dem Marten Steiner veranlagt sein musste. Das Ergebnis, das er dort einfuhr, entsprach genau seinen Erwartungen: Steiner hatte nur das Gehalt, welches er in der Birthler-Behörde bezogen hatte, angemeldet. Das Konto bei der kleinen Bank war unbekannt.

Danach fuhr er zurück in seine Dienststelle.

18

»Honorige Gesellschaft, in dem feinen Verein, äh, Club, Chef«, wurde Schlosser von seinem Mitarbeiter empfangen, als er das Büro betrat, und hielt ihm einen kleinen Packen bedruckter Blätter entgegen. »Soll ich dir meine Ermittlungen vorlesen?«

Schlosser nickte nur und setzte sich aufstöhnend in seinen Bürosessel. Er war gespannt, ob die Ergebnisse seines Mitarbeiters mit den Ergebnissen, die er selbst eingefahren hatte, zu verknüpfen waren.

»Also: Ich fange mal mit dem Präsidenten an: Melchior von Merstall, geboren in einem kleinen Ort bei Lüneburg, inzwischen 63 Jahre alt, Spross eines alten, aber verarmten Adelsgeschlechts, Wohnort Lichterfelde, verheiratet mit der Tochter eines Brauereibesitzers, zwei Kinder, die bereits aus dem Haus sind. Berufsausbildung unbekannt. Versuchte sich vor über zwanzig Jahren in der Politik, musste dort aber wegen eines Skandals, der weitgehend unklar war und vertuscht wurde, wieder aufhören. Er ist im Vertrieb einer Brauerei tätig, die der Familie seiner Frau gehört. Aus einer alten Klatschkolumne geht hervor, dass er nur wegen seines adligen Namens diesen Posten erhalten hat, wie auch die Frau ihn nur deswegen geheiratet haben soll. Na ja, das sagt wohl alles. Mehr gibt's über ihn nicht zu berichten.«

»Also hat er aus seinem Namen ganz gut Kapital geschlagen, habe ich das richtig verstanden, Genko.«

»Ja, so könnte man das sagen. Nun weiter zum Vizepräsidenten: Kurt Kammler, 52 Jahre alt, Hamburger, verheiratet, einen Sohn, 14 Jahre alt, spielt ebenfalls Golf im Club, in Dahlem wohnhaft, Bauunternehmer, sehr erfolgreich bis vor einigen Jahren. Seit die Baukonjunktur so steil nach unten geht, werden ihm erhebliche finanzielle Probleme nachgesagt. Er hatte in der Vergangenheit ein paar kleinere Skandale, die aber sämtlich ohne Folgen blieben. Sonst nichts Nachteiliges bekannt.«

»Er steht also kurz vor der Pleite?«, wollte der Hauptkommissar ganz genau wissen.

»So würde ich das aus den Unterlagen und Presseberichten herauslesen.«

»Aha. Aber ob das was mit unseren Fällen zu tun hat?«

»Wer weiß. Jedenfalls geht aus den teilweise nicht gerade sehr schmeichelhaften Berichten doch ziemlich deutlich hervor, dass er sein Unternehmen nur wegen der Verbindungen, die er durch seinen Golfverein hat, noch am Leben erhalten kann. Das konnten wir ja auch schon in den Vorstandsprotokollen nachlesen. Er hat übrigens auch dieses Glas-Beton-Monster von Clubhaus vor einigen Jahren gebaut.«

»Was? Ist das so neu? Es sieht doch überhaupt nicht neu aus?«

»Es wurde vor vier Jahren fertig gestellt.«

Nachdenklich fuhr sich Michael Schlosser mit der Hand über die Stirn.

»Hmm. Weiter«, bat er seinen Mitarbeiter.

»Gut! Also, die Uhlhorst sowie Vollmarey, Waynand und Treinemann haben scheinbar eine gemeinsame Vergangenheit. Sie stammen allesamt aus der ehemaligen DDR, haben dort studiert und waren an der Charité als Ärzte in der Chirurgie beschäftigt. Sie wurden nach der Wende übernommen und haben später jeweils unterschiedliche Wege eingeschlagen. Waynand, 58 Jahre alt, verheiratet, 3 Kinder, in Dahlem wohnhaft, ist Chef der Chirurgischen Abteilung der Charité und wird als die Kapazität überhaupt gehandelt. Treinemann, 56 Jahre alt, wohnt in Steglitz, leitet eine Station, die Waynand untersteht. Er ist geschieden und lebt allein. Die Uhlhorst, 57 Jahre alt, wohnt am Kudamm, wo sie seit acht Jahren eine gut gehende Praxis hat. Sie hat keine Kinder und lebt ebenfalls allein. Vollmarey, der älteste in dieser Gruppe, 61 Jahre alt, wohnt auch in Dahlem, ist verheiratet, hat zwei erwachsene Kinder und eine Belegpraxis, wobei er die so genannten Belegbetten natürlich auch in der Charité hat. Alle vier sind als vermögend einzustufen und es gibt bei allen Verdächtigen keinerlei Vorstrafen oder Ähnliches.«

»Also alles wohlhabende Musterexemplare«, frotzelte Schlosser, »und trotzdem ...«

»Ich habe mir nebenbei auch einige Daten über den Geschäftsführer Rasinger besorgt. Er ist 31 Jahre alt, verheiratet, keine Kinder, wohnt in Wilmersdorf, keine abgeschlossene Berufsausbildung. Seinen jetzigen Job hat er wohl nur deshalb bekommen, weil er zu den guten Golfern der Region gehört. Er war in seiner Jugendzeit Kaderspieler des Landes und Mannschaftsführer eines anderen Clubs, hat aber nie einen ganz großen Durchbruch geschafft. Man sagt ihm hohes Organisationstalent und beste Kenntnisse seines beruflichen Umfeldes nach. Ebenfalls keine Vorstrafen.«

»Prima!«, nickte Schlosser seinem Mitarbeiter zu. »Was wissen wir inzwischen über die Geldscheinattrappen?«

»Der Bericht liegt seit heute früh vor, Chef. Es waren weder Fingerabdrücke noch Speichelreste oder andere Hinweise zu finden. Hier sind wir in einer Sackgasse gelandet. Auffällig war aber, dass der Hersteller des Geldpäckchens alte Golfzeitschriften zerschnitten hat. Die Banderole ist ebenfalls aus diesem Material. Auch das deutet wieder auf einen Golfer hin, oder?«

»Allerdings. Ein bisschen viel Golfer, oder?«, grübelte der Hauptkommissar vor sich hin. »Und immer noch keine Tatwaffe und kein taugliches Motiv. Worum geht's hier eigentlich?«

»Na schau! Um den Mord eines Mörders und den Mord eines Mörders an eben diesem Mörder, Chef«, antwortete Genko und fing sich dafür einen vernichtenden Blick seines Vorgesetzten ein.

»Den Wagen des Archivmörders schon gefunden?«

»Es ist, als tät's den gar nicht geben, Chef. Dafür gibt es aber die beiden Fahrzeuge Steiners. Ich hab die Kennzeichen feststellen lassen und die Fahrzeuge auf Suchlisten setzen lassen.«

Schlosser nickte nur leicht resigniert und begann aus dem Stapel Akten eine der umfangreichsten herauszufischen und aufzuschlagen. Wortlos blätterte er sie in den nächsten Minuten durch und vertiefte sich in diese Lektüre.

»Ich habe hier eine seitenlange Aufstellung sämtlicher Gegenstände, die sich in Steiners Wohnung befanden. Es lagen unzählige Fachbücher und Fachzeitschriften über die Wirtschaft und Börsen dieser Erde herum, aber nicht eine Golfzeitschrift. Bis auf die Pokale und einige Fotos gab es nichts über seine Beziehung zum Golfsport, aber die Welt des Business schien ihn zu interessieren.«

»Na ja, das wissen wir doch, Chef«, stellte Genko achselzuckend fest. Er wusste offensichtlich nicht, worauf sein Vorgesetzter hinaus wollte.

»Wir wissen, dass er lausig Golf spielte, beschissen haben soll, was das Zeug hielt und trotzdem wollte er unbedingt in diesem noblen Club sein. Warum? Wozu? Wieso hatte er sogar einen Vorstandsposten inne? Warum führte er ein Doppelleben? Wieso arbeitete er weiterhin in einem vergleichsweise schlecht bezahlten Job und lebte in einer derart mittelmäßigen Wohngegend in einer protzigen Nobelbehausung?«

»Das weiß ich auch nicht«, antwortete der Hagere flapsig, »aber es dürfte auch nicht besonders wichtig sein, Chef. Ich glaube, dass ihn einer der Golfer umbringen ließ, weil er vielleicht doch einmal einen schlechten Rat gegeben hat oder ihn nicht an seinem profunden Wissen teilhaben ließ. Das könnte bestens auf den Vizepräsidenten zutreffen. Er soll fast pleite sein. Vielleicht wollte er Steiner erpressen, weil er wusste, dass dieser die Gewinne nie versteuert hat, aber Steiner hat ihn trotzdem abblitzen lassen?«

»Hmm, das ist gut möglich, Genko. Deshalb werden wir uns den Präsidenten, aber auch seinen Gegenspieler, den Vizepräsidenten, besonders gründlich vornehmen. Vielleicht sollten wir auch noch andere Personen aufsuchen und befragen, die ebenfalls als Einzahler auf Steiners Konto aufgelistet sind.«

»Das mit dem Vizepräsidenten und Präsidenten sehe ich ein. Die hätten ein Tatmotiv. Wir sollten uns die beiden schnappen. Wozu aber noch andere, nicht golfende Kandidaten ausquetschen?«

»Um einen möglichen Täter nach dem anderen auszuschließen. Wie immer, Genko, wie immer«, lächelte er seinen Mitarbeiter an. Dieser verdrehte die Augen. Er schien zu wissen, dass die kommenden Tage ausgesprochen arbeitsaufwändig und langweilig werden würden.

Gedankenverloren saß Michael Schlosser wieder vor der Liste der Einzahler. Er hatte inzwischen zu jedem Namen die Anschrift und einen kurzen Lebenslauf vorliegen. Es erstaunte ihn, dass nur die bekannten fünf Personen Mitglieder des Golfclubs Grunewald waren. Noch interessanter fand er, dass es sich bei den Einzahlern durchweg um stadtbekannte, honorige und gut betuchte Mitbürger handelte. Die Hälfte war in politischen Ämtern gewesen oder füllte diese heute noch aus. Alles untadelige Mitbürger. Der Verdacht, dass Steiner für lukrative Beraterdienste ein heimliches Dauerhonorar erhielt, verfestigte sich allmählich zur absoluten Gewissheit. Diese Einzahler waren in der Tat in der Lage, mit größeren Summen zu spekulieren.

Genko, der hinter ihm stand und über seine Schulter auf die Unterlagen blickte, konnte sich nicht verkneifen zu bemerken, dass man sich getrost die Vernehmung dieser Personen sparen könne, da der Mörder ohnehin nur aus den Kreisen des Golfclubs kommen könne. Man würde nur geachtete Bürger verärgern und sich unter Umständen eine Menge Probleme mit den Vorgesetzten oder sogar der Presse einfangen.

»Das wäre mir schittegal, Genko«, antwortete Schlosser grimmig, »aber ich glaube inzwischen auch, dass wir uns vorwiegend im Golfclub umschauen sollten. Die anderen Einzahler laufen im Zweifelsfalle nicht weg.«

»Dann nichts wie hin, Chef«, jubelte der Hagere los und griff schon schwungvoll nach seiner alten Lederjacke.

19

Michael Schlosser staunte nicht schlecht, als sie sich dem Clubhaus des Golfclubs näherten. Blaulicht vor ihnen, wohin sie auch schauten. Mehrere Streifenwagen und zwei Rettungswagen der Feuerwehr versperrten den größten Teil des Parkplatzes. Geöffnete Türen überall. Aufgeregte Menschen zwischen den Fahrzeugen.

»Das ist doch der Hunzinger!«, rief ihm Genko zu und zeigte mit ausgestrecktem Arm auf einen kleinen, stark beleibten Mann, der sich am hinteren Ende des Clubhauses intensiv mit einem Greenkeeper zu unterhalten schien. »Was macht denn unser Kollege hier?«

In diesem Moment wurde eine offensichtlich schwer verletzte Person, auf einer Rollbahre liegend, von zwei Feuerwehrleuten im Laufschritt zu einem der Rettungswagen geschoben. Ein Helfer hielt mehrere gefüllte Infusionsbeutel über dem Kopf der liegenden Person in die Höhe und lief nebenher. Etliche Schläuche verbanden die Beutel mit dem Verletzten. Zügig wurde die Bahre von hinten in den Wagen geschoben, mit einem satten, schmatzenden Geräusch klappten die Räder unter der Bahre ein. Schnell sprangen der Helfer und eine weitere Person hinterher. Mit einem lauten Knall wurden die beiden Flügeltüren zugeworfen und Sekunden später verließ der schwere Wagen mit Sirenengeheul und Blaulicht den Parkplatz.

Aufgeregt schwatzend und gestikulierend standen mehrere Männer und Frauen, die durch ihre Kleidung unschwer als Golfspieler erkennbar waren, in der Nähe des Clubhauses. Entsetzen spiegelte sich auf vielen Gesichtern.

Michael Schlosser erspähte unter ihnen einige bekannte Personen.

Mit schnellen Schritten ging er auf den Kollegen, den Genko zuvor erkannt hatte, zu:

»Hallo, Henno. Was treibst du denn hier? Was war hier los?«

»Ich bin im Rahmen meines Bereitschaftsdienstes zu einer ›Hilflosen‹ mit Kopfverletzungen hierher gerufen worden. So ein Grünkipper, was für ein Beruf das immer sein soll, hat einen Mann beim Gerätehaus dort hinten gefunden«, erwiderte der dicke Beamte mit zusammengekniffenen Augen und zeigte mit seinem knubbeligen Daumen über seinen breiten Rücken.

»Ein Greenkeeper ist eine Person, die den Rasen und die Grünanlagen eines Golfplatzes hegt und pflegt«, belehrte Genko seinen Kollegen schmunzelnd und bohrte dabei mit dem kleinen Finger in seiner langen Nase.

»Mir wurscht! Jedenfalls hat diese Person einen schwer verletzten Mann unter einem ausgewachsenen Busch, der beim Gerätehaus wächst, gefunden. Da er sah, dass dieser am Kopf kräftig blutete, hat er sofort auf ein Verbrechen geschlossen und zusätzlich die Polizei alarmiert. Und so sind wir also hier.«

»Weißt du schon, um wen es sich bei dem Verletzten handelt?«, wollte nun Michael Schlosser wissen.

»Ein gewisser Melchior von Merstall, wie es aus seinen Papieren und der Einlassung des Greenkeepers zu entnehmen war. Mehr weiß ich noch nicht.«

Michael Schlosser warf einen kurzen Blick auf seinen Kollegen, der sichtlich erregt war.

»Was für eine Verletzung hat Melchior von Merstall eigentlich?«, fragte er nun.

»Er wurde laut Quacksalber durch einen kantigen, harten Gegenstand am Kopf verletzt und er ist nahezu besinnungslos. Ob er überlebt, wird sich noch zeigen. Sie haben ihn in die Uni-Klinik Benjamin Franklin gebracht.«

Michael Schlosser glaubte nicht richtig gehört zu haben und musste das Erstaunen in Person gewesen sein, denn Hunzinger lächelte ihn verstehend an:

»Ja, ja. Ich weiß! Es muss mit euren Fällen zusammenhängen oder so. Ich übergebe euch hiermit diesen Fall. Viel Spaß damit.«

»Danke, Henno«, nickte er seinem Kollegen zu und knirschte leicht mit den Zähnen. »Wann war die vermutliche Tatzeit?«

»So zwischen 15.30 und 16.30 Uhr, meinte der Arzt.«

»Vor so kurzer Zeit? So knapp sind wir zu spät gekommen?«, nuschelte Genko vor sich hin und schüttelte unentwegt seinen hageren Kopf.

»Ich brauch jetzt sofort deine Hilfe, Henno«, wandte sich Schlosser nach kurzem Nachdenken wieder an seinen Kollegen. »Du hast eine Menge Mitarbeiter mitgebracht. Schicke drei von ihnen an die Ausfahrt und lasse jeden Wagen, der das Gelände verlassen will, anhalten und von sämtlichen Insassen die Personalien notieren. Die restlichen Mitarbeiter sollten hier vor Ort jeden, aber auch wirklich jeden, egal ob Gast, Mitglied oder Angestellten befragen, ob ihnen etwas aufgefallen ist und sich die Namen und so weiter aufschreiben. Diese Listen und

Aussagen brauche ich dann so schnell wie möglich. Geht das?«

Seine Frage war reine Formsache, das war allen klar. Er hätte als ranghöchster Beamter vor Ort dies ohne weiteres anweisen können. Aber so fand er es besser. Henno nickte nur lächelnd, wandte sich ab und machte sich an die Arbeit.

Michael Schlosser gab seinem Mitarbeiter einen Wink, ihm zu folgen und ging zielstrebig zu dem Ort, an dem der Verletzte gefunden worden war. Er war weiträumig abgesperrt. An dem rot-weißen Band drückten sich die Neugierigen herum. Ein kurzer Blick genügte ihm, um mehrere bekannte Gesichter zu erkennen. Die bunten, im Wind zitternden Blätter der großen Bäume warfen ein schillerndes Licht auf die belebte Szene. Im großen Umkreis, auf dem Boden und unter den Büschen, durchsuchten Beamte der Spurensicherung jeden Zentimeter, jeden Fleck. Immer wieder durchzuckte das grelle Blitzlicht des Polizeifotografen das geschäftige, schaurig wirkende Treiben.

»Hallo Spürhund«, begrüßte er lächelnd einen der Männer, der in diesem Moment lautstark Anweisungen brüllte. »Habt ihr schon irgendetwas Brauchbares finden können? Irgendetwas, was uns weiterhilft?«

»Grüß dich, Michael«, antwortete der Mann und wandte ihm sein ernstes Gesicht zu. »Wir haben nur eine Menge Blut auf dem Boden und an dem Strauch dort an der Schuppenwand und einen alten Golfschläger neben dem Mann gefunden. Daraus geht eindeutig hervor, dass er hier an dieser Stelle von hinten niedergeschlagen wurde und nicht mehr bewegt wurde. Der Doc meinte, dass es sich um einen scharfkantigen Gegenstand gehandelt haben muss.«

Bei diesen Worten zeigte er auf eine Stelle am Boden, fast unter dem Busch und kreiste sie mit der Hand ein.

»Könnte es sich bei der Tatwaffe um den alten Golfschläger, der neben dem Präsidenten lag, gehandelt haben?«

»Der alte Golfschläger ist ein Putter. Deshalb wollte sich der Arzt nicht festlegen, aber er hielt es eher für unwahrscheinlich. Außerdem fand er keinerlei Blutspuren an diesem Schläger. Er meinte daher, dass das Tatwerkzeug scharfkantiger gewesen sein muss. Vermutlich ein normaler Golfschläger.«

»Und? Habt ihr einen anderen, normalen Schläger gefunden?«

Der Beamte schüttelte nur bedauernd den Kopf und antwortete: »Nein, nur ein kleines Standbag mit einigen Schlägern auf der anderen Seite der Büsche. Es soll dem Niedergeschlagenen gehören. War aber nicht das Tatwerkzeug. Wir werden im weiten Umfeld alles absuchen. Und wenn es sein muss, noch die ganze Nacht und die nächsten Tage. Wenn die Tatwaffe irgendwo in der Gegend weggeworfen wurde, werden wir sie finden.«

»Wisst ihr, ob der Verletzte ausgeraubt worden sein könnte? Fehlte die Brieftasche oder gibt es andere Anzeichen dafür?«

»Ganz und gar nicht, Michael. Nach seinem Sturz wurde der Mann mit Sicherheit nicht ausgeraubt und auch nicht mehr bewegt. Nicht einmal der Gärtner, der ihn gefunden hat, hat ihn angefasst. Er hielt ihn für tot, so starr hat er dagelegen. Deshalb hat er sofort mit seinem Handy die Polizei gerufen und keinen an den Tatort herangelassen. Der Arzt war der erste, der ihn bewegte und da war ich ebenfalls schon vor Ort. Ein Raubüberfall scheidet meiner Meinung nach aus. Tut mir Leid. Da müsst ihr schon eine andere Spur finden.«

»Hatte er etwas Besonderes in seinen Hosentaschen?«

»Nur ein benutztes Stofftaschentuch, eine Brieftasche nebst Inhalt und einen Golfball. Mehr nicht. Willst du den Ball etwa haben?«

Als Michael Schlosser unwillig den Kopf schüttelte, wandte sich der Spurensucher mit einem leisen Auflachen wieder seinen Mitarbeitern zu.

Der Hauptkommissar ließ nun seinen Blick kritisch in die Umgebung schweifen. Das flache, lang gestreckte Gebäude lag zwischen dem Clubhaus und der zweistöckigen Drivingrange, einem Golfübungsplatz, auf dem man Bälle weit auf ein umzäuntes Feld hinausschlagen konnte, das wusste er noch von seinen vorherigen Ermittlungen. Dazwischen befand sich ein kleines Übungsgrün. Er konnte es von seinem Beobachtungsplatz aus nicht sehen, weil zu viele hoch gewachsene, wuchernde Büsche dazwischen lagen. Auf der linken Seite, mehrere Meter neben dem Gebäude und dem Puttinggreen, befand sich der Abschlag der ersten Bahn. Es war der Abschlag, an dem er vor wenigen Tagen die erste Runde Golf seines Lebens miterleben durfte.

Das Licht wurde zunehmend schlechter und die riesigen, alten Bäume begannen, gestreckte Schatten zu werfen. Lange würden sie bei Tageslicht nicht mehr suchen können. »Gott sei Dank ist kein Regen angesagt«, dachte er, wandte sich leicht resigniert um und warf einen missbilligenden Blick in die Reihen der Schaulustigen, die sich immer noch zahlreich an dem leicht flatternden Absperrband herumdrückten. Die unvermeidlichen Medienmitarbeiter waren inzwischen auch schon eingetroffen, schossen ein Bild nach dem anderen, ließen Filmkameras laufen und versuchten aus den Anwesenden Informationen herauszuholen. Wie sehr verachtete er in diesem Moment diese Menschen.

Er sah, wie Genko sich mit einem älteren Herrn unterhielt und emsig Notizen machte. Weit hinten bemerkte er, wie der Geschäftsführer des Clubs aus dem Clubhaus eilig angetrabt kam, sich einem ihm unbekannten Mann näherte und mit diesem eine eifrige Unterhaltung begann. Zusätzlich erspähte er unweit von diesen beiden eine alte Bekannte, Frau Doktor Uhlhorst, im Gespräch mit einer jugendlich wirkenden Frau, die der Kleidung nach, vermutlich ebenfalls eine Golfspielerin war. Mit hektischen, fahrigen Handbewegungen schien sie eindringliche Worte an ihr Gegenüber zu richten. Langsam näherte er sich den beiden Frauen und versuchte dabei, keine Geräusche zu verursachen.

»... geschah diesem perfiden Arschloch zu Recht. Das musste ja irgendwann einm...«

Mitten im Satz unterbrach sich die kleine, smarte Schönheitschirurgin, drehte sich um und schaute ihn irritiert an.

»Was musste welchem Arschloch irgendwann einmal passieren?«, wollte er, sie hart anblickend, wissen.

Die Augen der Ärztin weiteten sich und wanderten zwischen ihm und ihrer Gesprächspartnerin hin und her. Es vergingen mehrere, zu viele Sekunden, ehe sie leicht stotternd antwortete:

»Äh, ja Herr Kommissar. Ich, ich habe über einen medizinischen Fall von früher gesprochen. Dies ist Frau Rasinger, die hier den Proshop betreibt.«

Sie zeigte, nun wieder völlig selbstsicher, mit ihrer schlanken Hand auf ihre Gesprächspartnerin und blickte dann vor sich auf den Boden und scharrte einige lose Blätter mit den Füßen weg. Ihr Mund begann sich wiederholt zu spitzen.

Michael Schlosser war klar, dass sie darüber mit Sicherheit nicht gesprochen hatten und nicht minder überzeugt war er, dass inzwischen jeder wusste, wer das Opfer war. Also hielt er sich nicht lange mit Vorreden auf, sondern kam gleich zur Sache:

»Wann, wo und mit wem haben Sie, meine Damen, den Präsidenten zum letzten Mal gesehen?«

Da Frau Uhlhorst immer noch mit dem blätterüberzogenen Boden beschäftigt war, antwortete die sportlich elegant gekleidete Golfgeschäftsbesitzerin:

»So vor drei Stunden war er bei mir im Geschäft und schaute sich einige Schläger an, wie immer, ohne einen zu kaufen. Danach ist er zu meinem Mann ins Büro gegangen und die beiden haben sich dort mindestens eine halbe Stunde unterhalten. Später sah ich ihn noch durch das Clubhaus Richtung Umkleideräume verschwinden. Seitdem habe ich ihn nicht mehr gesehen.«

»Und Sie, gnädige Frau?«, wandte sich Michael Schlosser nun an die Ärztin, die genau in diesem Moment wieder den Kopf hochnahm und ihn von unten mit glitzernden Augen ansah. Sie gefiel ihm als Frau ausgesprochen gut und er hatte plötzlich das Gefühl, mit ihr allein sein und sie anfassen zu wollen. Ihr gespitzter Mund ließ seine Fantasie ins Kraut schießen. Schnell nahm er sich wieder zusammen und konzentrierte sich auf ihre Antwort.

»Ich habe ihn vor ungefähr vier Stunden im Gang gesehen und kurz gegrüßt. Danach bin ich allein auf den

Neun-Loch-Platz gegangen. Anschließend, so gegen halb vier, duschte ich und saß dann ab ungefähr vier Uhr noch im Clublokal mit einigen Bekannten zusammen. Kurz danach kam dann diese schreckliche Nachricht herein und seitdem bin ich hier und unterhalte mich mit diesem und jenen.«

»Sie haben also nichts bemerkt?«, hakte er trotzdem noch einmal nach.

Einhelliges Kopfschütteln.

»Haben Sie vielleicht einen Verdacht, wer ihn niedergeschlagen haben könnte?«

»Vielleicht war es ein Autoknacker, den Melchior zufällig bei einer frischen Tat ertappt hat, und der sich so ...«

Frau Rasinger ließ den Rest des Satzes ungesagt in der Luft stehen.

»Oder es wollte ihn jemand ausrauben?«, vertiefte die Ärztin die Vermutung noch ein wenig.

»Dann müsste der Täter aber einen Golfschläger mit sich herumgetragen haben und das passt wohl kaum zusammen, oder?«, wehrte er kopfschüttelnd, nachdenklich ab.

»Wissen Sie, mit wem er heute Golf gespielt hat?«, fragte er weiter, weil seine letzte Frage nicht beantwortet wurde.

Noch stärkeres Kopfschütteln war die Folge. Hier kam er nicht mehr weiter, das spürte er. Dankend verabschiedete er sich, gab Genko, der in seiner unmittelbaren Nähe stand, einen kurzen Wink und näherte sich dem Clubmanager, um den sich inzwischen eine kleine Gruppe Menschen versammelt hatte. Mit einer leichten Bewegung nahm er den Manager am Arm und zog ihn dezent beiseite. Genko, der seinem Vorgesetzten sofort gefolgt war, bemerkte es und kümmerte sich augenblicklich um den Rest der Gruppe. Schlosser nahm dies erfreut zur Kenntnis. Sie waren wirklich ein gut eingespieltes Team.

»Tja, Herr Rasinger. So schnell sehen wir uns wieder. Und wieder fand ein Verbrechen in Ihrem Club statt. Was sagt die Publicity nun dazu?«, eröffnete Michael Schlosser das Gespräch, während er ihn noch weiter beiseite zog und ihm dabei fest in die Augen schaute.

Dieser warf einen stechenden Blick zurück, zuckte heftig mit den Schultern und schüttelte dadurch die Hand Schlossers ab und antwortete grummelnd:

»Dies ist in der Tat mehr als geschäftsschädigend. Ich weiß nicht, was das alles soll. Hat er sich selbst verletzt, dieser senile, alte Trottel?«

Diese Antwort riss Schlosser fast aus den Schuhen. So gefühllos. So hart. Wie bei seiner ersten Begegnung. Verbarg dieser junge, kräftige Mann hinter solchen Worten nur seine Unsicherheit?

»Nein, Herr Rasinger, er hat sich nicht selbst von hinten niedergeschlagen«, stellte er sofort richtig. »Er wurde vermutlich mit einem Golfschläger brutal malträtiert und liegt jetzt schwer verletzt im Krankenhaus. Wann haben Sie ihn denn das letzte Mal unversehrt gesehen?«

»Das war vor ungefähr zwei Stunden, also zwischen halb vier und vier. Da versuchte er sich auf dem Puttinggreen bei der Drivingrange. Danach habe ich ihn nicht mehr gesehen.«

»Haben Sie mit ihm dort gesprochen?«

»Nein! Ich hab nur mal einen kurzen Rundgang bis zur Drivingrange und über die ersten Abschläge gemacht. Danach hatte ich wieder im Büro zu tun.«

»Haben Sie heute überhaupt schon mit ihm gesprochen?«

»Ja, so gegen drei Uhr. Er suchte mich in meinem Büro auf und tötete wieder mal meine Nerven. Anschließend wollte er noch etwas trainieren oder ein paar Löcher spielen.«

»Womit hat er Ihnen die Nerven getötet?«

»Mit seinen unsäglichen Triaden, wie undankbar doch die Mitglieder seien und was sie doch alles so herumzumäkeln hatten. Dann hat er sich, wie schon so oft, wieder über unseren Vizepräsidenten ausgelassen, wie geil dieser doch auf seinen Posten sei und eben all dieser Klatteratatsch. Ich hab ihn dann letztendlich hinauskomplimentiert, denn ich hatte reichlich zu tun. Die nächste Turniervorbereitung. Sie wissen schon. Wollen Sie wieder als Caddie mitmachen?«

Er unterlegte diese Frage mit einem deutlich hörbar spöttischen Unterton. Schlosser riss weit die Augen auf und beeilte sich zu sagen:

»Nein! Danke! Vielen Dank. Das muss wirklich nicht sein.«

Sein Gegenüber erschien ihm in diesem Augenblick bedeutend entspannter. Aber allmählich verlor sich dieser Eindruck wieder und die Miene des Managers wurde zunehmend dunkler. Unruhig blickte er in die Richtung zum Tatort und fing leise zu sprechen an:

»Das versteh ich nun aber wirklich nicht?«

Als er nicht weiter sprach, fragte Michael Schlosser sofort nach:

»Was verstehen Sie nicht?«

»Wieso wurde Melchior hinter dem Schuppen gefunden. Hat ihn irgendjemand dorthin geschleppt?«

Die Stimme schien leicht zu vibrieren.

»Nein, er wurde an dieser Stelle von hinten niedergeschlagen. Wieso? Was verwundert Sie so?«, wollte er, nun hellhörig geworden, wissen.

»Dort kommen doch höchstens einmal die Greenkeeper hin, wenn sie die Büsche schneiden wollen oder mit ihren Arbeitsgeräten entlangfahren. Was wollte er dort?«

»Vielleicht einen verschlagenen Ball suchen?«

»Unsinn. Dorthin kann kein Ball fliegen. Die Drivingrange geht in die andere Richtung und beim Putten kann man nicht mal annähernd so weit schlagen ... und dann auch noch um die Ecke herum. Nicht einmal unsere Jugendlichen schlagen sich an diesen Büschen vorbei, wenn sie zum Parkplatz wollen. Das wäre ein zu großer Umweg.«

»Hatte Ihr Präsident denn Feinde im Club?«, wechselte der Hauptkommissar nun das Thema.

Der Manager wartete erst einmal eine kurze Zeit mit seiner Antwort. Er zog die Stirne kraus, als er mit leicht belegter Stimme loslegte:

»Feindeee? Feinde? Nein, das kann man eigentlich nicht sagen. Wir haben nur Mitglieder mit bestem Leumund. Mit Kurt, unserem Vize, ist er nicht gerade sehr gut ausgekommen, aber das hatte wohl nichts zu bedeuten. Das lag mehr daran, dass Kurt seit Jahren darum kämpft, den Platz Melchiors einzunehmen, sonst nichts.«

»Warum war das so wichtig für Kurt Kammler?«

»Na ja, sehen Sie. So ein großer Club wie der unsere vergibt regelmäßig Bauaufträge. An wen, wird im Vorstand entschieden. Melchior hat sich richtiggehend einen Spaß daraus gemacht, Kurt, den er für einen primitiven

Neureichen hielt, an der Stange verhungern zu lassen. Wäre da nicht der Steiner gewesen, der häufig für Kurt stimmte, obwohl sich auch diese beiden nicht unbedingt grün waren, wäre nicht ein einziger Auftrag an Kurts Firma gegangen.«

»Da der Schatzmeister nun tot ist, konnte doch der Präsident seinen Vizepräsidenten an der Stange verhungern lassen, wie Sie es ausdrückten. Oder?«

Michael Schlosser war auf die Antwort gespannt. Der Kopf des Managers ruckte nach dieser Frage und nachdem er scheinbar den Sinn endgültig verstanden hatte hoch:

»Das ist doch Unsinn, Herr Kommissar!«, zischte er aufgebracht zurück. »Es stehen doch überhaupt keine wesentlichen Bauvorhaben an. Wenn Kurt einen Grund gehabt hätte, ihn niederzuschlagen, dann vor sieben Jahren, als es um den Bau des Clubhauses ging und Melchior ihn so richtig am langen Arm verhungern ließ. Wäre da nicht Steiner gewesen, hätte Kurt den Auftrag nie erhalten. Also wirklich ...«

»Wer aus Ihrem Club könnte denn sonst noch einen Grund für eine derartig grausame Tat haben?«

»Ich sehe da wirklich niemanden. Melchior war vielleicht eingebildet, etwas arrogant und manchmal mehr als sonderbar, aber ansonsten absolut harmlos.«

»Und trotzdem ist es bereits das dritte Verbrechen in Zusammenhang mit Ihrem Club, Herr Rasinger. Kommt Ihnen das nicht sonderbar vor?«

»Doch! Doch! Aber ich kann mir keinen Reim darauf machen. Beim besten Willen nicht.«

Die letzten Worte hatte der Manager nur noch flüsternd gesprochen. Unentwegt schüttelte er leicht seinen

Kopf. Er breitete seine muskulösen Arme weit, bis auf Schulterhöhe aus und ließ sie wieder fallen.

»Und Sie sind sich ganz sicher, dass der Präsident keine Feinde hier im Club hatte? Wie war das mit Ihrem Schatzmeister? Hatte auch der keine Feinde?«, wollte Michael Schlosser nun wissen.

»Also Steiner war wirklich alles andere als beliebt, das kann ich ohne weiteres behaupten. Die Abneigung gegen ihn resultierte aber eher daraus, dass er irgendwie nicht zu uns passte. Niveau und so. Aber so richtig verkracht war er mit keinem. So richtig gehasst hat ihn niemand, soweit mir das bekannt ist.«

»Sie können mir also nicht weiterhelfen, Herr Rasinger?«, hakte er trotzdem noch einmal nach.

»Nein, beim besten Willen nicht. Aber ich habe jetzt wieder zu tun. Hier ist die Hölle los, wie Sie sehen können. Auf Wiedersehen.«

Der Manager hatte die letzten Worte noch nicht einmal vollständig ausgesprochen, als er sich schon umdrehte und auf das Clubhaus loszumarschieren begann. Einen flüchtigen, genuschelten Gruß hinterherschickend drehte sich auch Michael Schlosser um und suchte nach einem weiteren Gesprächspartner. Nachdenklich ließ er seinen Blick über die inzwischen merklich geschrumpfte Menschengruppe schweifen. Deutlich spürte er neugierige Blicke auf seinem Gesicht. Sein intensives, leises Gespräch mit dem Clubmanager war bemerkt worden. Genko und weitere Beamte sprachen etwas abseits mit einzelnen Personen und schrieben kräftig auf kleinen Blöcken mit. Hier konnte er momentan nichts mehr machen.

Mit verhaltenen Schritten wanderte er um die Absperrung herum zu den Büschen, die sich in dichter Reihe entlang des Geräteschuppens bis zum meterhohen Zaun der Golfanlage zogen. In einiger Entfernung vom Tatort zwängte er sich durch eine der schmaleren Lücken und stand seitlich vom Puttinggreen, das sich zwischen dem Schuppen und der doppelstöckigen Drivingrange befand. Mehrere Löcher, in denen kleine Fähnchen steckten, schienen auf Übende zu warten - aber niemand war anwesend. Einzelne Blätter lagen verstreut darauf herum.

Vorsichtig betrat er den kurz geschorenen Rasen und warf einen Blick Richtung Tatort. Er war nicht zu sehen. Danach betrat er die Drivingrange und begab sich im Erdgeschoss zu den Abschlagmatten. Auch hier konnte man den Ort der grausamen Tat nicht sehen, da die Rückwand seinem Blick im Weg stand. Als er die obere Plattform erklomm und von diesem Sichtwinkel aus versuchte, Menschen am Tatort zu sehen, musste er schnell feststellen, dass die großen Büsche und Bäume die Sicht gründlich verstellten. Die wenigen Lücken, die einen Blick freigaben, reichten nicht aus, sich ein verlässliches Bild von dort herumlaufenden Personen zu machen. Der Täter konnte sich also ziemlich sicher gewesen sein, dass er nicht gesehen werden konnte.

Etwas enttäuscht marschierte er weiter zum 1. Abschlag und sah sich dort kurz um. Auch dieser Blickwinkel brachte kein brauchbares Resultat. Langsam ging er auf dem breiten Kiesweg bis zur Terrasse des Clubhauses. Dort postierte er sich an einem der Pfosten und schaute in das weite Rund der baumbestandenen, welligen Anlage. Von weit hinten sah er im Zwielicht der untergehenden Sonne einen einzelnen Spieler die 18. Bahn herunterkommen. Sonderlich gut schien dieser Golfer nicht zu spielen, das konnte sogar er inzwischen entscheiden, denn es musste mindestens der vierte Schlag gewesen sein, ehe der Ball auf dem Grün zu liegen kam. Er sah einen untersetzten, bullig wirkenden Mann mit stapfenden Schritten herankommen, den Putter aus dem Bag reißen und das wellige Grün betreten. Jetzt erkannte er den Spieler. Es handelte sich um den Vizepräsidenten Kurt Kammler.

Dieser stellte sich nun an den Ball, der fast zehn Meter vom Loch entfernt lag, nahm kurz Maß und schlug so kräftig auf die kleine, weiße Kugel ein, dass diese mehrere Meter am Loch vorbei rollte. Danach puttete er fast einen Meter zu kurz und selbst den kurzen Putt verschob er noch ganz knapp. So viel wusste Michael Schlosser inzwischen auch schon: ein Vier-Putt war eine kleine golferische Katastrophe.

Mit einer kurzen, hastigen Bewegung steckte der Vizepräsident den Putter zurück in sein Bag und lief direkt auf ihn zu. Schlosser ahnte, dass er, im Schatten des Pfosten stehend, von Kammler nicht gesehen werden konnte. Als der Vizepräsident unmittelbar vor ihm in den Weg zum Clubhaus einbiegen wollte, trat er aus dem Schatten hervor und begrüßte süffisant lächelnd den überraschten Mann: »Guten Abend, Herr Kammler. Erfolgreiche Runde gespielt?«

Der Angesprochene machte einen kleinen Hopser zur Seite und starrte ihn entgeistert an.

»Herr Kommissar! Wa... was ma... machen Sie denn hier?«, stotterte er vor sich hin.

»Ich muss mich mit Ihnen ein wenig unterhalten.«

»Ich aber nicht mit Ihnen. Ich habe keine Zeit«, kam die harsche Antwort zurück.

Ohne noch auf eine Antwort zu warten, wollte er, seinem Elektrotrolley vor sich herfahrend, den Weg weiter gehen. Schlosser trat ihm aber in den Weg, legte leicht seine rechte Hand auf das wuchtige Bag des Vizepräsidenten und zischte den schweren Mann an: »Aber ich muss mit Ihnen sprechen, und das ganz offiziell. Seit wann sind Sie heute hier im Club?«

Verwirrt antwortete ihm Kammler: »Seit zwei Uhr nachmittags. Warum?«

Ohne auf die Gegenfrage einzugehen, forderte er den Vizepräsidenten auf:

»Erzählen Sie mir bitte, was Sie seit dieser Zeit gemacht haben.«

»Also zuerst war ich kurz bei Rasinger, dann habe ich mich umgezogen, noch etwas auf dem Puttinggreen und der Drivingrange geübt und dann bin ich allein auf die Runde gegangen.«

»Wann sind Sie losgegangen?«

»So gegen 16.00 Uhr. Ja, es war wenige Minuten nach vier Uhr, das weiß ich genau, weil ich am Abschlag noch kurz auf die Uhr geschaut habe.«

Michael Schlosser blickte auf seine Uhr und stellte fest, dass es fast 18.30 Uhr war. Der Mann vor ihm konnte unmöglich achtzehn Löcher gespielt haben.

»Und Sie haben eine komplette Golfrunde gedreht?«, kam daher prompt seine Frage.

»Nein, das würden wohl nur Speedgolfer schaffen. Ich habe nach der Fünf auf die Dreizehn gewechselt. Warum fragen Sie das alles. Es ist doch wohl nicht verboten, um diese Zeit noch Golf zu spielen, oder?«

»Das nicht, Herr Kammler. Aber es interessiert mich brennend, wer heute versucht hat, hier im Club Melchior von Merstall umzubringen.«

Auf die kommende Reaktion war er sehr gespannt.

Sie fiel viel intensiver und ganz anders aus, als er erwartet hatte. Zuerst wurde der Mann vor ihm kreidebleich, der Mund klappte auf, die Augen weiteten sich übergroß, der Kopf ruckte hoch. Dann schwoll die Halsader stark an, die Gesichtsfarbe wechselte auf dunkelrot, die Augen traten fast aus ihren Höhlen. Kammler begann zu schlucken. Er bekam kein Wort heraus.

»Wann und wo haben Sie zuletzt Ihren Vorstandskollegen gesehen oder gesprochen?« setzte Schlosser sofort nach.

Noch verwirrter, fast mechanisch kam die Antwort:

»Das, das, das war so, so gegen, gegen, ja so gegen zwei Uhr oder kurz danach, als ich mich umgezogen habe im Umkleideraum. Danach, so um halb vier, als ich einige Bälle auf der Drivingrange spielte, habe ich ihn auf dem Puttinggreen gesehen, aber nicht mehr mit ihm gesprochen.«

»Worüber haben Sie mit ihm im Umkleideraum gesprochen?«

»Ach, nichts besonderes. Es ging um Clubinterna.«

»Um welche?«

»Na ja, um die geplante Erweiterung der Parkplatzanlage. Die jetzige ist zu klein. Ansonsten hatten wir kein Gesprächsthema.«

»Kam Ihnen Herr von Merstall irgendwie unruhig vor?«

»Ich weiß nicht? Er war ja immer irgendwie hibbelig. Ich weiß wirklich nicht.«

Die Stimme des Vizepräsidenten und seine Bewegungen waren im Laufe der Unterhaltung ruhiger geworden. Jetzt warf er einen kurzen, versteckten Blick auf seine Armbanduhr und wurde wieder zunehmend hektischer.

Rotweiße Flecken begannen sich auf seinen Wangen zu bilden, der Blick irrte wiederholt durch die Landschaft.

»Ich muss weg, Herr Kommissar«, bellte er plötzlich los. »Ich habe noch einen Termin. Wollen Sie noch etwas von mir?«

»Nein, nein, Herr Kammler«, beeilte sich Schlosser zu sagen. »Ich wünsche Ihnen noch einen schönen Abend.«

»Wiedersehen«, knurrte der Vizepräsident und eilte mit seinem Golfbag davon.

Michael Schlosser war erstaunt, wie behände sich dieser beleibte Mann bewegen konnte, der Sekunden später im Boxenhaus des Clubs verschwunden war.

Nachdenklich blieb Schlosser auf dem Weg zurück. Es musste in diesem noblen Club jemanden geben, der ein ungewöhnlich starkes Motiv haben musste, dass er einen professionellen Killer engagierte, einen Mann aus dem Weg zu räumen und der selbst kalt und brutal genug war, seinerseits solch einen Killer umzubringen. Und nun auch noch den Präsidenten? Warum? Hingen die Taten wirklich zusammen und war der Präsident wirklich nur ein harmloser, eingebildeter Narr gewesen?

Gedankenversunken ging er die wenigen Meter zur Terrasse zurück. Er zog sich einen der bequemen Gartenstühle heran, setzte sich leicht aufseufzend und grübelte, weit nach vorne gebeugt, die Hände wie zum Gebet gefaltet, weiter. Keine drei Minuten waren vergangen, als er aus der Tür, durch die kurz zuvor der Vizepräsident mit seiner Ausrüstung verschwunden war, eben diesen wieder herauskommen sah. Jetzt allerdings ohne Ausrüstung, jedoch auch ohne umgekleidet zu sein. Interessiert sah er, wie der Mann Richtung Drivingrange losstapfte und sich dabei mehrmals umschaute. Kurz bevor er den Weg dorthin erreichte, bog er ab und lief durch das Rough zum ersten Abschlag. Erstaunt registrierte er dies. Als der Vizepräsident auf diesem Abschlag stand, bemerkte er, wie ihn der Blick dieses Mannes von dort traf, wie dieser sichtlich stutzte, sich hastig umdrehte und den gesamten Weg wieder zurückstapfte.

Was war das? Ohne weiter zu warten, begab er sich nun ebenfalls auf den Abschlag und sah sich um. Was hatte der Vizepräsident mit dieser Aktion bezweckt.

Er konnte nichts Interessantes feststellen. Wenn Kammler nach etwas gesucht hätte, würde er es verstanden haben, denn dass Golfer ohne weiteres einmal etwas auf dem Platz verlieren, wusste er inzwischen. Aber der Mann hatte nichts gesucht. Trotzdem schaute er sich noch einmal gründlich auf dem Abschlag um. Außer einigen abgebrochenen Holztees war jedoch nichts zu finden. Ein Blick auf den Tatort war durch eine buschige, dichte Hecke vollständig verwehrt. Was sollte dieser Ausflug Kammlers?

Achselzuckend verließ er den Abschlag und ging den gleichen Weg wie Kammler zu den Umkleideräumen. Einen kurzen Blick hineinwerfend, musste er schnell feststellen, dass der Raum leer war.

Langsam begab er sich wieder zum Tatort. Einige aufgestellte Scheinwerfer erhellten ihn. Nur noch wenige Polizisten und Schaulustige befanden sich dort. Sogar die Medienvertreter waren verschwunden.

Genko kam sichtlich resigniert auf ihn zugelaufen:

»Sakra! Jeder hat ihn geliebt und keiner kann verstehen, wieso und warum eine solche Tat geschehen konnte. Es ist zum Ausderhautfahren. Keine Hinweise oder taugliche Spuren. Keine Tatwaffe. Hast du etwas herausbekommen, Chef?«

Schlosser schüttelte nur den Kopf.

»Wir fahren mal ins Klinikum. Vielleicht ist er zu sich gekommen und wir erfahren etwas mehr«, schlug er vor und ging Richtung Dienstwagen. »Hier können wir ohnehin nichts mehr tun.«

20

Sie näherten sich mit hoher Geschwindigkeit der Einfahrt der Universitätsklinik. Genko setzte das Blaulicht auf das Fahrzeugdach und schaltete es lächelnd ein. Michael Schlosser warf ihm einen verweisenden Blick zu, der seinen Mitarbeiter nicht sonderlich zu belasten schien.

»Das muss sein, Chef. Pförtner kommen sich doch immer wichtig vor und so ein Einfaltspinsel bringt es dann noch fertig, und versucht uns auf den öffentlichen Parkplatz zu schicken. Außerdem will ich nicht unnötig aussteigen«, versuchte er sich zu rechtfertigen.

Sie waren noch weit von der Schranke entfernt, als sich diese wie von Geisterhand öffnete. Noch ein wenig breiter lächelnd fuhr er auf das Krankenhausgelände und stellte sich auf einen der freien Arztparkplätze.

Als ihnen am Auskunftsschalter die Information gegeben wurde, dass der Patient auf der Intensivstation der Inneren liege, schauten sie sich betroffen an. Schlosser ahnte, dass seine Hoffnung, wichtige Hinweise noch an diesem späten Abend zu erhalten, nicht in Erfüllung gehen würde. Mit schnellen Schritten gingen sie zu einem der zahlreichen Fahrstühle und fuhren in die dritte Etage. Dort mussten sie erst einmal einige Minuten vor der Tür warten, ehe sie eingelassen und in ein tristes Wartezimmer abgeschoben wurden. Nach einer geschlagenen halben Stunde erschien ein abgespannt wirkender Arzt, bekleidet mit einem blutbespritzten, grünen Kittel.

»Sie wollen zu dem Schädeltrauma wurde mir gesagt, meine Herren«, ging der Mann auf die Beamten zu. »Sind Sie mit dem Patienten verwandt?«

Michael Schlosser klärte ihn kurz über ihre Funktion auf und wollte wissen, ob sie den Verletzten sprechen könnten. Ein gequältes Lächeln war die Folge dieser Frage.

»Der Mann wurde so schwer verletzt, meine Herren, dass ich mir kaum vorstellen kann, dass er diese Nacht überleben wird. Die Notoperation war nur sehr kurz und leider nicht von Erfolg gekrönt. Er hängt jetzt an der Herz-Lungen-Maschine und könnte Ihnen ohnehin nicht antworten, da er intubiert ist. Außerdem mussten wir ihn noch in ein künstliches Koma versetzen. Aber wie gesagt ...«

Bedeutungsschwer ließ er den Rest ungesagt.

In diesem Moment schlug der melodiöse Gong der Stationstür an. Der Arzt selbst drückte auf den Türöffner und herein kam eine mollige, kleine, hellblonde Frau, die ein teurer Pelzmantel wie angepresst umgab. Wie ein Wiesel schoss sie auf den Arzt zu und fragte ihn, völlig außer Atem:

»Wo liegt mein Mann? Was hat er? Wie geht's ihm? Kann ich zu ihm?«

Der Arzt wandte sich ihr zu, reichte ihr die Hand und nahm sie gleich in den Arm, als sie seine Hand ergriff.

»Sind Sie die Ehefrau, gnädige Frau?«

Sie nickte nur hektisch und schaute ihn fordernd an. Mit weichen, geübten Worten erklärte er ihr die Lage ihres Mannes. Danach bat er sie, ihm zu folgen. Unaufgefordert gingen die beiden Beamten hinter dem Paar her. Um zwei Ecken herum ging es einen langen, hell beleuchteten Gang hinunter, danach betraten sie einen mit unzähligen elektronischen Geräten voll gestellten Raum. In der Mitte stand ein modernes weißes Bett, darin lag ein Mann mit wächsern blassem Gesicht und einem weißen, turbanähnlichen Verband um den Kopf. Aus dem Mund ragte ein blauer Schlauch, der in einer monströs anmutenden Maschine endete. Zahlreiche Drähte gingen zu anderen Geräten und etliche mehr oder weniger dicke Schläuche ergänzten das Bild. Mehrere Oszillographen und andere elektronische Anzeigen zeigten Schlosser, als nicht fachkundigen Betrachter, verwirrende Bilder. Monotone Pieptöne ließen die Situation noch bedrückender werden. Ein leicht antiseptischer Geruch lag in der Luft. Genko wurde blass um die Nase.

Die Ehefrau des Bewusstlosen trat dicht an das Bett, schaute ernst in das entspannte Gesicht und streichelte sanft dessen Hand.

»So ein Ende wollte ich nicht für dich«, flüsterte sie leise vor sich hin und schüttelte ihren rundlichen Kopf.

Genko konnte diese Worte nicht gehört haben, denn er war inzwischen bis an die Tür zurückgewichen. Michael Schlosser hingegen waren sie nicht entgangen. Erschüttert warf er zuerst einen Blick auf den Patienten, dann auf die Frau. Diese nickte immer noch gedankenverloren vor sich hin und schien durch ihren Mann hindurch zu sehen. Nach einigen Sekunden drehte sie sich achselzuckend um und verließ den Raum.

»Wir benötigen noch einige Daten, gnädige Frau, und können Sie uns bitte Ihre Telefonnummer hinterlassen, damit wir Sie anrufen können, wenn sich der Zustand Ihres Mannes verändert«, bat der Arzt die Frau, flott hinter ihr herlaufend.

Sichtlich genervt machte sie die geforderten Angaben und verließ dann endgültig die Station. Michael Schlosser gab Genko einen kurzen Wink, den dieser bestens verstand. Danach folgte er der davoneilenden Frau. Genko blieb zurück.

In der großen Eingangshalle hatte er sie eingeholt.

»Entschuldigen Sie bitte, Frau von Merstall«, sprach er sie so sanft wie möglich an, »hätten Sie bitte einen Moment Zeit für mich?«

Abrupt blieb die kleine Frau stehen und schaute den Frager mit großen Augen an.

»Wer sind Sie denn? Ich habe Sie doch soeben im Zimmer meines Mannes gesehen. Ich dachte Sie wären auch ein Arzt. Aber nein, Sie haben ja gar keinen Arztkittel an. Wer sind Sie? Was wollen Sie von mir?«

Die Miene der Frau war ein einziges, ungeduldiges Fragezeichen. Ruhig erklärte er ihr, wer er sei und warum er sie auf diese Weise ansprach.

»Ihr Mann wurde im Golfclub niedergeschlagen. Deshalb muss ich ermitteln und Ihnen einige Fragen stellen. Wollen wir uns auf die Wartebank dort hinten in der Ecke setzen, dann wären wir ungestört?«

Sie schien erst einmal etwas nachzudenken, nickte dann gnädig, trippelte zu der gezeigten Ecke und setzte sich auf die Kante der Metallbank. Mit zittrigen Fingern zog sie eine Zigarettenschachtel aus ihrer Handtasche, nahm eine Zigarette heraus und steckte sie sich an. Michael Schlosser nahm behutsam neben ihr Platz und rutschte sofort ein wenig ab. Der Parfümduft war ihm doch etwas zu intensiv: Laura Biagotti, ein Duft, den er bei seiner zweiten Frau so gehasst hatte – und dazu noch der Zigarettenqualm.

»Von wem haben Sie erfahren, dass sich Ihr Mann hier im Klinikum befindet?«, fragte er.

»Vom Clubmanager, Herrn Rasinger. Er rief mich vor ungefähr zwei Stunden an und teilte mir mit, dass mein Mann schwer verletzt im Club aufgefunden und hierher ins Klinikum gebracht worden sei. Ich bin dann umgehend losgefahren.«

»Kennen Sie Herrn Rasinger näher?«

»Ich weiß von meinem Mann, dass er der Clubmanager, ein kleiner Ehrgeizling, wie er immer sagte, ist, mehr nicht. Ich kenne niemanden aus dem Golfclub meines Mannes näher. Das war sein Hobby. Ich hab für so etwas keine Zeit. Dafür bin ich in meinem Unternehmen viel zu sehr eingespannt.«

»War Ihr Mann nicht auch in Ihrer Firma beschäftigt?«

»Ach der, Herr Kommissar«, antwortete sie geringschätzig und unterstrich diese Worte noch mit einer abfälligen Geste ihrer erstaunlich schlanken, mit Ringen übersäten Hand, die Asche ihrer Zigarette dabei im Raum verteilend, »Melchior hat einen Gefälligkeitsposten im Vertrieb, mehr nicht. Er ist für das harte Geschäftsleben nicht gemacht. Er verbringt die meiste Zeit im Club. Jedenfalls die letzten zehn Jahre, seit unser Sohn aus dem Haus ist. Der Club ist sein Leben. Vor dieser Zeit waren seine Kontakte wenigstens noch ein klein wenig für das Unternehmen nützlich.«

»Aber seine Kontakte im Golfclub waren doch ebenfalls sehr nützlich. Diese brachten doch in diesen zehn Jahren sehr viel Geld ein, oder?«

Die Frau blickte den Kommissar mit weit aufgerissenen Augen an und vergaß dabei sogar an ihrer Zigarette zu ziehen. Die breite Stirn legte sich ganz allmählich in tiefe Falten, als sie, leicht meckernd lachend, antwortete: »Was soll da Geld gebracht haben, Herr Kommissar? Geld gekostet, das schon eher, wenn auch nicht gerade sehr viel.«

Nun war es an Michael Schlosser, seine Stirn fragend in Falten zu legen.

»Haben Sie gemeinsame Konten, Frau von Merstall, oder besitzt jeder sein eigenes Konto?«

»Also ich nenne mehrere Konten mein eigen, aber Melchior hat nur ein Einziges. Ich überweise ihm jeden Monat einen festgelegten Betrag, dazu kommt noch sein Gehalt. Wenn er mal mehr benötigt, dann muss er mir das ganz genau erklären, sonst gibt's nix!«

»Und kam es öfter vor, dass er Nachforderungen hatte und sind Sie sicher, dass er keine weiteren Konten besitzt, von denen Sie vielleicht nichts wissen?«

»Zur ersten Frage: Ja, so zwei- bis dreimal im Jahr. Es ging dann jedes Mal um Golf. Mal richtete er ein Turnier aus, mal spendierte er Runden, mal ging's um eine Golfreise. Für diese Mätzchen gab ich ihm dann auch immer das Geld. Melchior ist zwar nicht sehr geschäftstüchtig, aber ein Verschwender oder Weiberheld ist er Gott sei Dank nicht. Zur zweiten Frage: Ich bin mir ganz sicher, dass er keine weiteren Konten besitzt. Wozu auch und außerdem kann er mit so etwas ohnehin nicht richtig umgehen. Das ist nicht seine Welt. Ich regele alles, was mit Familie, Geschäft und Geld zu tun hat und ich bezahle auch alles. Warum interessiert Sie das überhaupt, Herr Kommissar?«

»Weil Ihr Mann, wie schon gesagt, heute im Golfclub niedergeschlagen wurde und ich mir ein Bild machen will, warum diese grausame Tat geschah. Hatte er Feinde?«

Die Frau überlegte eine Weile, ehe sie zögerlich antwortete: »Also Feinde kann man eigentlich nicht sagen. Er erzählte mir gelegentlich, dass er im Club immer wieder Ärger mit Kurt Kammler, ein ekelhafter Typ übrigens, hatte. Der wollte unbedingt Präsident werden, aber denkste. Mein Mann war in dieser Position unschlagbar und genoss es zeitweise sogar, diesen Baulöwen zu demütigen. Der hat keine Chance gegen ihn. Hin und wieder stritt er sich mal mit dem Kassier des Clubs und die Götter in Weiß sind ihm etwas zuwider. Ansonsten blüht er in seinem Club förmlich auf und ich glaube, die meisten Mitglieder sind froh, dass sie solch einen Trottel mit gutem Namen und aus gutem Hause gefunden haben, der ihren Präsidenten spielt.«

»Aber er hat dort doch auch eine Menge zu entscheiden gehabt. Könnte er sich dabei nicht Feinde gemacht haben?«

»Mein Melchior und etwas entscheiden? Etwas leisten? Etwas schaffen? Das ich nicht lache. Er ist kein Macher, Herr Kommissar, beim besten Willen nicht. Er ist eher ein Verhinderer und lässt lieber andere arbeiten und entscheiden. Er tut seine Meinung immer erst dann kund, wenn er die Meinungen der anderen kennt und sicher ist, dass er nicht ins Fettnäpfchen tritt. Mein Mann ist butterweich.«

Sie blickte Schlosser bei diesen Worten schmallippig lächelnd an und blies ihm einen Schwall Rauch ins Gesicht.

»Sie haben aber keine allzu gute Meinung von Ihrem Gatten, Frau Melchior?«, stellte der Hauptkommissar verwundert fest und wandte schnell den Kopf ab.

»Ich sehe ihn einfach nur realistisch, Herr Kommissar,

und ich kenne ihn sehr genau. Wir sind immerhin schon über dreißig Jahre verheiratet. Er ist ein feiner Mensch, im reinsten Sinne des Wortes, aber alles andere als lebenstüchtig.«

»Lieben Sie Ihren Mann?«

»Lieben? Was ist das schon: Lieben! Ich bin mit ihm verheiratet, habe dadurch einen guten Namen und das Geld verdient meine Familie, meine Firma. Das reicht doch, oder?«

Er beantwortete diese Frage nicht. Er fühlte sich in diesem Moment ein wenig in das neunzehnte Jahrhundert zurückversetzt – wären da nicht das sterile, moderne Krankenhaus, das zu starke Parfüm und der unangenehme Zigarettenrauch gewesen. Ehrlich war sie, fand er. Zu einem Tatmotiv schienen diese Aussagen seiner Meinung nach nicht zu passen, abgesehen davon, dass diese selbstsichere Frau keinerlei Bezug zum Golfsport und dem Club zu haben schien.

Im Glas der riesigen Fensterfront spiegelte sich Genko, der sich mit Riesenschritten von hinten näherte. Er wandte sich seinem Mitarbeiter zu und wusste augenblicklich, was dieser ihm gleich ins Ohr flüstern würde.

Bedrückt vernahm er die genuschelten Worte und sagte dann behutsam zu der Frau:

»Frau von Merstall, Sie sollten jetzt noch mal nach oben zu Ihrem Mann gehen. Ich glaube Sie werden benötigt.«

Sie wurde blass. Sogar die künstlich geröteten Wangen verloren die Farbe.

»Ist er …?«, hauchte sie ängstlich, die Wahrheit ahnend. Die Selbstsicherheit war wie weggeblasen.

Die beiden Männer nickten nur ernst.

»Sollen wir Sie begleiten?«, fragte Michael Schlosser mitfühlend.

Sie schüttelte nur vehement den Kopf, sprang auf, warf achtlos die brennende Zigarette auf den Boden und trippelte energisch, grußlos los, den Weg zurück zur Intensivstation.

Die beiden Beamten verließen das Klinikum.

»Ich habe angeordnet, dass sie ihn in die Pathologie der Gerichtsmedizin bringen sollen. Nicht, dass hier noch irgendwelche Studenten zu Ausbildungszwecken an ihm herumschnipseln und die besten Spuren versauen«, erläuterte Genko sichtlich selbstzufrieden seinem Vorgesetzten, als sie zu ihrem Fahrzeug gingen, und schaute ihn dabei, wohl Lob erwartend, an.

»Der dritte Mord«, knirschte Michael Schlosser nur. »Warum dieser harmlose Mann, bei dem noch nicht einmal etwas zu holen war?«

»Nichts zu holen? Vielleicht war er doch nicht so harmlos, wie er sich darstellte. Wolf im Schafspelz und so«, gab Genko zu bedenken.

21

Am nächsten Tag trafen die beiden Beamten sehr zeitig in ihrem Büro ein. Michael Schlosser rief im Gerichtsmedizinischen Institut an und erkundigte sich, ob Melchior von Merstall schon eingeliefert worden sei. Als ihm dies bestätigt wurde, wies er auf die Vordringlichkeit der anstehenden Obduktion hin. Danach machte er sich daran, die notwendigen Berichte zu schreiben.

Genko lief in dieser Zeit von Büro zu Büro und hielt die Kollegen, welche am Abend zuvor die Ermittlungen und Befragungen im Golfclub durchgeführt hatten an, schnellstens ihre Berichte zu schreiben und diese bei ihm abzuliefern.

Gegen Mittag war es dann endlich so weit. Bis auf den Obduktionsbericht lagen sämtliche Unterlagen und alle Gegenstände, die Melchior von Merstall bei sich getragen hatte, vor. Die beiden Schreibtische waren überfüllt.

Bedächtig griff Michael Schlosser zum Telefonhörer und wählte die Rufnummer des Gerichtsmedizinischen Instituts. Nach einigen Nachfragen wusste er, dass sein Freund Arno Waldmann den Präsidenten untersucht hatte. Daraufhin ließ er sich mit ihm verbinden.

»Sei gegrüßt, Knochensäge«, eröffnete er das Gespräch. »Wenn ich dein Arbeitstempo richtig einschätze, dann kannst du mir jetzt schon alles Wesentliche über den eingeschlagenen Schädel, wie du es nennen würdest, sagen. Richtig?«

Ein kurzes, holperndes Lachen kam durch den Hörer.

»Morgn, Michael. Da hast du allerdings Recht. Im Gegensatz zu euch arbeiten wir hier hintereinander weg und fahren nicht andauernd in der Weltgeschichte herum. Nun aber zu dem Mann: Ursächlich für das Ableben war eindeutig die Schädelverletzung. Es handelte sich um ...«

»Halt, halt!«, unterbrach er den Arzt. »Mich interessiert eigentlich nur, um welche Tatwaffe es sich deiner Meinung nach handeln müsste und ob du diesbezüglich Parallelen zu der Ermordung des Killers vor einigen Tagen siehst?«

»Genau darauf wollte ich soeben eingehen, du ungeduldiger Schnüffler. Die tödliche Wunde sieht verdammt präzise so aus, wie bei dem Mann vor einigen Tagen. Der Schlagwinkel ist zwar ein anderer, aber die Grate und Größen der Fraktur entsprechen einander. Ich habe deshalb sofort Vergleiche angestellt. Das Resultat war eindeutig: Es muss sich um den gleichen, aber nicht unbedingt denselben Schläger gehandelt haben.«

»Schau an!«, entfuhr es Michael Schlosser. »Könnte eine Frau diesen Schlag ausgeführt haben?«

»Du fragst auch wirklich immer dasselbe, Spürhund, aber auch in diesem Fall gilt: Jeder durchschnittlich gebaute Mensch kann einen solchen Schlag ausführen. Also auch eine Frau. Ich kann dir aber noch etwas zur Tatzeit sagen: Sie lag zwischen 15:30 und 16:00 Uhr, eher 16:00 Uhr.«

»Woher willst du das wissen? Er ist doch erst am späten Abend im Klinikum verstorben.«

»Das konnte ich an den abgestorbenen Zellen des Gehirns feststellen. Außerdem stimmt es mit dem Bericht des Arztes überein, der am Tatort war. Ich präzisiere ihn nur ein wenig.«

»Kannst du mir sonst noch irgendetwas über den Täter mitteilen?«

»Nur so viel. Der Schlag wurde von einem Rechtshänder oder einer Rechtshänderin ausgeführt. Bei dem Mord an dem Killer bestand auch noch die entfernte Möglichkeit, dass ein Linkshänder eine Art Rückhandschlag mit einem Rechtshänderschläger ausgeführt hat. In dem jetzigen Fall jedoch konnte ich eine Vertiefung im Schädelknochen, die unmittelbar neben der Fraktur lag, feststellen. Sie stammt eindeutig vom Hosel des Schlägers und lässt so nur den Schlag eines Rechtshänders zu.«

»Was für eine Hose?«, stutzte der Hauptkommissar. Solch eine Bezeichnung im Zusammenhang mit einem Golfschläger hatte er noch nie gehört.

»Ich sagte Hosellll!« amüsierte sich der Pathologe und zog das ›l‹ genüsslich lang. »Als Hosel bezeichnet man das Stück eines Golfschlägers, das den Kopf mit dem Schaft verbindet. Es besteht meistens aus dem gleichen Material wie der Kopf selbst. Sonst noch Fragen?«

»Nein. Mal sehen, ob uns diese Informationen weiterhelfen.«

Nach einigen privaten Worten und einer herzlichen Verabschiedung legte Schlosser nachdenklich auf. Er wurde in seinen Gedanken abrupt unterbrochen, als das Telefon vor ihm zu läuten begann. Schnell hob er ab, bellte seinen Namen in den Hörer und lauschte dem Anrufer.

»Ich komme sofort hin. Warten Sie auf mich.«

Mit ungewollter Wucht legte er auf, griff nach seiner Jacke und wollte aus dem Raum stürmen, als ihn Genko sichtlich entgeistert ansprach:

»Sakra, Chef! Willst du mir nicht sagen, was los ist? Oder sind wir kein Team mehr?«

Lachend hielt Schlosser in seiner Bewegung inne.

»Klar sind wir noch ein Team und ich hoffe, du bist endlich fertig. Wir müssen in den Golfclub. Es sieht so aus, als wäre die Tatwaffe gefunden worden.«

Er wusste, dass diese Worte seinem Mitarbeiter Flügel verleihen würden. Sekunden später hatte dieser seine alte Lederjacke angezogen und noch schnell einen riesigen Happen von seiner Stulle abgebissen. Er folgte ihm kauend.

22

»Zeigen Sie mir bitte das, was Sie als Tatwaffe erachten!«, forderte Michael Schlosser den Beamten von der Spurensicherung freundlich auf.

Dieser reichte ihm einen in Zellophan eingepackten Golfschläger. Vorsichtig nahm er ihn dem Mann aus der Hand, trat noch einige Meter weiter auf die Terrasse des Golfclubs hinaus und hielt ihn gegen den Himmel, damit er ihn besser betrachten konnte. Deutlich konnte er die Zahl ›64‹ am Stirnende des Schlägers erkennen. Es handelte sich eindeutig um eine Lobwedge. Nicht weniger gut war die ungewöhnlich deutliche Verfärbung auf dem Schlägerblatt zu erkennen. Er hätte augenblicklich jeden Eid geschworen, dass es sich um Blutspuren handelte. Die weiteren Untersuchungen würden schnell Sicherheit bringen.

Er wollte den Schläger schon wieder zurückgeben, als sein Blick auf den silbrig glänzenden Schaft fiel. Deutlich prangten dort zwei kleine, etwas verschnörkelte Buchstaben: M S.

Solch eine Buchstabenfolge hatte er schon einmal gesehen. Sie hatte sich auf sämtlichen Schlägern Marten Steiners befunden. Aber dieser Schläger war seinerzeit nicht im Bag des toten Archivars gewesen.

»So – und jetzt zeigen Sie mir bitte den Fundort. Anschließend bringen Sie dann diesen Schläger in die Kriminaltechnische Untersuchungsanstalt. Ich will umgehend wissen, ob es sich wirklich um die Tatwaffe handelt.«

Der Mitarbeiter der Spurensicherung nahm ihm den verpackten Schläger ab und marschierte los in Richtung zum 1. Abschlag. Als er direkt am Herrenabschlag stand, zeigte er mit der Hand auf eine dichte und lang gestreckte Buschreihe, die fast den gesamten Abschlag von einem dahinter liegenden, flachen Gebäude trennte.

»Dort drinnen, ganz tief drinnen, hat er gesteckt. Wir haben gestern bis spät in den Abend und heute bereits seit Morgengrauen gesucht und immer weitere Kreise um den Tatort gemacht. Als wir den Schläger an diesem unpassenden Platz gefunden hatten und wir der Auffassung waren, dass es sich um das Tatwerkzeug handeln müsste, haben wir die weitere Suche abgebrochen«, erklärte ihm der Mann und strahlte dabei über das ganze Gesicht.

»Gut gemacht«, nickte ihm Schlosser augenzwinkernd zu.

Wieder allein mit Genko bemerkte er: »Ein absolut idiotischer Platz, sich das Tatwerkzeug vom Leibe zu schaffen. So dicht wie diese Hecke ist, war es ein purer Zufall, dass der Schläger vollständig verborgen stecken blieb. Außerdem bestand an dieser Stelle doch die Gefahr, beobachtet zu werden«, murmelte er weiter vor sich hin und wies mit der Hand Richtung Clubhaus.

»Das seh' ich anders, Chef«, hielt Genko leicht mit dem Kopf wackelnd dagegen und bohrte sich seinen kleinen Finger in das rechte Ohr. »Im Gegenteil. Wenn sich ein Golfspieler irgendwo in einer unmöglichen Ecke herumtreibt und dort einen Schläger in die Gegend pfeffert, ist es wahrscheinlicher, dass es auffällt und sich anschließend jemand daran erinnert.«

»So, so! Auf einem Abschlag ist das Wegpfeffern von Golfschlägern also unauffällig und normal?«

Sichtlich verlegen wackelte der Hagere noch stärker mit dem Kopf.

»Aber nein! So war das nicht gemeint!«

»Ist schon in Ordnung«, beruhigte er seinen Kollegen. »Nimm dir mal die Mitarbeiter der Gastronomie vor. Vielleicht wissen sie etwas oder haben was gesehen. Ich werde mich mal mit Frau Rasinger und den beiden Damen am Counter unterhalten. Diese Damen dürften über die internen Verhältnisse des Clubs bestens Bescheid wissen. Wir treffen uns später wieder auf der Terrasse.«

Er drehte sich nach diesen Worten um und ging wieder zum Clubhaus zurück. Genko folgte ihm schweigsam und verschwand in der Bar.

23

Langsam schlenderte Schlosser den langen Gang durch das Clubhaus in Richtung Empfang, denn dort lag auch der Proshop. Als er den geräumigen Eingangsbereich betrat, waren es nur noch wenige Meter zur Tür des Geschäfts. Schon von weitem sah er schemenhaft durch die Scheiben des Geschäfts die aparte Eigentümerin, wie sie mit einem Mann diskutierte. Ihre Hände bewegten sich dabei unentwegt. Der Mann, der mit dem Rücken zu ihm gewandt stand, schien nicht minder erregt zu sein, denn auch seine Hände waren heftig in Bewegung. Da die Tür zu dem Laden halb geöffnet war, konnte Schlosser einen Teil der Unterhaltung mitverfolgen und verlangsamte deshalb auch sofort seinen Schritt.

»... gerechte Strafe!«, hörte er den Mann zischen.

»Das ist aber herzlos, Rudi. Nur weil er dich immer wieder von oben herab behandelt hat, musst du nicht so daherreden. Du weißt genau, dass er nur ’ne ganz deftige Macke hatte, mehr nicht. Da war Steiner schon ein ganz anderes Kaliber und dass der dir das Leben schwer ...«

Die Frau stockte plötzlich. Schlosser sah ihren Blick auf sich gerichtet.

»Guten Tag Herr Kommissar. Wollten Sie zu mir?«, fuhr sie, einen Schritt auf ihn zugehend, mit erheblich lauterer Stimme fort.

Er trat in den Laden und erkannte nun auch den Mann,

der sich sichtlich erstaunt zu ihm umdrehte: Rudolf Rasinger, der Ehemann der Geschäftsinhaberin.

»Was machen denn Sie schon wieder hier?«, war die lapidare Frage des Mannes.

Der scheinbar gelangweilte Tonfall passte so gar nicht zu seinem Blick. Schlosser hatte das Gefühl, dass ihn der Clubmanager am liebsten rausgeschmissen hätte, es aber nur aus purer Höflichkeit unterließ.

»Ermitteln in drei Mordfällen, was sonst!«, gab er locker zur Antwort und wandte sich lächelnd der Ehefrau zu: »Ich würde mich gerne ein wenig mit Ihnen unterhalten. Haben Sie etwas Zeit für mich?«

»Ich geh ja schon«, knurrte Rasinger und verließ den Raum, die Tür hinter sich zuwerfend.

»Oh, oh! Da bin ich wohl zur unrechten Zeit gekommen«, stellte Schlosser fest und setzte sich auf einen der Stühle. »Wieso ist Ihr Mann manchmal so eigenartig, so gereizt, so ungewöhnlich ruppig?«

»Das würde ich auch gerne wissen«, murmelte die Frau und setzte sich ebenfalls. Ihre Augen blickten traurig und einige Fältchen darunter ließen sie älter aussehen, als sie vermutlich war. »Als wir uns vor acht Jahren kennen gelernt haben, war er viel lustiger und entspannter. Seit er diesen Scheißjob hat, wird er immer verbissener. Die behandeln ihn hier häufig wie einen dummen Laufburschen und so richtig recht kann er es keinem machen, obwohl er wirklich rund um die Uhr für den Club schuftet. Und Clubmitglied lassen sie ihn auch nicht werden.«

»Ach? Das versteh' ich allerdings ebenfalls nicht«, nickte Schlosser ihr zu. »Er soll doch ein exzellenter Golfspieler sein?«

»Tja, aber eben nicht gut genug. Schon als Jugendlicher wurde er ein Jahr früher als andere aus dem Landeskadertraining geworfen. Er war zwar nicht der beste Spieler, aber auch bei weitem nicht der Schlechteste. Trotzdem haben sie ihn rausgeschmissen und andere Kinder, deren Eltern die nötige Marie hatten, drinnen gelassen.«

»Ach. Waren seine Eltern nicht in der Lage, diesen teueren Sport zu bezahlen?«

»Seine Eltern sind verunglückt, als er ungefähr acht Jahre alt war. Er ist dann bei einem entfernten Verwandten aufgewachsen und hatte wohl nicht viel zu lachen. Zum Golfspiel kam er, weil er ganz in der Nähe eines Golfplatzes wohnte und sich dort das Spiel selbst beibrachte. Es reichte aber nie zum ganz großen Wurf, was bei einem Linkshänder auch verständlich ist. Das Abitur konnte er auch nicht machen, als Golf-Azubi kam er ebenfalls nirgends unter und erst durch diese Stelle hier hatte er die Chance, aus seinem Dilemma herauszukommen. Es fing ja auch sehr gut an. Mit der Zeit musste er aber feststellen, dass er zwar als Arbeitstier akzeptiert wird, aber nicht als gleichwertiger Mensch und Sportsmann. Und das macht ihm zu schaffen und schadet auch unserer Beziehung. Aber deswegen wollten Sie mich doch bestimmt nicht sprechen, Herr Kommissar, oder?«

»Stimmt, Frau Rasinger, ich wollte von Ihnen wissen, ob Sie diesen Mann schon einmal gesehen haben?«

Er holte die beiden Bilder des Archivmörders aus der Tasche und zeigte sie der jungen Frau. Interessiert schaute sie sich die Fotos an und nickte bedächtig:

»Irgendwie kommt er mir bekannt vor, nur woher, kann ich nicht sagen. Vielleicht durch die Bilder in der Zeitung?«

»Was war eigentlich Ihrer Meinung nach der Präsident für ein Mensch?«, wechselte Schlosser das Thema.

»Ein sehr feiner, Herr Kommissar. Gute Manieren. Aber auch ein fieser Kerl, ein falscher Fuffziger. Der Mann war in der Lage, einem ein Messer in den Rücken zu rammen – und das, mit einem aristokratischen Lächeln. Symbolisch natürlich nur. Ich hatte manchmal den Eindruck, dass er eine sadistische Freude daran hatte, Menschen, die er für nicht standesgleich hielt, zu quälen. Ganz besonders fiel mir dieser Charakterzug immer wieder auf, wenn er mit diesem Proleten, unserem Vizepräsidenten, zu tun hatte. Den reizte er mit dieser Art manchmal bis zur Weißglut.«

»Und? Hat sich Kammler das immer gefallen lassen?«

»Ja! Was sollte er sonst machen. Er hat zwar einmal gedroht, dass er ihn bei Gelegenheit mal einbetonieren würde, aber das liegt schon Jahre zurück.«

»Haben das damals auch andere Clubmitglieder mitbekommen?«

»Nein, Herr Kommissar. Ich habe das auch nur zufällig mitbekommen, als ich für ein Mitglied etwas in die Herrenumkleide legen wollte und die beiden sich dort dermaßen gefetzt haben. Nach außen wahrte Melchior immer den Schein der vornehmen, blasierten Zurückhaltung und Kammler mimte den coolen Geschäftsmann.«

»Aha! Und was war mit dem Schatzmeister Steiner? Wie stand Kammler zu ihm?«

»Dieser Steiner war ein merkwürdiger Mensch. Er passte von seiner Art überhaupt nicht in unseren Club, jeder zog hinter vorgehaltener Hand über ihn her und trotzdem hielt er sich unangefochten auf seinem Vorstandsplatz. Erstaunlicherweise war Melchior ihm gegenüber weit weniger herablassend, als er dies Kammler oder meinem Mann gegenüber war. Mein Mann kam mit Steiner ganz leidlich aus, aber er hatte keine gute Meinung von ihm. Einen großmäuligen Aufreißer hat er ihn immer genannt. Viel Geld, aber keine Substanz, keinen Charakter. Kammler vertrug sich mit Steiner erheblich besser als mit Melchior. Häufig überstimmten die beiden den Präsidenten. In den letzten Wochen hatte ich allerdings den Eindruck, dass es zwischen den beiden nicht mehr allzu gut lief. Aber das war, wie gesagt, nur mein Eindruck.«

Frau Rasinger knetete bei diesen Worten unentwegt die Hände.

»Haben Sie einen Verdacht, warum es nicht mehr so gut lief?«

»Na ja, es ist ja nur ein Verdacht. Beweisen kann ich nichts«, druckste sie herum und schaute starr auf den Boden.

»Was können Sie nicht beweisen?«, hakte Schlosser, ungeduldig werdend nach.

»Also, ich glaube, der Steiner hat vor ungefähr einem Jahr dem Kammler finanziell kräftig unter die Arme gegriffen. Ich hab nämlich vor einigen Wochen eines Abends in der Bar mitbekommen, wie der Steiner auf pünktliche Rückzahlung im Oktober bestanden hat und Kammler ihn eindringlich bat, die Frist um ein weiteres Jahr zu verlängern.«

»Und was hat Steiner zu dieser Bitte gesagt?«

»Das weiß ich nicht, denn sie schienen sich plötzlich beobachtet gefühlt zu haben und flüsterten danach nur noch.«

»Hatten Sie den Eindruck, dass sie sich gütlich geeinigt hatten?«

»Das kann ich nicht sagen. Steiner war meines Erachtens ziemlich angetrunken und schien Kammler zappeln zu lassen. Was letztendlich vereinbart wurde, kann ich nicht sagen. Nur dass ich das Gefühl hatte, dass das Verhältnis seitdem angespannt war. Weibliche Intuition, wenn Sie so wollen, Herr Kommissar.«

Nachdenklich blickte Schlosser sein Gegenüber an. Die junge Frau war inzwischen erheblich ruhiger geworden. Es schien, als hätte sie sich eine Last von der Seele geredet.

»Was ich immer noch nicht verstehe ist, warum ein Mann wie Steiner überhaupt in einen derartig renommierten Golfclub aufgenommen wurde?«, setzte er mit ruhiger Stimme die Befragung fort.

»Das hat mich damals auch gewundert. Aber es haben einige profilierte Mitglieder für ihn gebürgt und der Aufnahmebetrag war ja auch nicht von schlechten Eltern.«

»Und das, wo er doch selbst nicht einmal ein Arzt war. Seine Bürgen schienen ihn ja geliebt zu haben?«

»So!? Dann war's aber eher eine Art Hass-Liebe. Speziell Uschi fand St...«

»Uschi?«, unterbrach Schlosser, die Augenbrauen fragend hochziehend.

»Ja, Ursula Uhlhorst. Also Uschi fand Steiner zum Kotzen. Klein, dürr, schleimig, primitiv. So schätzte sie ihn ein. Sie selber steht auf junge, knackige, muskulöse Männer.«

Schau, schau, dachte Schlosser, die beiden Damen sind ziemlich vertraut miteinander.

»Haben Sie denn Frau Uhlhorst nie gefragt, wieso sie für Steiner gebürgt hat, wo sie ihn doch so abscheulich fand?«, hakte er sofort nach.

»Klar, hab ich das. Sie hat mir die Frage aber nicht beantwortet und schien sie mir witzigerweise übel genommen zu haben.«

»Wieso witzigerweise?«

»Weil wir uns sehr gut verstehen und wirklich über viel intimere Angelegenheiten gesprochen haben. Sie hat mir sogar von ihrem unheimlichen, neuen Freund erz...«

Sie stoppte mitten im Satz. Er sah, wie sich ihre Augen weiteten. Plötzlich schlug sie sich mit der Hand vor den Mund.

»Welchen Freund meinen Sie, Frau Rasinger?«

»Äh, ja, äh!«, stotterte sie herum. »Also hier handelt es sich wirklich um sehr intime, vertrauliche Sachen, Herr Kommissar. Sie hat vor einem halben Jahr einen Mann kennen gelernt und war einige Wochen, äh Monate mit ihm zusammen. Sie hat in den letzten Jahren häufiger junge Männer als Freunde gehabt, aber es wäre ihr bestimmt nicht recht, wenn sie erfährt, dass ich Ihnen davon erzählt habe.«

»Ich erzähle ihr doch so etwas nicht, Frau Rasinger. Wie hieß denn ihr letzter Freund?«

»Ich glaube, sie nannte ihn einmal Paul, aber ich bin mir nicht sicher. Ich hab ihre Freunde nie kennen gelernt. Die brachte sie nicht mit in den Club. Wir haben uns nur hin und wieder mal darüber unterhalten, wie es eben Frauen so tun.«

Sie stand auf und begann diverse Hosen, die akkurat im Regal hingen, sorgfältig zu ordnen. Er hatte das Gefühl, dass die Frau jetzt allein sein wollte und ihm keine Fragen mehr beantworten wollte. Irgendetwas hatte die zuvor so vertraute Atmosphäre zerstört.

Er verabschiedete sich nachdenklich und begab sich zum Eingangstresen. Die beiden Empfangsdamen saßen dahinter und blickten ihm erwartungsvoll entgegen. Ihnen war scheinbar langweilig.

»Können wir Ihnen behilflich sein, Herr Kommissar«, sprach ihn die Brünette sofort an, als er sich entspannt gegen den Tresen lehnte.

»Vielleicht, meine Damen. Was für ein Mensch war Ihrer Meinung nach Ihr Präsident?«

»Ein sehr feiner, netter, aber etwas schusseliger, nerviger alter Herr«, plauderte die andere Empfangsdame munter los. »Er hat uns so manches Mal ein kleines Geschenk mitgebracht und nie mit uns gestritten.«

»Nicht? Mit wem hat er sich denn sonst so gestritten?«

»Äh. Meine Kollegin wollte nicht sagen, dass er sich überhaupt mit irgendeiner Person mal gestritten hat. Dafür war er viel zu vornehm«, fiel die Brünette ihrer Kollegin ins Wort.

»Na ja, so ganz stimmt das aber auch nicht, Molli«, widersprach diese auflachend, »mit Rudi hatte er ziemlich häufig Zoff. Wir haben das doch oft genug durch die Tür mitbekommen.«

»Worum ging's denn bei diesen Zoffs immer so?«, fragte Schlosser umgehend nach.

»Na, um Vereinsangelegenheiten eben. Der Präsi war manchmal etwas komisch und eigenwillig.«

»Und wie gingen die Zoffs in der Regel aus?«

»Na ja, Rudi steckte meistens zurück. Es hatte ja ohnehin keinen Zweck. Wenn der Präsi etwas nicht einsehen wollte, dann sah er es eben nicht ein. Der konnte bockig wie ein kleines Kind sein, aber dabei trotzdem immer fein im Benehmen. Es war aber nie etwas Wichtiges.«

»Gab es solche Zoffs auch mit dem Schatzmeister oder dem Vizepräsidenten?«, wollte Schlosser wissen, das Gesprächsthema bewusst auf diese beiden Personen lenkend.

»Zwischen dem Präsi und Kammler kam es immer wieder zu lautstarken Auseinandersetzungen, aber immer nur dann, wenn die beiden dachten, sie wären allein. Zwischen Steiner und dem Präsi oder Steiner und Kammler lief immer alles ganz ruhig ab. Das lag aber irgendwie an Steiner. Der hatte so eine Art ...«

»So eine Art ...?«, drängelte Schlosser, als die Empfangsdame nicht weiter sprach.

»Sie meint damit«, fiel die Brünette erneut ein, »dass der Steiner ein ausgesprochen cleverer, selbstsicherer Mensch war. Er ließ sich erst gar nicht auf laute Streitereien ein. Manchmal hatte ich das Gefühl, dass er der wirkliche Präsident des Clubs war.«

»Ach, so eine Art graue Eminenz?«, hinterfragte Schlosser sofort.

»Richtig, aber eine ganz besonders fiese, unangenehme Eminenz, Herr Kommissar. Der konnte einem nicht richtig in die Augen schauen. Außerdem hat er uns im Laufe der Jahre immer wieder angebaggert, und das, wo er mir nur bis zum Kinn ging, dieser Knilch. Sogar Geld hat er uns angeboten, aber wir haben da nie mitgespielt.«

»Warum nicht?«

»Weil er, wie gesagt, grottenhässlich war und weil wir uns doch nicht mit so etwas unseren Ruf ruinieren wollten.«

»Stritten sich denn Ihr Chef und Steiner manchmal?«

Diese Frage hatte einen schnellen Blickwechsel zwischen den beiden Frauen zur Folge.

»Nein, nicht wirklich«, antwortete Molli nach einer kurzen Weile mit fester Stimme. »Die beiden arbeiteten sehr gut zusammen, was ja auch kein Wunder war.«

»Warum war es kein Wunder?«

»Weil sie nur über die finanziellen Angelegenheiten des Clubs sprachen und dieser bekanntermaßen sehr gut dasteht.«

»Sie meinen also, es gab keine unangenehmen Berührungspunkte. War Ihrer Meinung nach auch in diesem Verhältnis Steiner der Chef?«

Wieder folgte eine ziemlich lange Pause.

»Na ja, wissen Sie, Herr Kommissar, so kann man das nicht sagen ... aber der Vorstand berief ja den Clubmanager und war somit sein Vorgesetzter und diese Trumpfkarte spielte Steiner auch kräftig aus.«

»Was sagten denn die anderen Mitglieder dazu?«

»Die? Die sahen das doch überhaupt nicht und wenn, wäre es denen ohnehin egal gewesen. Die Hauptsache ist für die doch, dass sie ohne Probleme spielen oder sich im Club treffen können.«

»Gibt es denn nicht so etwas wie Gruppenbildungen in Ihrem Club hier?«

»Na ja, doch! Klüngeleien gibt's doch überall.«

Schlosser unterhielt sich noch eine ganze Weile mit den beiden Frauen, erfuhr aber keine interessanten Neuigkeiten mehr.

24

Als Genko die kleine, getäfelte Bar des Clubs betrat, war er überrascht, wie leer es dort war. Ein jüngeres Pärchen saß am Fenster, trank scheinbar Sekt aus langstieligen Gläsern und unterhielt sich leise, angeregt, wie ein frisch verliebtes Paar. Ein Barkeeper in gestreifter Weste stand hinter dem Tresen und polierte ohnehin saubere Gläser.

Mit weit ausholenden Schritten näherte er sich der Bar, setzte sich auf einen der hohen Drehhocker, holte seinen Dienstausweis heraus und hielt ihn dem Barkeeper unter die Nase.

»Den brauchen Sie mir nicht zu zeigen. Det Sie von der Polizei sind, sieht man Ihnen schon meilenweit an und außerdem kenn ike Sie von Ihrer Caddierunde am Sonntag«, grinste ihn der Mann mit verzogenem Mund an. »Wollen Sie etwas trinken? Geht aufs Haus!«

Die Augen des Barkeepers blitzten vor Vergnügen. Ein helles Kerlchen, dachte Genko, der hat bestimmt auch Dinge gesehen, die er nicht sehen sollte.

»Freilich, gerne. Einen O-Saft, gepresst, bitte.«

Er wartete, bis er das Getränk vor sich stehen hatte und holte dann die Bilder des Archivmörders aus der Tasche:

»Haben Sie diesen Mann schon einmal gesehen?«

»Det hab ike Ihrem Kollegen gestern Abend doch schon erzählt. Mir ist so, als hätt ike ihn schon mal auf dem Parkplatz, in einem geparkten Wagen sitzend, gesehen. Es sah so aus, als hätte er auf jemanden gewartet. Ansonsten weeß ike nichts und ike weeß auch nicht mehr genau, an welchem Tag det war und um welches Fahrzeug es sich handelte.«

»Ah! Wie lange könnte es ungefähr her gewesen sein und wo hat der Wagen gestanden?«

»Ike gloobe, det war so vor drei bis vier Wochen, ziemlich spät abends, und der Wagen stand hinten auf dem schmalen Parkplatz. Ike habe etwas Abfall in die Container rausgebracht. Ike konnte den Typ aber nur sehr schlecht erkennen, weil die Scheiben des Fahrzeugs stark getönt waren. Deshalb ist meene Aussage ooch nur mit Vorsicht zu genießen.«

»Das ist ja interessant. Sie sagen, Sie wissen nicht mehr, um welches Fahrzeug es sich handelte, aber Sie wissen noch genau, dass es stark getönte Scheiben besaß. Fällt Ihnen nicht doch noch etwas ein?«

»Det ist ja det Komische«, grübelte der Barmann und kratzte sich sichtlich verlegen am Kopf, »der Wagen war nichts Besonderes, kann nichts Besonderes gewesen sein, sonst wäre er mir aufgefallen. So ein Volkswagen oder größerer Passat. Er war irgendwie dunkel, ich glaube schwarz und wie gesagt, nichts Auffälliges.«

Als Genko das hilflose Schulterzucken seines Gegenübers sah, ließ er es erst einmal damit bewenden und ging ein neues Thema an:

»Der Präsident und der Schatzmeister sind umgebracht worden. Haben Sie eine Idee, wer es gewesen sein könnte?«

»Darüber habe ike allerdings schon nachgedacht. Ike habe erlebt, wie der Vize, angesoffen wie er war, vor mehreren Wochen den Präsidenten angegriffen hat und nur dadurch, dass der Schatzmeister, Steiner, dazwischen gegangen ist, von ihm abgelassen hat. Ike habe aber auch bei einer anderen, früheren Gelegenheit erlebt, wie ein Gentleman, wie Doktor Treinemann, ein Glas zerbrochen hat, um nicht auf Steiner loszugehen. Auch Frau Doktor Uhlhorst hat Steiner einmal einen nicht druckreifen Fluch nachgeschickt.«

»Sakra! Und trotzdem haben die Chirurgen ihn in den Club gebracht und sogar in den Vorstand gehievt?«

»Stimmt. Steiner hat auch häufiger mit ihnen hier getrunken, aber ike hatte immer den Eindruck, dass die Ärzte auf dieses Vergnügen lieber verzichtet hätten.«

»War denn der Schatzmeister ein solches Ekel?«

»Nein, wirklich nicht. Er war einfacher gestrickt als die meisten feinen Herrschaften des Clubs, gab aber im Gegensatz zu diesen feinen Pinkeln immer ein sattes Trinkgeld.«

»Schau, schau! Gab es zwischen dem Präsidenten und anderen Gästen besondere Spannungen?«

»Na ja, die Spieler der fest gefügten Golfrunden, die montags und mittwochs immer abliefen, fanden es ausgesprochen ätzend, dass sich der Präsident andauernd in ihre Runden einklinkte und sie es irgendwie nicht ablehnen konnten, weil er als Präsident auf seine Sonderrechte pochte. Dieser wiederum schien es einigen Ärzten besonders krumm genommen zu haben, dass sie Steiner in den Verein gebracht hatten, obwohl ike weiß, dass er selbst seinerzeit auch zugestimmt hatte. Nicht mal Rudolf hatte es abwenden können.«

»Wer ist eigentlich Ihr Vorgesetzter. Der Club oder Herr Rasinger?«

»Keiner von beiden. Ike bin Pächter der gesamten Gastronomie und beschäftige, wenn viel los ist, bis zu zwanzig Mitarbeiter. Warum wollen Sie det wissen?«

»Nur um mir ein Bild von diesem Verein zu machen. Immerhin habe ich es hier mit drei Mordfällen zu tun.«

»Lassen Sie det besser nicht den Rasinger hören, der explodiert sonst«, riet ihm der Barmann, vertraulich zwinkernd, und wandte sich neu angekommenen Gästen zu. Die Bar begann sich allmählich zu füllen. Immer mehr Spieler kamen von ihrer Runde zurück und zwei weitere Mitarbeiterinnen traten ihren Dienst an.

»Sagen Sie mal, was soll ich den Rasinger besser nicht hören lassen?«, fragte Genko, als der Barmann endlich wieder etwas Zeit für ihn hatte.

»Dass Sie diesen feinen Club einen Verein nennen. Damit versteht er keinen Spaß«, grinste der Barmann vertraulich.

»Wieso? Ist denn der Clubmanager der Oberchef hier?«

»Nein, det kann man beim besten Willen nicht behaupten. Er hat mir oft genug erzählt, dass er die ganze arrogante Vorstandsbrut am liebsten zum Teufel schicken würde.«

»Warum denn das?«

»Weil sie ihn immer wieder von oben herab behandeln und nicht einmal in den Club aufnehmen.«

»Ist es denn etwas so Besonderes, in diesem Club Mitglied zu sein?«

»Für viele Menschen schon. Immerhin verkehrt hier die Crème de la Crème der Stadt. Wer hier Mitglied ist, kann sich etwas darauf einbilden, und det tun dann viele Mitglieder auch ausgiebig. Na ja, jedenfalls viele Nichtgolfer«, schränkte der Barmann noch ein wenig ein.

Der Raum füllte sich immer mehr, der Geräuschpegel schwoll an und die Luft wurde immer schlechter. Genko bedankte sich bei seinem Gesprächspartner und begann, die anderen Gäste zu befragen. Aber neue Erkenntnisse gewann er nicht.

Auf der Terrasse angekommen, atmete er erst einmal tief durch.

»Sakra, das ist ja wirklich eine feine Gesellschaft in einem feinen Verein!«

Es wurde allmählich schummrig und der letzte Golfer verließ den Platz. Als er genauer hinschaute, erkannte er, dass es sich um den Clubmanager, der offensichtlich eine kleine Runde gedreht hatte, handelte. Der Mann verschwand flott durch den Seiteneingang im Umkleidetrakt.

Er wollte die Terrasse schon verlassen und seinen Chef suchen, als ein Gast aus der Bar kam und sich ihm verhalten näherte.

»Ich würde gerne mit Ihnen sprechen, Herr Kommissar«, sprach ihn der Mann an und stellte sich vor: »Mein Name ist Maximilian Möhlde und ich war vor einer Woche dabei, als der Tote auf der 17 gefunden wurde.«

»Ja freilich! Ich kann mich erinnern. Ist Ihnen nachträglich noch etwas eingefallen?«

»Nein, nein! Ich komm wegen etwas anderem und ich bin mir nicht ganz sicher, ob es für Sie von Bedeutung ist, Herr Kommissar.«

»Häufig ist das scheinbar Unwichtigste von überragender Bedeutung. Erzählen Sie also ruhig«, forderte er, aufmunternd nickend, seinen Gesprächspartner auf.

»Also es war so: Ich hab gestern Nachmittag einige Löcher auf der Anlage gespielt und war so gegen vier Uhr nachmittags an der 9 gerade fertig, als ich am Abschlag 1 einen Spieler sah, der plötzlich einen Schläger mit vollem Brasst in das dichte Gebüsch feuerte und danach mit seinem Elektrotrolley, sichtlich aufgeregt, auf die Runde ging. Nun habe ich in der 19 soeben erfahren, dass der Schläger, mit dem Melchior niedergeschlagen worden sein soll, genau in diesem Gebüsch gefunden wurde ...«

Genko glaubte nicht richtig zu hören. Mehrmals musste er kräftig schlucken und spürte seinen Adamsapfel wieder auf und ab tanzen, ehe er nachfragen konnte:

»Ganz langsam noch mal. Zum Ersten: Was ist die 19? Zum Zweiten: Wer hat einen Schläger weggeworfen?«

Maximilian Möhlde riss die Augen weit auf, ehe er auflachend antwortete:

»Ach so! Die 19 ist das Loch 19, also das Clublokal. Bei dem Werfer handelte es sich ..., es sich ... Ich möchte wirklich keinen zu Unrecht beschuldigen, Herr Kommissar. Vielleicht war es ein ganz anderer Schläger und er hat ihn nach der Runde wieder eingesammelt und dabei das Tatwerkzeug überhaupt nicht bemerkt.«

»Sakra!«, zischte Genko verärgert los und hob dabei ungewollt drohend die Hand. »Überlassen Sie es getrost uns, das herauszufinden. Also: Wer war es?«

»Unser Vizepräsident, Herr Kurt Kammler. Es ist aber wirklich nicht ungewöhnlich, dass ein Spieler mal aus Wut über einen versauten Abschlag einen Schläger wegwirft. Dass er einen versauten Abschlag gemacht hat, dafür spricht, dass er nach dem Wegwerfen des Schlägers gleich losgegangen ist und somit seinen Ball ordnungsgemäß weitergespielt hat, egal wie schlecht er lag.«

»Sie brauchen Ihren Vizepräsidenten nicht zu verteidigen, Herr Möhlde, wir bekommen die Wahrheit schon heraus«, beschwichtigte Genko, den inzwischen äußerst erregten Mann. »Warum hat er Sie denn nicht gesehen, wenn Sie ihn so gut gesehen haben?«

»Vermutlich, weil ich hinter dem 9. Grün tief im Schatten der Bäume stand, Herr Kommissar«, antwortete Möhlde und zeigte mit einer weit ausschweifenden Bewegung Richtung Spielbahnen.

»Ach so! Dann sollten wir mal zu dem Platz gehen, an dem Sie standen und danach gehen Sie zu der Stelle, an der Kammler stand und tun dort so, als wollten Sie einen Schläger wegwerfen«, forderte Genko den unerwarteten Zeugen auf und marschierte schon los. Er hatte es sehr eilig, denn es wurde zunehmend dunkler und in wenigen Minuten würde die Sicht so schlecht sein, dass dieser Versuch nichts mehr brachte.

Bald standen sie unter den ausladenden Ästen einer riesigen Eiche und Möhlde marschierte schnell weiter zum 1. Abschlag. Dort bückte er sich kurz, nahm einen kurzen, abgebrochenen Ast vom Boden auf und schleuderte ihn mit Kraft ins Gebüsch.

Genko, der diese Szene genau beobachtet hatte, stellte zufrieden fest, dass er trotz der immer schlechter werdenden Sicht sowohl den Werfer wie auch den Ast sehr gut hatte erkennen können. Ein Irrtum Möhldes war für ihn daher ausgeschlossen. So schnell er konnte, lief er zu dem Zeugen hin und betrachtete aus dessen Perspektive den Ort, an dem dieser am Tag zuvor gestanden haben musste.

»Haben Sie gestern ebenfalls diese Kleidung angehabt?«, wollte er wissen und betrachtete den Mann aufmerksam.

Möhlde hatte eine braungrün karierte Hose und einen

dunkelgrünen Pullover mit Emblem an und er nickte Genko nur bestätigend zu. Jetzt konnte sich der Kriminalist gut vorstellen, dass der Vizepräsident seinen Vereinskameraden gegen den dunklen Hintergrund, den der Schatten spendende Baum lieferte, nicht hatte sehen können und sich unbeobachtet gefühlt haben musste.

Endlich hatten sie eine wirklich brauchbare Spur.

»Haben Sie Ihre Beobachtung schon herumerzählt?«

»Nein! Ich hab doch eben erst vom Auffinden des Schlägers erfahren.«

»Prima. Behalten Sie Ihr Wissen bitte für sich. Wir wollen doch niemand zu Unrecht verdächtigen. Um alles weitere kümmern wir uns jetzt. In den kommenden Tagen müssen Sie nur noch ein Protokoll unterschreiben. Vielen Dank, Herr Möhlde.«

Nach diesen Worten marschierte er, so schnell er konnte, ohne dass es unnötig auffiel, los, um seinen Chef zu suchen. Mittendrin machte er mehrere kleine Hopser, wie ein kleiner Junge.

25

Michael Schlosser stand auf dem schmalen Parkplatz und schaute sich intensiv die Umgebung an. Er drehte sich überrascht um, als ihn sein Mitarbeiter lauthals anrief:

»Chef! Chef! Wir sind ein gewaltiges Stück weiter!«

»Wieso sind wir ein gewaltiges Stück weiter?«

Hastig, sich mehrmals verzettelnd, erzählte ihm Genko, was er soeben erfahren hatte. Schlosser konnte nicht umhin, mehrmals überrascht durch die Zähne zu pfeifen.

»Ich bin überzeugt davon, dass die Aussage Möhldes absolut glaubwürdig ist. Er stand also am Rande des 9. Grüns, etwas im Schatten und blickte auf den 1. Abschlag? Hmmm! Jetzt versteh ich auch, warum Kammler zum 1. Abschlag gegangen ist und dann schnell wieder abdrehte, als er mich sah. Er wollte den weggeworfenen Schläger wieder einsammeln.«

»Freilich, Chef, und ein Motiv hatte er auch. Er wollte unbedingt Präsident werden!«

»Ach! Du meinst also, dass die Morde an Steiner und dem Killer Pollens nichts mit dem Tod des Präsidenten zu tun haben?«

»Ich wüsste nicht was, Chef«, hauchte Genko und zuckte mit seinen schmalen Schultern.

»Dann hör dir mal meine Befragungsergebnisse an …«

»Das ist ja ein Ding! Dann war's also der Kammler. Steiner hat ihm viel Geld, vermutlich unbemerkt unter dem

Tisch, geliehen und er konnte es nicht zurückzahlen und bekam auch nichts gestundet. Also setzte Kammler den Killer auf Steiner an. Der sollte auch alle Unterlagen Steiners einsammeln, damit keine eventuellen Aufzeichnungen gefunden werden konnten. Danach brachte er eiskalt den Killer um. Ich verwette meinen Arsch, Chef, dass der Präsident beim Schlägerholen am 17. Loch Kammler in Wirklichkeit gesehen hat, diesen damit genießerisch quälte und er deshalb erschlagen wurde. Jetzt müssen wir nur noch zugreifen.«

Genko war offensichtlich sehr zufrieden mit seiner Rede, das konnte man ihm ansehen.

»Damit hätten wir also unseren Täter, das Motiv und die belastenden Tatbestände. Fallen dir keine entlastenden Momente ein?«

»Aber nein, Chef! Da gibt's keine«, grinste Genko vergnügt zurück. Für ihn schien der Fall gelöst.

»Du findest es also normal, dass ein Mörder die Tatwaffe noch eine Weile mit sich herumschleppt, um sie dann an einer so bescheuerten Stelle wegzuwerfen. Der Mann ging auf die Runde. Er hätte den Schläger sonst wo wegwerfen können und die Tatwaffe wäre dann erst in einigen Jahren, wenn überhaupt, wieder aufgetaucht.«

»Hmm! Vielleicht hat er plötzlich Panik bekommen, Chef?«

»Jemand, der eiskalt einen noch kälteren Killer kalt macht? Glaubst du das wirklich? Wenn das Labor nun feststellt, dass auch das Blut des Archivmörders dran klebt, was dann?«

Als Genko nicht antwortete, fuhr er kopfschüttelnd fort:

»Und wie ist das mit dem verschwundenen Fahrzeug

des Archivmörders? Wie ist der Mann hierher gekommen?«

»Vielleicht hat ihn Kammler mitgebracht?«

»Um ihn dann am 17. Grün zu erschlagen? Das ist doch wohl Nonsens. Es könnte Kammler schon gewesen sein, der ihn erschlagen hat, aber er ist bestimmt nicht mit ihm hierher gekommen.«

»Da hab' ich eine Idee, Chef! Der Archivmörder ist mit dem Präsidenten gemeinsam hier angekommen und deshalb wusste dieser auch von der Tat seines Widersachers.«

»So, so. Dass der Präsident eine fast fünfstündige Golfrunde gespielt hat, hast du wohl vergessen? Nein, der Mann muss alleine gekommen sein.«

»Hmm? Vermutlich hast du Recht, Chef. Trotzdem kann nur Kammler der Täter sein, denn sowohl die Chirurgen wie auch der Präsident hatten ein vorteilhaftes Arrangement mit Steiner. Und man schlachtet doch nicht den Esel, der goldene Eier legt.«

Schlosser sah nach diesem Sprichwort seinen Mitarbeiter perplex an und schüttelte nur seinen Kopf. Resigniert beendete er das Thema:

»Es passt zwar alles scheinbar perfekt zusammen, aber das Täterprofil schmeckt mir nicht, Genko, schmeckt mir ganz und gar nicht. Wir warten noch das Laborergebnis ab, schreiben unsere Berichte und danach werden wir uns Kammler vornehmen.«

26

Bevor Michael Schlosser am kommenden Morgen in sein Büro fuhr, machte er noch einen Umweg über Lichterfelde. Als er vor der gewaltigen Gründerzeitvilla der Familie Merstall stand, konnte er einen leisen Pfiff nicht unterdrücken. Es handelte sich um ein nahezu feudales Anwesen, bestens restauriert und garantiert unter Denkmalschutz stehend.

Ohne zu zögern klingelte er und wurde auch sofort vorgelassen. Frau von Merstall war noch zuhause und empfing ihn fast wie einen alten Bekannten.

»Ich würde mir gerne die Konten Ihres Mannes ansehen, wenn Sie es erlauben, gnädige Frau«, bat er höflich und war überrascht, als diese ihm die Einsicht ohne zu zögern gewährte.

Nach einer halben Stunde war er sich sicher, dass er alles gesehen hatte. Der Mann hatte ein ordentliches, nicht allzu verschwenderisches Leben geführt und keinerlei Börsengewinne erzielt. Wären auf dem vorgelegten Konto nicht jeden Monat die 200 Euro seit über sieben Jahren abgebucht worden, hätte er darauf geschworen, dass es noch ein weiteres Konto geben musste. Als er die Witwe fragte, warum ihr Mann seit Jahren diese konstante Summe auf das Konto Steiners überwies, konnte er in ihrem Gesicht und an ihrer Antwort deutlich ablesen, dass sie völlig ahnungslos war.

Er verließ sie mit dem unruhigen Gefühl im Magen,

nun nicht mehr durchzublicken. Wieso hatte der Ermordete bezahlt? Wofür hatte er bezahlt?

»Wir werden uns wohl die Chirurgen im Club noch mal gründlich vornehmen müssen, Genko«, überfiel er beim Betreten des Büros seinen Mitarbeiter. »Ruf mal im Club an, ob sie alle anwesend sind, heute eingebucht haben oder noch erwartet werden. Wenn das der Fall sein sollte, fahren wir nachher noch hin.«

»Warum suchen wir sie nicht einzeln zuhause auf?«

»Wenn wir sie alle auf einem Haufen haben, würde es die Sache leichter machen.«

Brummelnd machte sich Genko an die Arbeit. Eine halbe Stunde später hatte er das Ergebnis:

»Waynand hat sich für den Samstag und Treinemann für den Sonntag für eine Runde eingetragen. Die anderen überhaupt nicht. Vorher sind sie nicht mehr im Club. Erst am Montag wieder. Was nun?«

Michael Schlosser dachte kurz nach und kam dann zu einer neuen Entscheidung:

»Versuch sie irgendwie zu erreichen und bitte sie für morgen Vormittag, gegen 10:00 Uhr in den Club. Kammler und Möhlde übrigens auch. Wenn jemand keine Zeit haben will, drohe mit einer Vorladung oder lass dir etwas anderes einfallen. Ich will sie alle dort versammelt haben. Bitte den Clubmanager um einen Raum nur für uns, erzähl ihm aber nicht, wen wir eingeladen haben, deute ihm nur an, dass es sich um eine Handvoll Verdächtige handelt, damit er die Bedeutung der Aktion akzeptiert. Außerdem soll er die Löcher 1, 17 und 18 sowie die Drivingrange und das Puttinggreen davor ab 10:00 Uhr für ungefähr eine Stunde sperren, auch wenn's ihm nicht passt.

Weise auf die strikte Vertraulichkeit und Wichtigkeit der Veranstaltung hin. Anschließend sorgst du dafür, dass ab 10:00 Uhr der gesamte Club von unseren Kollegen abgeriegelt wird. Rein darf jeder, raus ohne unsere Erlaubnis keiner. Außerdem sollen uns fünf Kollegen in Zivil direkt zu Verfügung stehen. Wenn ich gegen 10:00 Uhr im Club ankomme, sollten sich unsere Verdächtigen bereits in dem reservierten Raum befinden. Erwarte mich dann vor dem Eingang.«

»Sakra! Warum nehmen wir den Kammler nicht gleich jetzt fest? Wozu der Aufwand? Wie soll ich so kurzfristig ein ganzes Polizeiaufgebot auftreiben?«

»Kein Polizeiaufgebot. Zwei Streifenwagen genügen. Es soll nur die Zufahrt dicht gemacht werden. Und davon gibt's ja nur eine Einzige. Der Rest der Anlage ist mit einem hohen Zaun umgeben und muss nicht bewacht werden.«

»Sag mal, Chef, willst du mir nicht erklären, was du vorhast?«

»Ich will jetzt noch einige Unterlagen sichten und morgen ganz auf Nummer sicher gehen, dass wir den Täter lupenrein schnappen und dieser die Tat auch gesteht oder sich signifikant verrät. Im Augenblick haben wir nur einen Sack voll Indizien und Vermutungen, mehr nicht.«

Schwer ausatmend und ihm einen vorwurfsvollen, resignierten Blick zuwerfend, machte sich Genko an die Arbeit.

Schlosser nahm sich die Aufzeichnungen sämtlicher Befragungen vor. Plötzlich stutzte er und hielt ein Blatt Papier in die Höhe. Dann wühlte er, wie wild geworden, durch einen Stapel Unterlagen und hielt ein zweites Blatt neben das Erste.

»*Sakra*, würde Genko jetzt sagen«, brummelte er vor sich hin, »das gibt dem Fall ja eine ganz andere Perspektive.«

Schnell suchte er noch weitere Blätter aus dem Stapel, faltete sie akribisch zusammen und steckte sie in seine Jackeninnentasche. Danach begab er sich zu einem der beiden Balleimer. Vorsichtig begann er in den Bällen herumzuwühlen, nahm mehrere heraus, schaute sie sich gründlich an und warf sämtliche, bis auf einen sehr sauberen Ball, wieder hinein.

»Was machst du denn da, Chef?«, fragte ihn Genko und schaute ihn mit großen Augen an. »Willst du Golf spielen?«

Schlosser musste bei diesem Blick laut auflachen.

»Nein, beim besten Willen nicht. Ich nehme ihn einfach als Glücksbringer mit und muss jetzt schnell weg. Bauamt und einige andere Termine«, rief er laut seinem Mitarbeiter zu. »Wenn das Labor anruft, lass dir das Ergebnis geben, ob die Tatwaffe bei beiden Morden benutzt worden ist, inwieweit es Fingerabdrücke gibt und so weiter. Wir treffen uns morgen kurz vor zehn Uhr im Club.«

Er wartete nicht einmal mehr die Bestätigung Genkos ab und verschwand durch die Tür.

27

Es war erheblich kühler als am Vortag und ein feuchter Wind fegte über den überfüllten Parkplatz des Golfclubs, als Michael Schlosser eintraf. Er parkte direkt vor dem Clubhaus, stieg schwungvoll aus, nahm eine lange, an beiden Enden mit einem roten Deckel verschlossene Pappröhre und eine kleine Plastikaktentasche aus dem Wagen und ging zum Haupteingang. Sein lädiertes Knie kribbelte. Er wusste, das war ein gutes Omen.Genko war bereits anwesend und stand an seinen Wagen gelehnt, den Kragen seiner abgewetzten braunen Lederjacke hochgeschlagen, und blickte ihm erwartungsvoll entgegen.

»Sind schon alle anwesend?«, fragte Schlosser nur und trat dicht an seinen Mitarbeiter heran.

»Ja freilich, Chef«, schnarrte dieser. »Was hast du denn gestern Nachmittag gemacht? Wozu hast du die Pappröhre mit und seit wann läufst du mit einer Aktentasche herum? Und dann auch noch so eine billige. Willst du den Täter damit erschlagen oder erschrecken, oder was?«

»Später, Genko, später«, entgegnete er nur und blickte sich um. »Sind unsere Kandidaten jeder für sich allein gekommen oder gemeinsam?«

»Jeder für sich. Warum?«

»Später, Genko, später.«

Er konnte die Ungeduld seines Mitarbeiters gut verstehen.

»Wer ist mit welchem Wagen angekommen?«, fragte er weiter.

»Treinemann kam mit einem 7er-BMW, die Uhlhorst mit ihrer schicken Jaguarlimousine, Waynand mit einem Mercedes 320, Vollmarey mit einem Geländewagen, ein Mercedes der M-Klasse und unser Täter mit einem Rangerover mit verchromten Stoßfängern.«

Bei diesen Worten wies er auf jeden einzelnen Wagen, die teilweise ziemlich weit auseinander standen. Die Autos von Treinemann, Uhlhorst und Vollmarey standen auf dem schmalen, langen Parkplatz hinter dem Eingang zum Clubhaus und damit nicht allzu weit von der Drivingrange entfernt. Kammlers Wagen parkte auf dem Vorstandsplatz. Ohne eine Antwort zu geben, legte Schlosser die mitgebrachten Gegenstände auf Genkos Wagen ab, ging zu jedem Wagen, warf kurz einen Blick in den Innenraum, klemmte sich die Pappröhre unter die Achsel und schrieb etwas in einen kleinen Block.

»Was soll denn das werden, Chef?«, fragte Genko, sichtlich verwirrt.

»Das, was du auch schon einmal gemacht hast. Ich notiere mir die Kennzeichen der Fahrzeuge von denjenigen Personen, mit denen wir uns gleich unterhalten werden.«

Etwas nervös schaute er auf seine Armbanduhr. Noch fünf Minuten bis 10.00 Uhr.

»Bevor wir reingehen: Hat sich das Labor gestern gemeldet?«

»Freilich, Chef. Pünktlich um 14:00 Uhr zum Feierabend. Der Schläger war in beiden Fällen mit Sicherheit die Tatwaffe. Die Blutspuren beweisen es. Verwertbare Fingerabdrücke und so weiter waren nicht vorhanden.«

»Sehr gut. Das war zu erwarten. Komm, lass uns reingehen, wir wollen pünktlich sein.«

Genko nickte nur und winkte einer kleinen Gruppe Männern und Frauen zu, die an einem anderen Wagen gestanden hatte. Sie kamen sofort anmarschiert und Schlosser übergab die Aktentasche einem Kollegen. Die Papprõhre behielt er weiterhin unter dem Arm. Danach begab er sich in das Clubhaus. Wie auf Kommando folgte die kleine Gruppe. Als sie im Foyer ankamen, wurden sie vom Clubmanager empfangen, der seine Fäuste geballt nach vorne gestreckt hielt, als wollte er gegen einen unsichtbaren Feind kämpfen: »Was soll denn das, Herr Kommissar. Sie bringen mir den ganzen Tag durcheinander. Und das an einem Samstag. Hier steht alles Kopf.«

»Es dauert vermutlich nur eine Stunde und dann dürften wir den Mörder überführt haben, Herr Rasinger«, versuchte Schlosser den Mann zu beruhigen. »Ich würde Sie bitten, mir dabei zu helfen. Dazu gehört auch das Fernhalten von Mitgliedern des Clubs, die nichts mit den Morden zu tun haben.«

Das Gesicht des Managers entspannte sich sichtlich.

»Dafür, dass keine ungebetenen Zuschauer auf der Bühne auftauchen, habe ich gesorgt, Herr Kommissar. Ich bitte nur darum, dass wir das Schauspiel schnell hinter uns bringen, damit der Spielbetrieb wieder wie gewohnt weitergehen kann.«

»Das verspreche ich Ihnen, Herr Rasinger. Sind unsere Hauptdarsteller schon auf der Bühne?«

»Ja! Bitte folgen Sie mir, meine Herren.«

Mit ausgreifenden Schritten ging er voran, einen langen Gang entlang und öffnete die Tür zu dem Zimmer, in dem seinerzeit die Vorstandssitzung stattgefunden hatte.

»Bitte schön, die Herrschaften«, lud sie der Manager ein, den Raum zu betreten. »Benötigen Sie mich ebenfalls, Herr Kommissar, oder kann ich an meine Arbeit gehen?«

Michael Schlosser schaute ihn an, zuckte mit den Schultern, zog die Stirn etwas kraus.

»Wir benötigen Sie nicht unbedingt, Herr Rasinger. Sie haben damit nichts zu tun und können gerne an Ihre Arbeit gehen. Es wäre allerdings freundlich, wenn Sie uns spä...«

Er unterbrach kurz, legte seine Stirn noch mehr in Falten, strich sich mehrmals mit den Fingern durch seinen walrossartigen Schnauzbart und fuhr fort:

»Hmmm! Da habe ich eine Idee. Es wäre doch besser, wenn Sie mit hereinkommen. Sie kennen sich im Club und mit den Mitgliedern am besten aus und können mir helfen, wenn Probleme oder golfspezifische Fragen auftauchen. Einverstanden?«

Er bemerkte, wie sich der Manager ein Stück aufrichtete und leicht mit den Fingern schnalzte.

»Gerne helfe ich Ihnen, Herr Kommissar. Vielleicht geht so der ganze Spuk noch ein wenig schneller zu Ende.«

Sie betraten den lang gestreckten Konferenzraum. Einer der Zivilbeamten blieb, auf einen kleinen Fingerzeig Schlossers hin, vor der Tür stehen. Der Clubmanager schloss leise die Tür und ein weiterer Beamter blieb an der Tür stehen.

Die Chirurgen, Kammler und Möhlde saßen schweigsam am Tisch und schauten den Hauptkommissar, der in aller Ruhe die Papprőhre auf den Tisch legte, sichtlich verärgert an.

»Was soll das Affentheater?«, knurrte ihm Kammler entgegen und trommelte mit den Fingerspitzen auf der Tischplatte herum. »Ich bin nur hierher gekommen, weil ihr Adlatus mit Repressalien drohte. Wenn Sie nicht einen ganz besonders guten Grund haben, hagelt es anschließend eine Dienstaufsichtsbeschwerde.«

Schlosser nickte ernst.

»Guten Tag, erst einmal. Ich habe einen guten Grund, meine Herrschaften. Einen mörderisch guten Grund. Vier Gewaltverbrechen und ich behaupte, der verantwortliche Täter befindet sich hier im Raum.«

Schlosser sah, wie sämtliche Golfspieler blass wurden. Auch Maximilian Möhlde.

»Sie ticken wohl nicht richtig, Herr Kommissar«, brauste Kammler erneut auf und erhob sich von seinem Sitz.

Genko, der dicht neben ihm stand, legte ihm schwer die Hand auf die Schulter und zwang ihn so, sich wieder zu setzen. Schlosser trat einen Schritt näher, stützte sich mit beiden Händen auf der Tischplatte auf und blickte Kammler fest in die Augen:

»Tu ich das wirklich? Tickt nicht vielmehr der wahnsinnige Mörder nicht richtig? Beginnen wir das Schauspiel, wie es vorhin ihr Clubmanager zu Recht genannt hat. Zeigen wir mal die verschiedenen, möglichen Wahrheiten auf. Fangen wir mit den wahrscheinlichen Tatmotiven der infrage kommenden Personen an und damit am besten gleich bei Ihnen, Herr Kammler.«

Er machte erst einmal eine kleine Pause, bevor er weiter sprach:

»Es gab drei Morde. Bei dem Mord an Pollens, dem Mörder Steiners, ist als Motiv wahrscheinlich, dass ein gefährlicher Mitwisser aus dem Weg geräumt wurde. Anders ist es bei dem Mord an Steiner. Hier könnte das Motiv in Ihrer fiskalischen Not liegen, Herr Kammler. Sie sind fast pleite, ruiniert, am Ende. Die letzten Jahre haben Sie mit Mühe und Not und den lukrativen Aufträgen des Golfclubs überstanden, die Ihnen, wie ich in den Protokollen der vergangenen Jahre nachlesen konnte, mit der Stimme Steiners zugeschoben wurden.«

»Das war soeben das Gegenteil eines Motivs, Herr Kommissar«, hielt Kammler knirschend dagegen.

»Stimmt. Wenn da nicht das gewaltige Darlehen wäre, welches Ihnen Steiner vor einem Jahr gewährt hat, das jetzt fällig wird und das Sie nicht zurückzahlen können.«

Mit innerer Genugtuung sah er den Vizepräsidenten erbleichen und noch härter mit den Fingerspitzen auf der Tischplatte herumtrommeln.

»Wo ..., woher wissen, wissen Sie das?«, fauchte Kammler.

»Aus Aufzeichnungen, die Steiner gemacht hat.«

»Das ist Unsinn, was Sie da behaupten. Steiner hat keine Aufzeichnungen gemacht.«

»So? Woher wissen Sie das?«

»Weil ..., weil ...«

Schlosser hätte am liebsten gelacht, wenn die Angelegenheit nicht so ernst gewesen wäre.

»Ihre Reaktion alleine würde schon genügen, um meine Ausführungen zu untermauern. Darüber hinaus gibt es noch eine Zeugenaussage und spätestens, wenn wir Ihre Finanzen überprüfen, haben wir alles schwarz auf weiß. Also ...?«

Er unterbrach, als er die Unruhe im Raum bemerkte. Die vier Chirurgen und Möhlde begannen auf ihren Plätzen hin und her zu rutschen, Treinemann flüsterte Vollmarey etwas ins Ohr. Rasinger setzte sich auf einen der freien Plätze.

Schlosser hob kurz die Hand, um wieder mehr Ruhe zu erreichen.

»Verdammt!«, rief Kammler aus und schlug mit der flachen Hand so kräftig auf den Tisch, dass die Pappröhre wegzurollen begann. Schnell hielt Schlosser sie auf. »Verdammt. Das geht wirklich keinen etwas an. Ja, es stimmt. Steiner hat mir 300 000 Euro geliehen und die Summe wäre nächste Woche fällig gewesen. Aber er hat mir das Darlehen gegen satte Zinsen noch ein weiteres Jahr gestundet.«

»Können Sie das beweisen?«

Sichtlich verlegen blickte Kammler auf seine Finger, die inzwischen ganz ruhig auf dem Tisch lagen. Ganz langsam schüttelte er seinen massigen Kopf.

»Sehen Sie. Die Wahrheit kann auch ganz anders aussehen«, fuhr Schlosser ungerührt fort. »Für Sie als Bauunternehmer mit Ihren Kontakten war es bestimmt einfach, einen Killer wie Pollens aufzutun und zu engagieren, der dann Steiner umbrachte. Sie haben von diesem Mann auch verlangt, dass er den Darlehensvertrag, der bei einer derartig hohen Summe selbstverständlich schriftlich gefasst war, seinem Opfer abnimmt. Daher hat dieser Mann Steiner auch im Archiv besucht, ihn unter Druck gesetzt, ihm dort Unterlagen weggenommen und zur Sicherheit nach dem Mord auch noch dessen Wohnung gefilzt. Dass dieser Killer, um an die Unterlagen heranzukommen, die Steiner in der Birthlerbehörde versteckt haben könnte, einen unschuldigen Mitarbeiter dieser Behörde vor einen Reisebus stieß, wissen Sie vermutlich noch nicht einmal. Der Mann liegt immer noch im Koma.«

Er hielt wieder kurz inne und sah die weit aufgerissenen Augen der Anwesenden auf sich gerichtet. Streng blickend fuhr er fort:

»Weil der Killer für Sie, Herr Kammler aber eine Gefahr darstellte, haben Sie ihn vor zwölf Tagen, kurz vor dem Dunkelwerden, am 17. Loch mit einer Lobwedge erschlagen, die Sie aus Steiners Schrank entwendet haben. Dass Sie auf dem Platz waren, geht aus den Buchungslisten des Clubs hervor.«

»Aber ich war doch um diese späte Zeit überhaupt nicht in der Nähe des 17. Lochs. Ich habe den Platz viel früher verlassen und bin dann nach Hause gefahren«, schrie der Bauunternehmer los und schlug mit der Faust auf den Tisch.

»So! Wie verlief denn Ihre Golfrunde an diesem Tag?«

»Ich hab gegen halb vier am Abschlag 1 angefangen und bin dann nach neun Loch ohne zu spielen ins Clubhaus zurückgegangen, denn das Licht wurde immer schlechter.«

»Und wo soll da die Begründung liegen, nicht am Loch 17 vorbeigekommen zu sein?«

»Dann hätten mich doch die anderen Spieler auf dem Platz gesehen. So bin ich aber auf einem Nebenweg, bei dem man den Spielern nicht zu nahe kommt, zurückgegangen. Das mache ich des Öfteren.«

»Oder Sie sind hinter dem letzten Flight hergelaufen und haben sich, als keiner mehr kommen konnte, weil es schon zu dunkel war, mit dem Killer getroffen, um abzurechnen.«

»Sie sind ja verrückt. Dann hätten mich doch die anderen Spieler beim Zurückkehren sehen müssen«, verteidigte sich Kammler, nur noch leise sprechend. Die Schultern fielen nach unten.

»Nicht, wenn es dunkel genug ist. Wir werden später noch eine Ortsbesichtigung machen, dann werden wir den Tathergang nachvollziehen können. Nun aber weiter. Nachdem Sie den Killer umgebracht und die erwünschten Unterlagen in Besitz hatten, dachten Sie, am Ziel zu sein. Aber dem war nicht so. Melchior von Merstall, der Präsident, mit dem Sie sich seit Jahren in den Haaren lagen, muss Sie gesehen haben und ...«

»Wie und wo soll er mich gesehen haben?«, wollte Kammler, den Kopf hochreißend, wissen.

»Was Sie nicht wissen konnten, war, dass Frau Doktor Uhlhorst am 17. Grün ihren Schläger vergessen hatte und mit dem Präsidenten zurückgeeilt war, um ihn zu suchen. Dabei hat Sie der Präsident gesehen, sich mit Sicherheit nichts dabei gedacht, und er verließ den Ort wieder gemeinsam mit Frau Doktor Uhlhorst.«

Er warf einen kurzen Blick auf die Ärztin und registrierte, dass diese ihn anstarrte, mehrmals den Mund kurz spitzte und zu nicken begann.

»Dass Sie und der Präsident nicht gerade sehr freundschaftlich zueinander standen, ist kein Geheimnis. Ich habe es selbst miterleben dürfen. Als er Sie aber auch noch zu erpressen begann, bestimmt gepaart mit seiner herablassenden, arroganten Art, entschlossen Sie sich, ihn zu beseitigen. Die Gelegenheit dazu ergab sich, als der Trainer um 15:45 Uhr mit seinen Schülern die Drivingrange verließ und nur noch der Präsident auf dem Puttinggreen davor übte.«

»Das stimmt nicht, Herr Kommissar«, brüllte Kammler, die Augen weit aufgerissen. »Ich hab Melchior zwar auf dem Puttinggreen üben gesehen, bin selbst aber auf die Drivingrange gegangen und habe einen kleinen Eimer Bälle geschlagen. Als ich zurückkam, war er nicht mehr da und ich bin auf die Runde gegangen.«

»Um welche Zeit war das?«, hakte Schlosser schnell nach.

»Also, so gegen zehn vor vier habe ich mit dem Hinaushauen der Bälle begonnen. Zehn Minuten später bin ich auf die Runde gegangen und wann ich zurückgekommen bin, haben Sie ja selbst miterlebt, Herr Kommissar.«

»Und es geschah nichts Besonderes in dieser Zeit?«

»Nein, es war alles wie immer.«

Kammler schaute in die Runde, als würde er hoffen, von irgendjemand Hilfe zu erhalten. Möhlde bekam einen roten Kopf und blickte Schlosser mit geöffnetem Mund an.

»Tja! Herr Möhlde. Eine Frage an Sie. Haben Sie, als Sie von Ihrer Golfrunde zurückkamen, Herrn Kammler, den Präsidenten oder irgendjemand anderen in der Nähe des Puttinggreens gesehen?«

»Nein. Ich habe allerdings zu diesem Zeitpunkt auch nicht darauf geachtet.«

»Wann haben Sie denn dann auf etwas geachtet?«

»Als ich gegen 16:00 Uhr am Rande des 9. Grüns stand, habe ich gesehen, wie Kurt am 1. Abschlag einen Schläger in das Gebüsch am Abschlag warf und danach auf die Runde ging.«

Ein Raunen ging durch den Raum. Sämtliche Augen richteten sich wieder auf den Vizepräsidenten, der bleich und zusammengesunken auf seinem Platz saß und an seinen Fingernägeln kaute.

»Nun, Herr Kammler, was sagen Sie jetzt? Wir haben den Schläger gefunden und es handelte sich zweifelsfrei um die Tatwaffe.«

Frau Uhlhorst stieß einen kleinen, spitzen Schrei aus und schlug die Hand vor den Mund.

»Ich war es nicht, Herr Kommissar, ich war es nicht«, begann der Vizepräsident leise, leicht krächzend sich zu verteidigen. Er begann zu schwitzen. »Als ich am 1. Abschlag den Driver herausnehmen wollte, entdeckte ich plötzlich die Lobwegde Steiners. Ich erkannte den Schläger sofort an den beiden Buchstaben am Schaft. Ich war so geschockt, dass ich ihn augenblicklich in die Hecke schleuderte und dann, ohne abzuschlagen, auf die Runde ging. Ich brauchte fast die ganze Runde, mich wieder zu beruhigen. Als ich Sie dann traf und Sie mir von dem Attentat auf den Präsidenten erzählten, dachte ich, mich trifft der Schlag. Ich wollte deshalb den Schläger später wieder holen, aber Sie waren immer noch da und danach war die Spurensicherung in der Nähe.«

»Sie wollen also allen Ernstes behaupten, dass Ihnen jemand den Schläger ins Bag gesteckt hat, Herr Kammler und Sie mit den Morden nichts zu tun haben?«, fragte Schlosser süffisant und blickte den Vizepräsidenten intensiv mit zusammengekniffenen Augen an.

Der Gefragte nickte nur und senkte den Blick. Er sackte noch weiter in sich zusammen, holte ein zerknittertes Papiertaschentuch aus seiner Hosentasche und strich sich damit über die breite Stirn.

»Und das Blut an dem Schläger haben Sie auch nicht bemerkt?«

»Nein, wirklich nicht. Ich hab nur gespürt, dass irgendetwas nicht koscher ist. Es war wie ein Zwang in mir, den Schläger wegzuwerfen.«

»Waren vielleicht alle Ihre Taten wie ein Zwang, begonnen durch Steiners Verhalten und Ihre Not?«

Schlosser ließ diese Frage im Raum stehen, in dem es nun laut wurde.

»Wieso hast du das getan, Kurt?«, warf Rasinger in die Runde und wollte aufstehen, als Schlosser beschwichtigend die Hände hob und laut den Anwesenden zurief:

»Halt! Halt! Es geht noch weiter.«

»Wieso?«, fragte Waynand, »die Fälle sind doch gelöst?«

»Tjaaaa! Das war eine der möglichen Wahrheiten. Jetzt folgt die Nächste.«

Rasinger setzte sich wieder geräuschvoll und Kammler riss den Kopf hoch.

»Sie, meine Dame und Sie, meine Herren Chirurgen«, fuhr Schlosser fort, »waren laut Clubaufzeichnungen an dem Tag, als der Tote hinter dem 17. Grün gefunden wurde, nicht im Club. Ist das richtig?«

Einhelliges Nicken war die Folge.

»Sie Herr Möhlde, waren dabei, als der Mann gefunden wurde?«

»Ja.«

»Sie, Herr Treinemann, fahren einen 7er-BMW. Ist das richtig?«

»Ja, warum?«

Schlosser ging nicht darauf ein.

»Und den fahren Sie ausschließlich und immer?«

»Ja!?«

»Sie, gnädige Frau, fahren eine schicke, dunkelgrüne Limousine? Einen Jaguar, wenn ich nicht irre?«

»Richtig, Herr Kommissar«, antwortete ihm die Ärztin sichtlich verwirrt.

»Und auch Sie fahren diesen Wagen ausschließlich und immer?«

»Ja doch, ja! Schon seit Jahren.«

»Gut! Ich könnte jetzt noch jeden hier im Raum weiterfragen, aber es macht keinen Sinn. Der Mörder Steiners wurde, wie wir alle wissen, am späten Abend auf dem Clubgelände niedergeschlagen. Wir, mein Kollege und ich, waren uns sehr schnell einig, dass für diese Tat nur ein Clubmitglied und Golfer infrage kommt. Verbindet man dieses Verbrechen mit dem Mord an dem Präsidenten und geht von ein und demselben Täter aus, dann muss es sich, laut unserem Pathologen, um einen Golf spielenden Rechtshänder gehandelt haben. Das erste Opfer auf dem Golfplatz war ein Profikiller, der nachweislich Ihren Schatzmeister Marten Steiner umgebracht hat. Da dieser Killer dann selbst ermordet wurde und zwischen den Morden beziehungsweise Opfern ein direkter Zusammenhang besteht, muss der Auftraggeber des Killers und der Mörder desselben ein und dieselbe Person gewesen sein. Konnten Sie mir soweit noch folgen, meine Dame, meine Herren?«

Als er nur nickende Köpfe sah, fuhr er, etwas lauter werdend, fort:

»Tjaaa! Ich habe mich in diesem Zusammenhang immer gefragt, wie kommt ein Golfspieler zu einem Kontakt mit einem Profikiller. Ich lasse jetzt Ihre Person mal gänzlich aus dem Spiel, Herr Kammler, denn bei Ihnen und Ihrer Branche kann ich es mir ja bestens vorstellen. Also noch mal die Frage: Wie kommt ein Mitglied dieses profilierten Clubs zu solch einem mörderischen Kontakt? Hat jemand eine Idee?«

Er schaute sich erwartungsvoll um und erntete nur ablehnendes Kopfschütteln.

»Was soll das alles?«, blubberte Doktor Vollmarey erkennbar verärgert los, »wir haben doch den Täter und sein Motiv längst?«

»Ich will aber auf etwas ganz anderes hinaus, Herr Doktor. Warten Sie es nur ab. Also, es hat keiner eine Idee, stelle ich fest ... – Gut, dann sage ich es Ihnen: Der Mann brauchte eine neue Nase. Seine alte war hässlich und zu gut bekannt.«

Nach diesen Worten schaute er Frau Uhlhorst direkt in die Augen. Wieder hatte er das Gefühl, ihr ganz nahe sein zu wollen. Sie übte einen starken Reiz auf ihn aus und roch so gut. Der leicht gespitzte Mund fiel ihm wieder besonders auf. Die Frau schien aber an etwas ganz anderes zu denken. Ihre Augen weiteten sich, die Hände wischten fahrig über die Tischplatte. Sie blickte zur Seite, die Wangen begannen sich zu röten.

»Ich weiß zwar nicht, ob er Sie, gnädige Frau, in Ihrer Praxis aufgesucht hat oder ob Sie ihn woanders kennen gelernt haben, aber Sie haben ihm kunstfertig eine neue, kleine Nase verpasst.«

»Wie kommen Sie darauf, Herr Kommissar? Ich habe Ihnen doch schon einmal gesagt, dass ich den Toten von Loch 17 nicht kenne.«

»Ja, das haben Sie gesagt, aber es war gelogen! Ich könnte es ohne weiteres beweisen. Ich bin überzeugt davon, dass wir in Ihrer Praxis auf keinerlei Aufzeichnungen stoßen würden, aber Sie müssen für eine derartige Operation fachkundige Hilfe gehabt haben. Hier am Tisch sitzen ja drei solche Spezialisten.«

Schlosser stand mit einem Ruck aus seiner gebeugten

Haltung auf und grinste die Chirurgen an. Vollmarey und Waynand standen ebenfalls auf und begannen gleichzeitig auf ihn einzureden:

»Das ist doch die Höhe!«

»Was unterstellen Sie uns hier eigentlich?«

Nur Treinemann blieb sitzen und stierte auf seine Hände. Kammler lehnte sich ein wenig entspannter zurück. Möhlde saß wieder mit halbgeöffnetem Mund am Tisch und Rasinger schüttelte nur den Kopf.

»Lassen wir das Versteckspiel, Frau Uhlhorst«, sprach Schlosser leise weiter. »Es existieren bestimmt noch andere Zeugen, die wissen, dass Sie ihn sehr gut kannten. Wie gut Sie ihn kannten, werde ich Ihnen gleich beweisen.«

Bei diesen Worten holte er zwei Zettel aus seiner Jackentasche, faltete sie umständlich auseinander und wedelte dann damit in der Luft herum. Die Anwesenden starrten ihn schweigend an.

»Sehen Sie, gnädige Frau, Sie haben etwas Wichtiges übersehen. Der Tote von Loch 17 war, wie schon gesagt, ein gnadenloser Killer mit dem Namen Pierre Pollens und hatte aus Berufsgewohnheit keinerlei persönliche Gegenstände bei sich. Der Tatort liegt so abgelegen, dass er ihn mit öffentlichen Verkehrsmitteln oder zu Fuß kaum erreichen konnte und außerdem würde sich ein solcher Mensch nicht dergestalt abhängig machen. Dass ihn ein Fahrer gebracht hat und auf ihn wartete, ist deswegen kaum wahrscheinlich, weil dieser noch am Mordtag Alarm geschlagen hätte, es sei denn, der Fahrer wäre sein Mörder gewesen. Nur dann hätte er ihn mit Sicherheit nicht an dieser außergewöhnlichen Stelle umgebracht, überhaupt nicht umbringen können. Das hätte Pollens niemals zugelassen und die Tat wäre auf andere Weise einfacher und sicherer auszuführen gewesen. Also musste er mit einem Fahrzeug angekommen sein, in dem auch seine persönlichen Sachen lagen. Aber Pustekuchen. Es war kein solches Gefährt zu finden. Sie, Frau Doktor Uhlhorst, waren an dem Tag, als der tote Killer gefunden wurde, nicht im Club. Richtig?«

Die Angesprochene nickte nur. Sie war noch eine Nuance blasser geworden.

»Wir haben an diesem Tag nach einem Fahrzeug des Toten gesucht, es aber nicht finden können. Dafür schrieb mein Mitarbeiter aber das Kennzeichen eines Fahrzeugs auf, welches auf Ihren Namen zugelassen ist, gnädige Frau.«

Er trat ganz nahe an die Chirurgin heran, roch wieder ihr zartes Parfüm und sah den unsicheren Blick.

»Ich verstehe nicht, Herr Kommissar?«, hauchte sie nur.

»Es handelte sich um einen schwarzen VW mit stark getönten Scheiben, den Sie inzwischen vom Parkplatz entfernt haben. Ich frage mich nur, wo der Killer den Schlüssel deponiert hatte, denn er hatte ihn nicht bei sich und in der Senke wurde er auch nicht gefunden?«

»Na und«, begann Treinemann die Chirurgin zu verteidigen, »bestimmt hat Ursula einen kleinen Zweitwagen, mit dem sie gelegentlich herumfährt.«

»Mag sein! Aber Frau Uhlhorst war gar nicht im Club. Außerdem handelt es sich um ein Modell, was sehr gut zu einem Profikiller passt: Es war ein Zwölfzylinder Phaeton. Ein wahrer Bolide, der nach außen trotzdem ziemlich unauffällig ist. Understatement, und so. Sie haben diesen Wagen dem Ermordeten geschenkt oder geliehen, gnädige Frau, und er war Ihr Geliebter.«

Er schwieg nach diesen Worten und wartete erst einmal eine kleine Weile. Vielleicht würde sie nun etwas zugeben. Er hatte das richtig eingeschätzt.

»Ich habe Paul Persin, unter diesem Namen kannte ich ihn nur, vor ungefähr sechs Monaten in einem Fitnessstudio kennen gelernt. Es stimmt, wir waren zusammen. Es war endlich mal ein Mann, der es nicht auf mein Geld abgesehen hatte und der nicht gleich zu klammern anfing. Und gut gebaut war er auch. Ich war es, die ihm den Vorschlag machte, sich die Nase korrigieren zu lassen. Er freute sich riesig darüber. Einen Monat später erfolgte die Operation. Ein Kollege half mir dabei und es floss kein Geld. Ich wollte das nicht, obwohl Paul mich unbedingt bezahlen wollte. Der Wagen war nur auf mich zugelassen. Bezahlt hat er ihn. Den Schlüssel deponierte er immer auf dem linken Hinterreifen, das wusste ich, und so konnte ich den Wagen auch wegfahren, nachdem ich erfahren hatte, dass er der Mörder Steiners sein sollte und nun seinerseits in unserem Club ermordet worden war. Ich hatte einen fürchterlichen Schreck deswegen bekommen und sofort gespürt, dass etwas mit Paul nicht richtig war, nicht richtig gewesen war. Das Abholen des Wagens war eine unnötige Kurzschlusshandlung. Ich hätte Sie benachrichtigen müssen, aber ich wollte nichts mit dem Toten und der ganzen Sache zu tun haben. Es war blöd, das gebe ich zu, Herr Kommissar. Ich habe für Paul auch eine kleine Wohnung auf meinen Namen gemietet. Auch hier hat er alles bezahlt. Er hatte ausreichend Geld. Von mir nahm er nichts.«

Sie hatte zuerst nur zögerlich zu sprechen begonnen, zum Ende hin aber ganz flüssig, wie befreit gesprochen und sich hoch aufgerichtet. Nach ihren Worten sackte sie wieder in sich zusammen.

»So, sooo …! Und das kam Ihnen nicht seltsam vor? Was für einen Beruf hat er denn angegeben?«

»Er sagte mir, dass er noch verheiratet sei und er gerne dafür sorgen würde, dass ihn seine Frau, über die er übrigens nie schlecht sprach, nicht mehr erreichen kann. Er gab sich als Headhunter aus und war oft tagelang unterwegs.«

Dies hatte sie sehr leise, sichtlich bedrückt gesprochen und zog jetzt die Unterlippe zwischen ihre blendend weißen Zähne. Wenn es nicht um derartig kapitale Verbrechen gegangen wäre, hätte Schlosser sie am liebsten in den Arm genommen. So aber fuhr er mit harter Stimme fort:

»Sehen Sie, gnädige Frau, ich behaupte nun, dass hier in diesem Raum vier Ärzte sitzen, die ebenfalls einen triftigen Grund gehabt haben könnten, diesen Mann umzubringen.«

Als er sich wieder umschaute, sah er in sehr angespannte, verunsichert wirkende Gesichter. Möhlde rutschte inzwischen auf seinem Platz unentwegt hin und her.

»Welchen Grund sollte wer gehabt haben, Herr Kommissar«, knurrte Vollmarey aufgebracht los. »Was spielen Sie hier eigentlich für ein komisches Spielchen?«

»Das Spiel heißt ›Mörder entlarven‹ und ist nicht sehr komisch«, fauchte Schlosser säuerlich zurück. »Ich hatte vorhin gesagt, dass Herr Kammler den Killer deswegen umgebracht haben könnte, weil er sich einen Mitwisser vom Halse schaffen wollte und weil er ihn ohnehin nicht bezahlen konnte. Zweiteres trifft auf die kleine Gruppe, die ich jetzt meine, nicht zu. Die hat genug Geld. Aber der erste Grund dafür umso mehr. Dazu muss allerdings wiederum die Frage gestellt werden, warum wurde Marten Steiner ermordet? Die Antwort lautet diesmal: Weil er die kleine Gruppe seit über sieben Jahren schamlos erpresste und mit seiner fiesen, hinterhältigen Art nachhaltig quälte. Und diese kleine Gruppe sind Sie, die Chirurgen.«

Es wurde totenstill im Raum. Es schien, als würde keiner der Anwesenden mehr zu atmen wagen. Gebannt schauten ihn alle an.

»Das ist wirklich weit daneben, Herr Kommissar«, verteidigte sich als Erster Waynand. Die Stimme vibrierte, die Hände zitterten leicht. »Wir haben Ihnen doch schon erklärt, dass er unser Wohltäter war und uns mit guten Börsentipps versorgte. In diesem Zuge möchte ich auch gleich klar stellen, dass ich jedes Einkommen ordnungsgemäß versteuert habe. Also fällt das Motiv, mich erpresst zu haben, in sich zusammen, und nur die Tatsache, dass er in der Tat ein fieser Typ war, ist noch kein Grund, ihn ermorden zu lassen.«

»Da mögen Sie schon Recht haben, Herr Professor, nur das ist nicht des Pudels Kern. Ich habe mich schon zu Beginn des Falles immerzu gefragt, wieso dieser Steiner, der durch Börsenspekulationen stinkreich geworden war, immer noch ein Doppelleben führte und als kleiner Beamter in der Birthlerbehörde arbeitete. Dieser Mann hätte den ganzen Laden kaufen können, sag ich mal locker. Ich kam erst nach dem Mord an dem Präsidenten auf den wahren Grund, als ich dessen Bankkonto untersuchte, denn auch dieser zahlte seit Jahren einen geringen monatlichen Beitrag auf Steiners Konto. Melchior von Merstall hat nie eine müde Mark durch Börsentipps gemacht. Er hat immer nur gezahlt und lebte ausschließlich vom Geld seiner Frau. Danach besuchte ich einige andere Einzahler. Es handelte sich durchwegs um honorige Leute, die zu Zeiten der DDR nach dem heutigen Verständnis Dreck am Stecken hatten. Steiner, der das unwichtige Archiv der Birthlerbehörde gleich nach der Wende einrichtete, hatte in Wirklichkeit sehr viele wichtige, belastende Unterlagen in diesem Archiv untergebracht, wissentlich oder unwissentlich ist hierbei egal, und begonnen, sie auszuwerten. So hatte er bald von über 50 achtbaren Mitbürgern ausgesprochen belastende Dossiers zusammengestellt und kassierte nun ab. Steiner erpresste sie. Clever wie er war, mit so geringen Summen, dass es die Erpressten ohne Probleme verschmerzen konnten und er nicht aufflog. Bei dem Präsidenten handelte es sich vermutlich um dessen kurze Zeit als Politiker, in der er mit der Führung der DDR zusammengearbeitet haben dürfte. Ähnliche Sachverhalte lagen auch bei anderen Einzahlern vor und wurden mir, wenn auch widerwillig, bestätigt. Was bei Ihnen vorliegt, weiß ich noch nicht. Ich gehe aber davon aus, dass Sie mir das jetzt sagen werden.«

Keiner sagte etwas.

»Warum sollten wir das tun?«, fragte Vollmarey nach einiger Zeit und schaute Schlosser von unten her, erkennbar wütend, an.

»Weil ich es ohnehin herausbekomme und es dann an die große Glocke gehängt werden könnte. So aber kann es unter Umständen im kleinen Kreis bleiben.«

Schlosser wartete in Ruhe ab, was geschehen würde. Er sah die Blicke, die sich die Chirurgen nun zuwarfen. Sie signalisierten teilweise blanke Wut, teilweise Resignation. So war es für ihn auch nicht verwunderlich, dass Treinemann als Erster das Schweigen brach:

»Also gut. Sie sollen die Wahrheit erfahren. Ich verlange aber, strikte Diskretion. Herr Kommissar!«

»Wenn Sie nicht der Mörder sind, dann habe ich kein Interesse es an die große Glocke zu hängen«, antwortete Schlosser und schaute seinem Gegenüber streng in die Augen. Er konnte dies getrost sagen, denn er sprach nur für sich.

»Hmmm«, schien der Arzt noch zu überlegen, ehe er zögerlich weiter sprach. »Es war so: Als ich erfuhr, dass Steiner ermordet worden war, befürchtete ich, dass ich mir mit den jahrelangen Zahlungen nur einen Zeitaufschub erkauft hatte und dass ich bald unangenehme Fragen würde beantworten müssen. Obwohl ich darauf vorbereitet war, bin ich sehr erschrocken, als Sie mir hier im Club die ersten Fragen diesbezüglich stellten. Umso erstaunter war ich, als Ihr Kollege mir unterstellte, ich hätte für heimliche Börsentipps jahrelang monatlich einen fixen Betrag überwiesen. Ich nahm diesen Ball gerne auf, bestätigte Ihnen dies und informierte meine Kollegen. In Wirklichkeit ..., na ja ... in Wirklichkeit ...«

»In Wirklichkeit ...«, drängelte Schlosser, warf einen Blick in Genkos Richtung und musste schmunzeln. Sein Mitarbeiter kratzte sich, heftig schluckend, seinen Kopf und verdrehte die Augen.

»In Wirklichkeit«, fuhr Treinemann, wieder flüssiger sprechend, fort, »hat uns der Scheißkerl mit unserer gemeinsamen Vergangenheit in der DDR erpresst. Wir gehörten seinerzeit einer kleinen Gruppe Wissenschaftler an, die Präparate für den Aufbau von Muskeln und Zellen erforschten. Dies war durch irgendeinen Spitzel in unserer Gruppe offensichtlich bei der Stasi aktenkundig gemacht worden und hätte, wenn es bekannt geworden wäre, unserer Karriere nach der Wiedervereinigung erheblich geschadet. Deshalb haben wir sofort anstandslos bezahlt und auch diese Kröte, auf dessen Wunsch, in den Club gebracht.«

»Sakra!«, entfuhr es Genko, »und was ist schlimm daran?«

Schlosser war auf die Antwort gespannt.

Treinemann blickte noch einmal zu seinen Kollegen. Erst als diese nacheinander nickten, antwortete er zögerlich: »Wir haben Sportler gedopt. Heimlich, ohne Wissen der Probanden.«

»Das haben doch viele Ärzte in der damaligen DDR getan und ich möchte lieber nicht nachfragen, wie viele Ärzte und Trainer bei uns das immer noch machen?«, stellte Schlosser achselzuckend fest.

»Ja, aber nicht mit Testexponaten. Die Substanzen, die wir hergestellt haben, wurden zuerst an Häftlingen, später dann, wenn positive Ergebnisse erzielt wurden, an unseren Sportlern ausprobiert. Wir hofften, ein nicht nachweisbares Superdopingmittel zu finden.«

»Gab es auch Opfer?«

»Sie werden verstehen, dass wir darauf keine Antwort geben, es aber auch nicht genau wissen. Außerdem waren wir nicht die Leiter der Projekte, sondern nur untergeordnete Wissenschaftler. Trotzdem hätten wir ...«

Genko pfiff leise durch die Zähne, Möhlde saß mit offenem Mund da und Kammlers Augen begannen zu leuchten. Nur Rasinger schaute achselzuckend in die Runde und bemerkte zischend:

»Und so etwas behandelt einen von oben herab.«

»Gut, Herr Treinemann, ich will jetzt nicht weiter auf dieses Thema eingehen«, nahm Schlosser wieder den

Faden auf. »Aber wir können getrost feststellen, dass Steiner Sie und Ihre Kollegen fest in der Hand hatte und ich weiß auch, dass Steiner Sie durch seine Art fürchterlich nervte. Der Mann war ein Psychopath. Neben der Tatsache, dass er Sie erpresste, immer weiter nach neuen Opfern suchte, obwohl er es längst nicht mehr nötig hatte, war er geil auf Frauen und baggerte sie an, wo er nur konnte, allerdings meistens wohl ziemlich erfolglos. Mich würde nun interessieren, ob er Sie, Frau Uhlhorst, diesbezüglich ebenfalls belästigt hat?«

Die Chirurgin zuckte bei dieser Frage merklich zusammen, atmete tief durch und antwortete zögerlich:

»Ja, die alte Sau hat auch mich angemacht und es war zum Kotzen. Seine Argumente waren so stark, dass ich ab und zu auch darauf eingehen musste. Gott sei Dank in den letzten Jahren nicht mehr so oft. Es war zum Kotzen«, wiederholte sie erregt.

Sie sank noch etwas mehr in sich zusammen und zeichnete mit dem Zeigefinger langsam Kreise auf die Tischplatte.

Eine Welle des Mitgefühls begann in Schlosser aufzusteigen und er musste sich bemühen, bei der Sache zu bleiben.

»Das ist allerdings hart, gnädige Frau, und gerade diese Erpressung und diese Erlebnisse bilden das stärkste Motiv, sich Steiner vom Halse zu schaffen. Es ist dabei gleichgültig, ob Sie sich den Profikiller Pollens ausgesucht haben oder ob Ihnen der Gedanke erst während Ihrer Bekanntschaft kam. Sie hatten mit ihm das stärkste Werkzeug überhaupt in der Hand und ich behaupte jetzt, Sie benutzten es. Für diesen Mann war Ihr Auftrag ein Kinderspiel. Dass es so gewesen sein könnte, zeigt auch die Tatsache, dass der Killer die Dossiers aus dem Archiv und dem Tresor Steiners mitnahm. Ich behaupte ferner, dass Sie längst im Besitz dieser Akten sind, diese vielleicht schon vernichtet haben und dass Sie anschließend Ihren Liebhaber erschlagen haben.«

»Was soll der Unsinn, Herr Kommissar!«, brüllte Vollmarey ohne Vorwarnung Schlosser an. »Ich verbürge mich dafür, dass Frau Doktor Uhlhorst so etwas niemals tun würde.«

»Wieso? Wurde denn der Killer von Ihnen erschlagen?«

»Nein! Ich wusste doch von allem nichts!«

»So wie seinerzeit in der DDR?«

Als keine weitere Widerrede kam, fuhr Schlosser fort: »Es spricht also alles dafür, dass Sie gemeinsam mit dem Präsidenten, als Steiner-Geschädigte, den Mordauftrag gaben und sich dann des Killers entledigt haben. Es kann aber auch nur die Tat von Ihnen allein, Frau Doktor Uhlhorst, unter Mithilfe des Präsidenten gewesen sein. Das Vergessen der Lobwedge am 17. Grün war ein geplanter Vorwand und Sie gingen gemeinsam mit dem Präsidenten zurück. Nur Sie, Frau Uhlhorst, konnten sich mit diesem ausgekochten Killer an einem solchen Ort treffen und nur Sie durften sich mit einem Schläger in der Hand diesem Mann nähern. Jemand anderes hätte er niemals in seine Nähe gelassen. Sie waren es, Frau Uhlhorst, die ihn niederschlug. Der Präsident wartete etwas abseits und passte auf, dass niemand kam. Er stand sozusagen Schmiere. War es in etwa so, gnädige Frau?«

»Aber so viel Kraft, Paul niederzuschlagen, hätte ich doch überhaupt nicht aufbringen können«, wandte sie zögerlich ein.

»Kraft benötigt man dazu nicht. Nur Schwung und etwas Übung. Sogar ein Golf spielendes Kind hätte den tödlichen Schlag ausführen können. Haben Sie noch ein besseres Gegenargument?«

Die Angesprochene konnte offensichtlich nichts mehr sagen. Sie schüttelte nur stumm den Kopf. Tränen traten in ihre Augen, die Lippen zuckten wieder.

Möhldes Mund stand immer noch offen. Rasinger starrte auf die kleine, unruhige Frau. Die Gesichter der männlichen Chirurgen waren kreidebleich und Kammler trommelte ein Stakkato nach dem anderen auf die Tischplatte.

»Sie sehen also, Herr Kommissar, dass ich es überhaupt nicht gewesen sein kann«, rief Kammler aufatmend in die Runde und schaute Schlosser mit leuchtenden Augen an.

»Wer es von Ihnen wirklich war, wissen wir spätestens, wenn wir an den Tatorten die Taten nachgestellt haben. Bis dahin stehen Sie bei mir immer noch ganz oben auf der Liste der möglichen Täter, Herr Vizepräsident«, grollte Schlosser zurück und wandte sich wieder an die schweigenden Chirurgen.

»Nach dem zweiten Mord wäre dann für Sie, Frau Doktor Uhlhorst, auch alles erledigt gewesen, wenn da nicht der Präsident, Ihr Mitwisser, gewesen wäre. Dieser eitle, snobistische Mann wurde, je öfter ich hier im Club erschien, immer nervöser und entwickelte sich für den Mörder zum Risikofaktor. Die Gefahr, dass dieses Nervenbündel sich verquatschen würde und alles herauskäme, war Ihnen zu hoch. Also kamen Sie zu dem Entschluss, auch ihn zu eliminieren. Nun stellte sich die Frage, wer konnte diesen Mann vom Puttinggreen an der Drivingrange weglocken. Und auch da bleiben wiederum nur Sie,

Frau Uhlhorst. Sie sagten aus, dass Sie auf der Anlage waren und so bis 15.30 Uhr gespielt haben, sich danach allein ausgiebig duschten, anschließend in die Bar gingen und sich mit anderen Clubmitgliedern unterhielten. Es hat Sie in dieser Zeitspanne niemand gesehen und in der Bar waren Sie erst ab 16.00 Uhr, wie Sie mir selbst sagten. Wir werden anschließend bei der Tatortbesichtigung gleich feststellen, wie lang die Tat dauerte und wie leicht es für Sie war, sie auszuführen und die Tatwaffe dem Vizepräsidenten unterzuschieben, in der Absicht, diesen zu belasten. Ich war es auch, der Sie sagen hörte: »... geschah diesem perfiden Arschloch zu Recht. Das musste ja irgendwann einm ...«. Sie waren noch sehr aufgeregt, was ich nach dieser Tat auch verstehen kann, und zimmerten sich offensichtlich schon eine persönliche Rechtfertigung zusammen.«

»Das ist ja ein ungeheurer Blödsinn!«, kreischte die kleine Frau plötzlich auf, erhob sich kurz und sah fast so aus, als wollte sie auf den Hauptkommissar losgehen. Als dieser sie scharf anblickte, setzte sie sich mit einem leisen Aufstöhnen wieder hin und winkte nur verächtlich in seine Richtung.

»Soweit die graue Theorie der Möglichkeiten. Jetzt werden wir die Tatorte aufsuchen und diese Theorien mit Beweisen unterlegen. Bitte folgen Sie mir«, sprach Schlosser laut in die Runde, nahm die Pappröhre vom Tisch und ging auf den Eingang zu.

Langsam standen die Sitzenden auf und folgten ihm.

»Was hast du denn jetzt vor, Chef? Was sollte denn das? Jetzt haben wir ja gleich zwei Täter? Wie willst du denn nun den wirklichen Täter herausfinden?«, fragte ihn Genko flüsternd, als er ihn im Flur eingeholt hatte.

»Wart's ab. Pass nur auf jede Reaktion unserer Golfspieler genau auf, dann findest du vielleicht die Lösung«, antwortete Schlosser schmunzelnd und verließ den Raum.

Er ging den langen Gang zum Hintereingang entlang, neben ihm Genko, dicht gefolgt von Rasinger und den anderen Golfspielern. Am Ende folgten die fünf Beamten in Zivil. Mit einer schwungvollen Bewegung stieß Schlosser die Tür auf und trat tief durchatmend ins Freie. Es war zwar windig und kühl, aber erfrischend befreiend. Auf der linken Seite sah er die Terrasse, die wie ausgestorben wirkte. Hinter den Glasscheiben des Restaurants hingegen wimmelte es nur so von Menschen, aber keiner schien sich herauszuwagen. Viele Augenpaare waren auf ihn und seine Gruppe gerichtet. Überrascht schüttelte er den Kopf.

»Ich habe die Anweisung gegeben, dass keiner vor elf Uhr die Anlage betreten darf«, erläuterte ihm Rasinger, als hätte dieser seine Gedanken erraten.

»Vielen Dank. Sehr umsichtig. Wir gehen erst einmal zur Drivingrange. Haben Sie zwei Bags mit Schlägern, die Sie uns zu Demonstrationszwecken zur Verfügung stellen können?«

»Ja. In einem kleinen Raum an der Drivingrange befinden sich die Bags der Trainer. Ich hole uns zwei Stück heraus.«

»Prima. Bitte ein großes und ein kleines mit Standbein.«

Kurze Zeit später war die kleine Gruppe am Ziel. Der Clubmanager sperrte einen kleinen Raum auf und holte die gewünschten Bags heraus.

Schlosser wandte sich an einen der Zivilbeamten und bat ihn:

»Nehmen Sie das kleine Bag und stellen Sie es dort hinten neben dem Puttinggreen, so zwischen den Büschen und dem Schuppen hin, sodass die Öffnung Richtung Drivingrange zeigt.«

Er griff das kleine Bag und reichte es dem angesprochenen Beamten, der sich sogleich auf den Weg machte. Danach wandte er sich lächelnd an den Clubmanager: »Es wäre freundlich von Ihnen, wenn Sie das Bag, das die Ausrüstung Kammlers von dem Tag, an dem dieser den Präsidenten niedergeschlagen hat, darstellen soll, an der Drivingrange abstellen würden, Herr Rasinger. Wir warten solange, bis die Bags abgestellt worden sind, dann geht es weiter.«

Rasinger nickte kurz und nahm das große Bag am Griff, ging mit wuchtigen Schritten auf den Eingang der Drivingrange zu und stellte es dort sorgfältig ab.

Danach kamen die beiden Männer wieder zu der Gruppe zurück.

»Das große Bag soll Ihre Ausrüstung darstellen, Herr Kammler«, wandte sich Michael Schlosser nun an den fühlbar verstörten Vizepräsidenten. »Bitte zeigen Sie uns, wo genau Ihr Bag an dem Nachmittag stand, als der Präsident ermordet wurde.«

»Es steht schon ziemlich genau an der Stelle, an der ich es auch abgestellt hatte«, antwortete der beleibte Mann leicht krächzend. Schweißperlen glitzerten auf seiner Stirn.

»Handelt es sich in etwa um ein Bag, wie Sie es normalerweise benutzen?«

»Ja doch, Herr Kommissar. Nur, dass ich zusätzlich immer einen Elektrotrolley, wie Sie ja selbst gesehen haben, benutze. Ich könnte ein Bag überhaupt nicht mehr tragen.«

»Das stimmt, Herr Kommissar. Kurt geht nie anders über den Platz. Sogar wenn er nur auf der Drivingrange übt, benutzt er einen Elektrotrolley«, bestätige der Clubmanager auflachend und schlug dem Dicken kameradschaftlich auf die Schulter.

»Gut! Wir nehmen jetzt mal an, es sei zehn Minuten vor vier Uhr und der Präsident puttet auf dem Grün. Übernehmen Sie mal diesen Part, Herr Kollege«, bat er höflich einen jüngeren Kollegen und zeigte auf das Puttinggreen. »Nehmen Sie dazu bitte einen Putter und einen weißen Ball aus dem Bag.«

Mit schnellen Bewegungen machte sich der Bezeichnete an seine Aufgabe und kurze Zeit später rollte ein Golfball auf dem Grün hin und her.

»So, Herr Kammler, und jetzt machen Sie mal alles genau so, wie Sie es an dem Tag machten, als der Präsident niedergeschlagen wurde. Sie können getrost Schläger aus dem Bag des Trainers nehmen. Darf er doch, oder?«, fragte Schlosser, sich Rasinger zuwendend.

Dieser nickte nur wohlwollend und beobachtete, was der Vizepräsident nun unternehmen würde.

Kammler zog aus seiner Hosentasche eine kleine Chipkarte, ging zu einem Automaten neben dem Eingang zur Drivingrange, nahm einen kleinen Gitterkorb von einem Stapel, der neben diesem Gerät stand, hängte ihn an einen Haken, der an der unteren Hälfte des Automaten angebracht war, und steckte die Chipkarte in einen Schlitz. Kurz darauf zog er sie wieder heraus und mit lautem Getöse rumpelten ungefähr 20 Bälle in den Korb. Mit einem leichten Ächzen nahm er den Korb vom Haken, bewegte sich auf das Bag zu und zerrte drei Schläger heraus. Danach stampfte er in die zweistöckige Drivingrange.

»Geh ihm nach und beobachte genau, was er macht, und wie lange es dauert«, flüsterte Schlosser seinem Partner zu, ging ebenfalls zu dem großen Bag und nahm einen der kürzeren Schläger heraus.

Kammler, und mit ihm Genko, war inzwischen im Abschlaggebäude verschwunden. Schlosser schaute sich kurz um und registrierte, wie der junge Beamte immer noch einen Ball nach dem anderen auf dem Grün hin und her schob.

»Bitte warten Sie hier«, rief er der kleinen Gruppe zu und drehte sich um. Schnell steckte er eine Hand in seine Hosentasche und kurz darauf ertönte ein kaum vernehmbares, metallisches Klicken. Ganz ruhig bewegte er sich danach an dem grauen Steingebäude, das die zweistöckige Anlage darstellte, entlang und hörte wie in diesem ein Ball abgeschlagen wurde. Am Ende des Gebäudes zwängte er sich zwischen der Wand und einer Buschreihe hindurch und befand sich plötzlich außerhalb des Sichtfelds der kleinen Gruppe. Mit flotten Schritten bewegte er sich an den Büschen entlang, immer darauf achtend, möglichst gut verdeckt zu bleiben. Als er kurz vor der Stelle war, an der seinerzeit der Präsident erschlagen wurde, näherte er sich wieder den Büschen und bog sie ein wenig auseinander. Vor ihm puttete der junge Kollege immer noch.

»Hey! Kollege!«, rief er so laut, dass nur dieser ihn wahrnehmen konnte.

»Hey, Herr Kollege!«, musste er noch einmal wiederholen, ehe der Mann ihn endlich hörte.

Sichtlich erstaunt blickte ihn dieser an und wollte schon etwas erwidern. Er kam jedoch nicht mehr dazu, weil Schlosser ihn wieder ansprach:

»Kommen Sie mal schnell zu mir her, ich hab hier

was verdammt Interessantes gefunden. Beeilen Sie sich bitte.«

Der Beamte hob den Ball auf, steckte ihn in die Hosentasche und kam mitsamt Putter auf ihn zugelaufen.

»Kommen Sie hier durch, es befindet sich hier hinten«, forderte Schlosser seinen Kollegen auf und bog die Zweige noch ein wenig weiter zur Seite.

Nachdem der junge Mann durch die entstandene Lücke hindurch getreten war und ihn fragend beäugte, zeigte er mit dem Finger auf eine imaginäre Stelle einige Meter vor ihm und erklärte:

»Schauen Sie sich das an, Herr Kollege, das haben wir doch tatsächlich übersehen.«

»Was haben wir übersehen, Herr Kommissar?«, schien sich der Polizist zu wundern und drehte sich neugierig zu der Stelle um, auf die Michael Schlosser immer noch zeigte.

»Aber da ist doch überhaupt nix, Herr Kommissar?«

Diesen interessierte in diesem Moment nicht, was sein Mitarbeiter von sich gab, holte kurz mit der rechten Hand, in der er den Golfschläger immer noch hielt, aus und deutete einen wuchtigen Schlag auf den Hinterkopf des Beamten an.

»Sie sind jetzt fast tot, Herr Kollege«, erklärte er grinsend dem verblüfften Mann. »Bitte bleiben Sie ganz ruhig hier stehen und kommen erst dann wieder zu uns, wenn Sie sehen, dass ich wieder bei der Gruppe bin und bringen Sie das kleine Golfbag mit. Sie haben mir sehr geholfen.«

Nach diesen Worten drehte er sich um und lief denselben Weg, den er gekommen war, wieder zurück. Als er an der Wand der Drivingrange entlang ging, hörte er wiederum das Geräusch eines Golfschlages. Flott ging er auf das Bag zu, steckte kurzerhand den Schläger hinein und ging mit zügigen Schritten am Puttinggreen und den kleinen Gebäuden vorbei auf den Seiteneingang des Clubhauses zu, öffnete kurz die Tür und deutete ein Betreten an. Wieder fasste er in seine Hosentasche, und wieder klickte es leise. Danach begab er sich zu der kleinen Gruppe am Puttinggreen zurück.

Kammler schien immer noch Bälle abzuschlagen.

»Sie haben mich soeben hinter den Büschen verschwinden und wieder auftauchen gesehen. Konnte mich jemand beobachten, wie ich hinter den Büschen entlang ging, mit dem Präsidenten sprach und was danach geschah?«, fragte er in die unruhig wirkende Runde und zog seine Augenbrauen hoch.

»Aber der Präsident war doch überhaupt nicht anwesend«, meinte der jüngere Kollege, der die Aktentasche Schlossers in der Hand hielt, feststellen zu müssen und biss sich danach schnell auf die Lippe.

Der Hauptkommissar beachtete den Einwand nicht und schaute sich die Golfspieler gründlich an. Sie waren ausgesprochen blass, sehr nervös, fand er.

»Ich hab Sie gesehen, allerdings nur schemenhaft und weil ich sehr genau aufgepasst habe«, meldete sich als Einziger der Clubmanager zu Wort. »Wie Sie mit dem angeblichen Präsidenten sprachen, konnte ich nicht sehen, nur wie er verschwand. So richtig erkannt hab ich Sie erst wieder, als Sie hinter den Büschen an der Drivingrange hervorkamen.«

»Gut beobachtet, Herr Rasinger. Es hat mich also keiner richtig sehen können? Es würde mich also keiner von Ihnen identifizieren können? Ist das korrekt?«

Einhelliges Nicken.

Er wollte gerade die nächste Frage stellen, als Kammler und Genko wieder aus der Drivingrange kamen. Kammler mit den drei Schlägern und einem leeren Ballkorb in der Hand. Zuerst warf er gekonnt den Korb auf einen Stapel leerer Körbe, dann steckte er die Schläger in das Bag.

»Was jetzt noch?«, knurrte er ungnädig in die Richtung der kleinen Gruppe.

»Machen Sie genau das, was Sie damals auch getan haben«, forderte ihn Schlosser auf.

»Was!?«, fuhr der Vizepräsident hoch. »Ich soll das schwere Bag tragen. Ich hab ein Elektrotrolley, wie Sie genau wissen, Herr Kommissar.«

»Komm, ich helf' dir, Kurt«, bot sich Rasinger an und griff auch schon nach der Golftasche und wartete, wohin sich Kammler nun bewegen würde.

Leise brummend ging dieser zum 1. Abschlag und hielt am Rand an. Rasinger stellte das Bag neben dem Vizepräsidenten ab und trat zur Seite. Kammler blieb wie versteinert vor der Golfausrüstung stehen und schien nicht mehr zu wissen, was er tun sollte. Der Schweiß floss immer stärker von seiner Stirn und gab ihr einen matt schimmernden Glanz.

Hinter dem Hauptkommissar scharte sich die kleine Gruppe und schien ebenfalls unschlüssig zu sein.

»Nun tun Sie schon das, wobei Sie damals beobachtet wurden. Nehmen Sie irgendeinen Schläger heraus und werfen ihn so weg wie damals. Der Schläger wird davon schon nicht kaputt gehen. Los, keine Scheu«, forderte Schlosser den zögerlichen Mann auf.

Irritiert blickte dieser zu Rasinger.

»Der Schläger geht wirklich nicht kaputt, Kurt«, munterte der Clubmanager den Dicken auf. »Die haben schon ganz andere Sachen ausgehalten.«

Als der Vizepräsident mit seinem Vorhaben beginnen wollte, unterbrach Schlosser die Handlung.

»Stopp! Warten Sie noch einen kleinen Augenblick, Herr Kammler. Ich gebe Ihnen ein Handzeichen, wenn Sie beginnen können.«

An Maximilian Möhlde gewandt, fuhr er fort:

»Zeigen Sie mir bitte genau die Stelle, an der Sie gestanden haben und das Wegwerfen des Schlägers beobachtet haben wollen.«

Er wartete keine Antwort ab, sondern lief bereits in die vermutete Richtung. Möhlde kam schnell hinterhergelaufen und zeigte ihm den Ort. Er lag gut dreißig Meter vom 1. Abschlag entfernt, unter einem Baum am Rande eines Grüns und war sogar am helllichten Tag ausgesprochen schattig. Schlosser musste sich mehrmals bemerkbar machen, ehe die kleine Gruppe sein Handzeichen sah.

Deutlich konnte er sehen, wie Kammler einen Schläger aus dem Bag zog, ihn kurz musterte und dann mit der rechten Hand im flachen Bogen, mit vollem Schwung in die Hecke warf. Der Schläger prallte ab und blieb davor liegen.

Zufrieden mit dieser Beobachtung begab er sich, Möhlde im Schlepptau, wieder zurück zu seiner Gruppe. Die Golfspieler schienen ziemlich aufgeregt zu sein. Jeder flüsterte mit jedem.

»Prima! Bis jetzt lief alles genau so ab, wie ich es erwartet habe«, erklärte er kurz seinen Zuhörern. »Jetzt gehen wir den zweiten Teil unseres Vorhabens an. Wir ge…«

»Was soll das denn noch«, protestierte Kammler lauthals. »Ich habe doch soeben eindeutig bewiesen, dass ich mit dem Mord an unserem Präsidenten nichts, aber auch schon gar nichts, zu tun habe. Ich bestehe darauf, dass …«

»Dass Sie schön brav weiter mitmachen. Ich habe soeben bewiesen, dass der Mord am Präsidenten wirklich ungesehen geschehen konnte und selbst wenn geübte Beobachter vor Ort gewesen wären, die von der Tat gewusst hätten, sie nichts Konkretes aussagen könnten. Sie, Herr Kammler, müssen nicht Bälle abgeschlagen haben, sondern konnten ihn sehr gut in dieser Zeit umgebracht haben. Und das gilt, wie gesehen, auch für Sie, Frau Doktor Uhlhorst.«

Ein mehrfaches leises Aufstöhnen folgte seinen Worten. Böse Blicke fühlte er auf sich ruhen.

»Wir gehen jetzt zum 18. Grün, Frau Doktor Uhlhorst, und Sie zeigen mir den Weg, den Sie gemeinsam mit dem Präsidenten genommen haben, um Ihren verlorenen Schläger zu suchen«, wies er nun an und machte sich auch schon auf den Weg.

Wie ergeben folgte ihm die Gruppe.

»Muss ich denn noch mitkommen, Herr Kommissar?«, wollte Möhlde wissen und zupfte dabei ein wenig am Ärmel Schlossers.

Dieser schüttelte unwillig die Hand ab und fauchte den Mann an:

»Sicher müssen Sie mitkommen. Immerhin waren Sie dabei, als der erschlagene Killer gefunden wurde. Was ich übrigens schon immer von Ihnen wissen wollte, haben Sie ihn schon früher einmal gesehen?«

Möhlde zuckte zusammen, wurde noch ein wenig blasser und schüttelte nur vehement seinen Kopf.

»Na, dann ist's ja gut«, beendete Schlosser das Thema

und ging wieder auf die Chirurgin zu, da sie inzwischen am 18. Grün angekommen waren.

»Hier haben Sie also bemerkt, dass Sie Ihr Lobwedge verloren haben?«

Sie nickte nur.

»Können Sie das bestätigen, Herr Dokor Vollmarey?«

»Ja, ich kann es bestätigen, Herr Kommissar«, fauchte dieser zurück.

»Gut«, wandte sich Schlosser, die Augenbrauen bedrohlich hochziehend, wieder an die Ärztin. »Dann nehmen Sie jetzt mal den Weg, den Sie seinerzeit auch genommen haben und halten immer an den Stellen, an denen Sie auf andere Golfspieler gestoßen sind.«

Sie nickte wieder, drehte sich energisch um und marschierte die 18. Spielbahn hinunter. Treinemann und Vollmarey gesellten sich zu ihr, nahmen sie in die Mitte, als wollten sie die Frau beschützen. Schlosser und die anderen folgten.

»Sakra! Also sehr überzeugend war die Tatortbesichtigung vorhin nicht, Chef«, raunte ihm Genko leise zu. »Theoretisch konnte doch jeder die Tat begangen haben. Sogar der Möhlde auf seiner Runde. Wer sagt denn, dass er nicht ganz kurz davon abgewichen ist, den Präsidenten erschlagen hat, den Schläger in Kammlers Bag packte und diesen dann nur noch beobachten musste, bis dieser etwas mit dem blutbeschmierten Schläger anfing. Danach konnte er wunderbar als Zeuge auftreten.«

»Respekt, Genko. Gut kombiniert. Aber beweisbar? Und das Motiv?«

»Das weiß der Geier. Aber nun sag doch schon, was hast du da in deiner Röhre?«

Dabei klopfte er leicht gegen die Pappröhre. Der Ton hörte sich dumpf, hohl an.

»Sei doch nicht so neugierig, Partner, du erfährst es noch rechtzeitig. Wenn wir nachher am 17. Grün den Tathergang nachstellen, dann spiele ich den Killer und du den mordenden Golfspieler. Geh einfach unvoreingenommen an die Tat und stell dir vor, dass du deshalb an diesen Ort gekommen bist. Hier hast du ein verpacktes Geldbündel, wie es seinerzeit auch benutzt worden ist. Übergib es mir nachher mit der linken Hand und schlag mich mit der rechten Hand nieder.«

Umständlich holte er ein prall gefülltes Kuvert aus seiner Jackentasche und reichte es unauffällig seinem Mitarbeiter. Dieser steckte es schnell in die linke Tasche seiner lappigen, braunen Lederjacke.

»Hier bin ich auf den vorletzten Flight gestoßen und auch gleich weitergegangen«, verkündete die Chirurgin plötzlich lautstark und zeigte auf einen imaginären Fleck auf dem Fairway.

Schlosser nickte ihr nur zu. Sie sah es aber nicht mehr, denn sie war schon wieder weiter gegangen. Einige Minuten später hielt sie erneut an.

»Und hier bin ich auf den letzten Flight gestoßen. Hier habe ich auch Melchior getroffen und er begleitete mich.«

»Spielte eigentlich der Flight weiter, zu dem auch der Präsident gehörte, oder hat er gewartet, bis Sie zurückkamen?«

»Die haben alleine zu Ende gespielt. Es wurde doch schon dunkel und es war überhaupt nicht abzusehen, wie lange es dauern würde, meinen Schläger zu finden.«

»Ja, das ist eine gute Begründung«, schmunzelte Schlosser und schaute die kleine Frau freundlich an.

Diese schickte ihm einen verbitterten Blick zurück. Er hatte verschissen bei ihr, absolut verschissen, aber sie wäre ohnehin nichts für ihn gewesen, auch das wusste er.

Er schaute sich von diesem Ort aus gründlich auf dem Platz um. Richtung Clubhaus konnte er jedes Detail im Gelände gut erkennen. Das lang gestreckte Haus lag wie eine graue Flunder in der grünen Landschaft. Die Drivingrange und den 1. Abschlag konnte er nicht sehen. Langsam drehte er sich um und blickte in Richtung 18. Abschlag, der etwas tiefer im Gelände lag. Diesen konnte er nur sehr begrenzt ausmachen. Viele Bäume und Büsche standen einer freien Sicht im Weg und ließen alles etwas verschwommen aussehen. Eine größere Vertiefung, schon fast eine kleine Schlucht, vor dem Abschlag verstärkte diesen Eindruck noch.

»Zeigen Sie uns nun bitte den Ort, an dem Sie Ihren Schläger angeblich vergessen haben, gnädige Frau.«

Ohne ihm zu antworten, setzte sich die Chirurgin in Bewegung. Ihre Kollegen nahmen sie wieder in die Mitte und redeten leise auf sie ein. Es war Schlosser in diesem Moment egal, worüber sie sich unterhielten. Sie gingen am 18. Abschlag vorbei, überquerten einen kreuzenden Weg und befanden sich kurze Zeit später am Rande des 17. Grüns.

»Hier unter diesem Baum habe ich meine Lobwedge liegen gelassen«, rief ihm die Ärztin zu und wies mit ihrer rechten Hand auf den Boden.

Schlosser interessierte jedoch diese Stelle nicht. Ihn interessierte vielmehr, wie weit dieser Ort von der Stelle entfernt lag, an dem der Killer erschlagen wurde. Es waren höchstens zehn Meter. Wenn der Killer schon anwesend gewesen war, musste er sich versteckt haben. Büsche und Bäume gab es dafür mehr als genug. Nur musste er sich wirklich verstecken?

»Wo befand sich der Präsident, als Sie den Schläger fanden?«

»Der suchte weiter unten. In der Nähe der Bunker.«

»Dann verstehe ich aber eine Ihrer Aussagen nicht ganz, Frau Doktor. Sie sagten vor einigen Tagen aus, dass das Suchen überhaupt nicht lange dauern konnte, weil Sie genau wussten, wo Sie Ihren Schläger vergessen hatten. Wozu ließen Sie da den Präsidenten an einem ganz anderen Ort suchen?«

Sie wurde noch eine Idee blasser und trippelte wieder von einem Fuß auf den anderen.

»Das soll ich gesagt haben?«

»Ja, das haben Sie gesagt.«

»Dann war ich vermutlich irgendwie verwirrt«, kam es ganz leise von ihren Lippen. Ihr Blick ging Richtung Boden.

»Auch gut«, lenkte Schlosser ein, »dann gehen wir mal zum Tathergang. Da der Tote in der Senke lag, kommt als möglicher Tatort nur eine einzige Stelle infrage. Bitte folgen Sie mir, meine Herrschaften.«

»Warum kommt nur eine einzige Stelle infrage«, wollte Professor Waynand wissen, als er Schlosser zu dem besagten Ort folgte.

»Weil der Mann nach der Tat in die Senke gekippt ist und der Täter ausreichend Raum zum Zuschlagen gehabt haben muss. Deshalb ist der freie Raum, auf dem wir uns jetzt befinden, der einzig mögliche. Hier stehen keine Büsche und keine Bäume, die den Schlag behindern könnten.«

»Ach so. Und wie wollen Sie hier an dieser Stelle beweisen, wer der Täter war?«

»Ich will die Tat nachvollziehen können, um sie später dem wirklichen Täter oder dem wirklichen Täterkreis zuordnen zu können, Herr Professor«, erklärte Schlosser geduldig und fuhr mit lauterer Stimme fort: »Bitte treten Sie einige Meter zurück. Mein Mitarbeiter und ich, werden jetzt versuchen, die Tat nachzuspielen. Sollte sie anders abgelaufen sein, bitte ich um sofortigen Einwand.«

Er musste bei diesen Worten in sich hinein grinsen. Mit einer kleinen Handbewegung deutete er Genko an, dass es gleich losgehen würde, mit der anderen Hand fasste er in die Hosentasche und wieder ertönte ein kurzes, metallisches Klicken.

»Hier hast du einen Schlägerersatz«, raunte er ihm zu und gab ihm die Pappröhre in die Hand.

Das Gesicht seines Mitarbeiters war ein einziges Fragezeichen.

»Deswegen hast du dieses Ding mitgebracht?«

Schlosser antwortete nicht, sondern nahm dem jungen Beamten, der immer noch die Aktentasche trug, diese ab und ging zu einer Stelle, die sehr nahe am Rande der Senke lag, und stellte sich so auf, dass sie zu seiner Rechten lag. Danach gab er Genko einen Wink, zu beginnen.

Dieser ging auf ihn zu, hielt in der rechten Hand die Pappröhre und sagte so laut, dass es alle hören konnten:

»Hallo!«

»Hast du das Geld?«, fragte Schlosser.

»Ja. Hast du die Unterlagen?«

»Ja. Hier sind sie.«

Schlosser hielt Genko die Aktentasche hin. Dieser nahm sie und fragte:

»Alle Unterlagen vollständig gefunden?«

»Ja. Das Geld!«

Genko stellte die schwere Aktentasche zwischen seine Füße, holte mit der linken Hand das prall gefüllte Kuvert aus der linken Jackentasche und reichte es seinem Vorgesetzten. Gerade als dieser zugreifen wollte, ließ er es fallen und schien anzudeuten, dass er sich beugen wollte, um es aufzuheben. Schlosser war aber schneller und bückte sich geschwind. In dem Augenblick, als er sich wieder erhob, erhielt er einen dumpfen Schlag auf den Rücken. Er schmerzte zwar nicht, aber Schlosser tat trotzdem so, als würde er auf die Knie gezwungen. Als er sich wiederum aufrichten wollte, erhielt er einen weiteren Schlag auf die Schädeldecke und diesmal deutete er einen totalen Zusammenbruch an und zeigte mit den Händen an, dass er in die Senke kippen würde. Das Kuvert fiel ihm dabei aus den Händen.

Nach diesem Schauspiel fasste Schlosser wiederum in seine Hosentasche und das metallische Klicken erfolgte erneut.

Still und sichtlich beeindruckt hatten die Anwesenden diese Szene beobachtet. Plötzlich begann jemand zu klatschen. Schlosser blickte irritiert auf. Doktor Treinemann grinste ihn an.

»Sie haben Ihren Beruf verfehlt, Herr Kommissar. Sie hätten Komödiant werden sollen.«

»So! War es so schlecht oder war etwas falsch an der Vorstellung?«, knurrte Schlosser den Arzt an und ging einige Schritte auf ihn zu.

Treinemann fuhr hektisch zurück.

»Ob etwas falsch war, kann ich nicht sagen. Ich war nicht dabei. Da sollten Sie Kammler fragen.«

›Das kann ich mir auch sparen‹, dachte Schlosser bei sich, holte einen weißen Golfball aus der Tasche, rief: »Fang ihn«, und warf ihn Genko, der fast drei Meter entfernt stand, so zu, dass der Ball beinahe an dessen linken Seite vorbeigeflogen wäre.

Mit Mühe und Not konnte dieser seine linke Hand hoch reißen, den Ball allerdings nur noch mit der Hand im Flug bremsen. Er fiel zu Boden. Leise fluchend hob er ihn auf, reinigte ihn kurz mit den Fingern und schaute seinen Vorgesetzten fragend an.

»Hast du diesen Ball schon mal gesehen?«

»Freilich, Chef, den hast du doch a...«

»Schon gut, Genko. Wirf ihn mir bitte wieder zurück.«

Mit einem lockeren Schwung mit der rechten Hand warf dieser ihm den Ball zu. Problemlos fing er diesen auf, wandte sich Maximilian Möhlde zu und warf ihm den Ball ziemlich schnell zu. Wieder wäre der Ball beinahe an der linken Seite des Golfers vorbei gesaust und auch dieser konnte ihn nur mit Mühe und Not mit beiden Händen auffangen.

»Kennen Sie diesen Ball, Herr Möhlde?«

Dieser legte ihn sich in die rechte Hand und musterte die kleine Kugel scheinbar stark interessiert, um dann lapidar zu bemerken:

»Ein einfacher Golfball der Mittelklasse mit einem Emblem. Was soll denn so besonders an diesem Ball sein?«

»So? Sie kennen ihn also nicht?«

»Nein«, schüttelte Möhlde nur den Kopf und warf ihn mit der rechten Hand dem Hauptkommissar zu. Dieser fing den Ball auf und warf ihn fast postwendend der Chirurgin zu. Diesmal flog der Ball zur rechten Seite der kleinen Frau, die ihn geschickt mit der rechten Hand auffing und umgehend betrachtete.

»Wollen Sie auch von mir wissen, ob ich den Ball erkenne?«

»Genau, gnädige Frau«, nickte ihr Schlosser fein lächelnd zu.

»Wenn ich das Emblem sehe, würde ich sagen, dass es sich um einen Ball unseres Präsidenten handeln müsste.«

»Warum?«

»Es handelt sich um sein Familienwappen, mit dem er immer wieder angegeben hatte.«

»Ah! Schau an. Also ein unverwechselbarer Ball. Kann ich ihn bitte zurückhaben.«

Sie warf ihn lustlos mit der rechten Hand zurück und wiederum fing Schlosser ihn gekonnt auf, schaute sich kurz um, nickte Rasinger zu und warf den Ball in dessen Richtung. Diesmal war der Ball noch heftiger als die beiden Male zuvor geworfen worden und wäre weit rechts am Clubmanager vorbeigeflogen, wenn dieser nicht mit einer ausgesprochen schnellen Bewegung seiner rechten Hand den Ball förmlich aus der Luft herausgeangelt hätte und ihn nun triumphierend vor seine Augen hielt.

»Können Sie diese Aussage bestätigen, Herr Rasinger?«, wollte Schlosser wissen.

Rasinger beäugte den Ball nur kurz, lachte plötzlich laut auf und warf ihn mit einer leichten Bewegung der rechten Hand dem Hauptkommissar zu, der ihn auffing und in die Hosentasche steckte.

»Allerdings. Das ist wirklich einer der Bälle unseres Präsidenten. Das Emblem stellt sein Familienwappen dar. Ich kenne es deshalb so gut, weil er in der Tat damit immer wieder angab und er der einzige Spieler war, der sein Wappen auf seine Bälle drucken ließ. Was hat es denn mit dem Ball auf sich?«

»Der Ball wurde in der Senke gefunden und wird entscheidend mit der Überführung des Täters zu tun haben.«

»Sie meinen, dass der Präsident den Killer erschlagen hat und ihm dabei der Ball aus der Tasche gefallen ist?«, kombinierte Waynand laut vor sich hin und riss seine Augen so weit auf, dass die weißen Augenbrauen fast bis zu seinem Haaransatz reichten.

»Dann wäre es ja endgültig erwiesen, dass ich nicht der Täter war«, meldete sich plötzlich Kammler, der zuletzt kein Wort mehr hervorgebracht hatte, zu Wort.

»Wenn es so gewesen wäre, dann ja, aber ich kann Ihnen leider keine Hoffnung machen, Herr Kammler«, antwortete Schlosser grimmig und fuhr fort: »Wir wissen jetzt, wie die beiden Morde abliefen und nun geht es als nächstes darum, wie der Mörder ungesehen, unauffällig und sicher von hier wieder zum Clubhaus gelangen konnte. Dazu habe ich mir vom Grünflächenamt die Baupläne des Clubs besorgt und folgendes gefunden.«

Er stoppte seine Rede, nahm Genko die Pappröhre ab, entfernte den Plastikdeckel und holte eine großflächige, zusammengerollte Karte heraus. Nachdem er sie umständlich ausgerollt hatte, ging er in die Hocke, legte die Karte vor sich auf den Boden und fuhr mit den Fingern darüber.

»Wir haben hier die 1. Spielbahn, die 2. Spielbahn, die 17. und die 18. Spielbahn. Parallel zur 1. Spielbahn verläuft die Drivingrange. Wir befinden uns hier, hinter dem

17. Grün. Normalerweise könnte der Mörder auf der 18. Spielbahn zurückgehen, wenn das für ihn normal wäre. Das träfe auf Sie zu, Frau Doktor Uhlhorst. Wenn der Mörder aber nicht gesehen werden will, wie zum Beispiel Sie, Herr Kammler, dann wird er den Weg entlang der Drivingrange nehmen. Aber nicht an der 1. Spielbahn entlang, sondern auf der anderen Seite, zwischen der abgezäunten Platzgrenze und der Drivingrange. Wie ich feststellen konnte, läuft dort ein einsamer Weg entlang, den mit Sicherheit selbst Greenkeeper nur selten benutzen. Und diesen Weg möchte ich jetzt gemeinsam mit Ihnen zum Clubhaus zurückgehen. Bitte folgen Sie mir.«

Schlosser hatte während der gesamten Rede mit seiner Hand auf der Karte angezeigt, was er meinte und registrierte, wie erstaunte Ausrufe erfolgten. Schnell rollte er die Karte wieder zusammen und steckte sie zurück in die Pappröhre. Mit einem dumpfen Plopp schlug er den Deckel in die Öffnung und machte sich auf den Weg. Unterwegs hob er die Aktentasche wieder auf und reichte sie erneut dem jungen Beamten.

Genko näherte sich ihm und begann leise zu lästern:

»Sakra, Chef! Einen Ballsport solltest du besser nicht betreiben. Fangen kannst du ganz gut, aber im Werfen bist du eine Niete. Ich hab mir fast die Finger gebrochen, so hart ist die kleine, weiße Kugel. Wo lag eigentlich der Witz mit der Platzkarte?«

»Den wirst du bald erfahren. Weißt du schon, wer der Täter ist?«, flüsterte Schlosser belustigt zurück.

»Eigentlich schon. Niedergeschlagen könnten ihn sowohl die Uhlhorst wie auch der Kammler haben. Dem Präsidenten traue ich das nicht zu. Eigentlich müsste ...«

»Eigentlich, eigentlich«, frotzelte Schlosser, marschierte

noch ein bisschen schneller und ließ dadurch seinen Mitarbeiter hinter sich.

Der Weg zwischen der Grundstücksgrenze und der Drivingrange war eng eingesäumt von Büschen und hohen Bäumen und nicht sehr angenehm zu gehen. Er ließ zeitweilig lediglich zu, dass sie nur einzeln hintereinander gehen konnten, aber dafür konnte man auf ihm ungesehen bis zu dem schmalen Parkplatz und von dort zum Seiteneingang des Clubhauses gelangen. Als sie diesen durchschritten hatten, bat Schlosser den Clubmanager: »Jetzt dauert es höchstens noch fünf Minuten. Sie können nun die Clubmitglieder getrost wieder auf den Platz lassen. Es wäre freundlich, wenn wir noch mal den Raum von vorhin benutzen können.«

»Kein Problem. Ich sage nur schnell meinen Damen am Empfang Bescheid, dann stehe ich Ihnen gerne wieder zur Verfügung. Sie können schon in den Raum hinein. Sie wissen ja, wo er ist. Jetzt wird's ja immerhin spannend. Wann sieht man schon mal einen Kriminalisten live bei der Arbeit.«

Rasinger rieb sich bei diesen Worten die Hände und strahlte über das ganze Gesicht.

»Oh! Ich wollte Ihnen gerade anbieten, dass Sie wieder an Ihre Arbeit gehen können, aber wenn Sie ein solches Interesse an unserem Job haben, dann warte ich selbstverständlich, bis Sie zurück sind. Wenn Sie uns noch ein paar Getränke vom Barkeeper bringen lassen, wäre das angenehm.«

Inzwischen war die Gruppe wieder am Sitzungssaal angekommen und betrat den Raum.

»Kann ich jetzt endlich gehen, Herr Kommissar?«, fragte Möhlde laut, viel zu laut. Er schien das Angebot an den Clubmanager gehört zu haben. »Ich will noch eine Runde Golf spielen!«

Rasinger schaute sichtlich erstaunt den Gynäkologen an.

»Nein, Herr Möhlde. Sie, gerade Sie, können nicht gehen. Ich benötige Sie noch«, schmetterte Schlosser nicht minder laut das Ansinnen ab. »Bitte beeilen Sie sich, Herr Rasinger, damit wir weiter machen können«, bat er wieder mit freundlicher Stimme sprechend den Clubmanager und zwinkerte ihm leicht zu.

Dieser nickte nur und eilte davon. Im Raum setzten sich diesmal alle Beteiligten, nur Schlosser blieb stehen. Einen Beamten postierte er noch unauffällig an der Tür, indem er ihm einen Stuhl dorthin schob. Mit einem dumpfen Knall ließ er die Pappröhre auf den Tisch fallen und bemerkte mit Genugtuung, wie die meisten Anwesenden zusammenzuckten.

Wenige Minuten später erschienen Rasinger und der Barkeeper, jeder ein Tablett mit Gläsern und Getränken tragend. Beide betraten sichtlich bestens gelaunt den Raum und stellten die Tabletts mit eleganten Bewegungen auf dem Tisch ab.

»So. Es kann weitergehen. Bitte greifen Sie zu«, forderte der Clubmanager fröhlich die Anwesenden auf.

Der Barkeeper wollte sich schon zurückziehen, als ihn Schlosser direkt ansprach:

»Bleiben Sie ruhig kurz bei uns. Ich benötige Sie gleich.«

Abrupt hielt der Mann in seiner Bewegung inne, drehte sich wieder um und blieb an der Tür stehen, die er leise von innen schloss. Genko blickte kurz hoch und angelte sich eine Flasche Orangensaft. Alle anderen rührten sich nicht und hingen an den Lippen Schlossers. Dieser nickte nur, griff in seine beiden Hosentaschen und holte aus jeder eine Stoppuhr heraus, legte sie vor sich auf den Tisch und beugte sich, fest auf beide Arme aufstützend, weit darüber:

»Sie werden sich jetzt bestimmt alle fragen, was die Tatortbesichtigungen eigentlich sollten ... beziehungsweise, was sie an neuen Erkenntnissen gebracht haben. Sie können versichert sein, dass unser Spaziergang ein voller Erfolg war.«

Er bemerkte nach diesen einleitenden Worten rundherum nur skeptische Blicke. Selbst sein engster Mitarbeiter schien von seiner Aussage nicht sehr überzeugt zu sein, zog die Augenbrauen weit hoch und nahm einen kräftigen Schluck aus der kleinen Flasche.

»An der Drivingrange habe ich bewiesen, dass die Tat in knapp fünf Minuten vollständig ausgeführt werden konnte. Es waren genau 4 Minuten und 42 Sekunden. Ferner zeigte es sich, dass sowohl Sie, Herr Kammler, wie auch Sie, Frau Doktor Uhlhorst die Tat hätten ausführen können und Sie von niemand gesehen werden mussten. Zu viele Büsche, zu viele Bäume.«

Bei diesen Worten hatte er kurz eine der beiden Stoppuhren vom Tisch genommen, hochgehoben und in die Runde gezeigt. Danach legte er sie wieder zurück und stellte fest, dass die Blicke noch skeptischer wurden. Ein leises, intensives Tuscheln setzte ein. Um dies zu unterbinden, fuhr er mit einer etwas lauteren Stimme fort:

»Die Tat hinter dem 17. Grün hat von der Stelle, wo Sie, Frau Doktor Uhlhorst, Ihr Lobwedge angeblich verloren haben, bis zum Sturz in die Senke, nur 2 Minuten und 6 Sekunden gedauert. Also eine Zeitspanne, die so kurz ist, dass die Tat von nahezu jedem Täter unbeobachtet ausgeführt werden konnte. Also auch von Ihnen, Frau Doktor Uhlhorst,«

Ein kurzer Blick der Frau streifte ihn, um danach sofort wieder nach unten zu wandern. Die Kreise, die sie mit ihrem Zeigefinger auf die Tischplatte zeichnete, wurden immer enger.

»Jetzt gehen wir aber mal die endgültige Auflösung der Mordfälle an. Das Nachstellen der Tat am Puttinggreen hat gezeigt, dass jeder der Täter sein konnte. Das Nachstellen der Tat am 17. Grün jedoch nimmt einen der Tatverdächtigen aus der Schusslinie.«

Der Kopf der Chirurgin ruckte hoch, die Augen weiteten sich. Kammler glotzte ihn wie ein Ochse an. Ein Raunen ging durch den Saal.

»Wen?«, fragte Vollmarey und strich sich durch die Haare.

»Da werden Sie gleich selbst draufkommen. Der Mörder Steiners, also Pollens, Ihr Liebhaber, Frau Doktor Uhlhorst, muss genau an der Stelle, an der ich mich hingestellt hatte, gestanden haben. Eine andere Position ist unwahrscheinlich, weil nur diese Position einen ungehinderten Schlag erlaubte und einen Sturz in die Senke ermöglichte. Außerdem ließ auch die Lage der Leiche darauf schließen. Der Mörder dieses Mannes muss auf ihn zugekommen sein, von ihm die Unterlagen verlangt haben, ihm danach, vermutlich auf Verlangen, das Geldkuvert gegeben haben. Dass er es dabei fallen ließ und Pollens sich bückte, zeigen die Schlagspuren auf dem Rücken des Ermordeten. Dieser Schlag wurde nachweislich mit einer 64 Grad Lobwedge, so wie Sie eine besitzen, Frau Doktor Uhlhorst, ausgeführt. Damit wurde der Mann zu

Boden gestreckt. Als er sich danach benommen wieder erhob, erhielt er den tödlichen Schlag auf den Kopf und stürzte zusammen mit dem Geldkuvert in die Senke. Dieses Geldkuvert haben wir gefunden und es ist sehr interessant, denn es deutet auf den Täter hin.«

Aufmerksame Ruhe herrschte im Raum und berührte ihn fast körperlich. Rasinger stand mit dem Rücken an der Längswand, eingerahmt von zwei Radierungen, die Golfszenen aus dem vergangenen Jahrhundert zeigten, bohrte sich mit dem kleinen Finger in der Nase und blickte ihn aufmunternd lächelnd an.

»Das Geldkuvert enthielt bis auf die Deckblätter nur wertloses Papier. Geldscheingroße Streifen, ausgeschnitten aus Golfzeitschriften. Tja, Herr Kammler, und Sie hatten kein Geld den Auftragskiller zu bezahlen. Wenn da nicht noch etwas ganz anderes wäre, würde ich es sofort als klares Indiz gegen Sie werten. Aber ...«

»Aber ...?«, fragte der Vizepräsident augenblicklich, ihm einen durchdringenden Blick zuwerfend. Sein massiger Körper ruckte nach vorn und wurde nur von der Verdickung auf Bauchhöhe an der Tischkante gebremst.

»Aber Sie konnten die Tat unmöglich ausgeführt haben.«

»Das sagte ich doch. Ich war schon längst im Clubhaus«, jubelte der Dicke sichtlich erleichtert auf.

»Nein, deswegen nicht, Herr Kammler. Ihr Alibi taugt nichts. Sie hätten auch am Tatort gewesen sein können. Ein Motiv hätten Sie auch gehabt. Nein, es war etwas ganz anderes. Man stelle sich mal vor, dass der Mörder des Killers mit einem schweren Elektrotrolley angerumpelt kam, sein Opfer an der verabredeten Stelle traf, die belastenden Unterlagen verlangte, das Kuvert fallen ließ und dann erst einmal einen Schläger aus dem Bag hätte ziehen müssen, um den hellwachen, körperlich durchtrainierten Mann niederzuschlagen. Schon bei der Bewegung in Richtung Bag hätte der Killer den Mann ausgelöscht.«

»Kann denn Kammler den Schläger nicht schon in der Hand gehabt haben?«, fragte Genko, sichtlich enttäuscht, dass sein Hauptverdächtiger plötzlich entlastet sein sollte.

»Meinst du wirklich, dass ein Mann wie Pollens nicht sofort misstrauisch geworden wäre? Ein beleibter Mann mit einem Elektrotrolley, der zudem noch einen einzelnen Schläger in der Hand hält?«

Genko schüttelte seinen Kopf und nahezu sämtliche Anwesende taten es ihm gleich. Sie wurden wieder unruhiger. Mit dieser Wendung des Falles schien keiner gerechnet zu haben.

»Und das Wegwerfen der Tatwaffe?«, versuchte Genko doch noch einige Punkte gutzumachen.

»War eine bekloppte, aber durchaus nachvollziehbare Tat. Viele Menschen handeln in außergewöhnlichen Situationen blödsinnig. Die Tatwaffe wurde ihm in sein Bag gesteckt.«

»Sie meinen also, dass ich von Ihnen nun nicht mehr verdächtigt werde?«, fragte Kammler so hoffungsvoll, dass Schlosser laut loslachen musste.

»Genau das war einer der Ergebnisse unseres Spazierganges. Sie sind raus, Herr Kammler, wenn ich auch glaube, dass Sie in Ihren Gedanken Steiner so manchesmal am liebsten umgebracht hätten. Aber Gedanken sind ja bekanntlich nicht nachweisbar und damit auch nicht strafbar.«

Es knackte kräftig im Stuhl, auf dem Kammler saß, als

dieser sich hart, kräftig durchatmend, nach hinten warf. Mit einer wilden Bewegung wischte er sich mit einem verschmutzten Taschentusch Schweißperlen von der Stirn. Noch heftiger warf er seinen schweren Körper wieder nach vorn und griff nach einer Flasche Mineralwasser, schraubte hektisch den Verschluss ab und trank die Flasche in einem Zug aus. Ein lautes »Ahhhh« und ein kleiner Rülpser schlossen diese Befreiungsaktion ab. Danach setzte er sich entspannt zurück und schien bereit zu sein, die kommende Lösung des Falles zu genießen.

»Tja, so ist es manchmal«, fuhr Schlosser freudlos lächelnd fort. »Der Hauptverdächtige stellt sich als schuldlos heraus. Gott sei Dank bleiben ja noch Sie, Frau Doktor Uhlhorst und mit Ihnen vielleicht Ihre Helfer oder Mitwisser, denn Sie hatten ein sehr starkes Motiv, konnten beide Taten ausgeführt haben, kannten den Killer Pollens sehr gut und Sie haben den Wagen des Killers vom Parkplatz entfernt, anstatt sich sofort bei mir zu melden und bei der Aufklärung des Falles zu helfen.«

»Aber das war doch auch nur so eine dumme, falsche Reaktion von mir, als ich mitbekam, dass Paul der Archivmörder war«, entschuldigte sich die Chirurgin kleinlaut und wagte nicht, ihn anzusehen.

»Ja, dieses Wegholen des Wagens, das hat mir einige Kopfschmerzen bereitet«, murmelte Schlosser und ließ den Satz im Raum stehen. Behäbig wandte er sich dem Barkeeper zu:

»Sie, mein Herr, haben ausgesagt, dass Sie den Toten vom 17. Grün vermutlich schon mal auf dem Parkplatz in einem dunklen VW gesehen haben. War das so?«

»Ja, richtig. Ike gloobe, dass es der Mann war. Ike bin mir eigentlich ziemlich sicher, weil ike mir, was ja mein

Beruf schon mit sich bringt, auch schemenhafte Gesichter ziemlich gut merken kann.«

»Nur eben den genauen Fahrzeugtyp nicht?«

»Nee. Ike mach' mir nischt aus Autos. Ike fahr Motorrad.«

»Sehr schön. Wann war das, als Sie den Wagen mit dem Mann gesehen haben und wie spät war es ungefähr?«

»Det war so ungefähr vor zwei bis drei Monaten und der Wagen stand ganz hinten auf dem schmalen Parkplatz. Die Zeit war spät am Abend, es war schon sehr duster, aber noch nicht ganz dunkel.«

»Was meinen Sie mit ganz hinten stand der Wagen?«

»Na eben ganz hinten.«

»Wo ganz hinten? Richtung Ausfahrt oder in der anderen Richtung?«

»Na, in der anderen Richtung natürlich und es war der letzte mögliche Parkplatz.«

»Vielen Dank, das genügt. Sie können wieder an Ihre Arbeit gehen. Sollten wir noch Fragen haben, lassen wir Sie holen.«

Nach diesen Worten verließ der Barkeeper den Raum und Schlosser bemerkte das enttäuschte Gesicht des Mannes.

»Warum war Ihr Geliebter damals hier auf der Anlage, Frau Doktor Uhlhorst?«, fragte er die Ärztin, die dem vorhergegangenen Dialog mit großen Kinderaugen gefolgt war.

»Das weiß ich nicht, Herr Kommissar. Ich habe ihn nie mit hierher gebracht und auch nie aufgefordert, zu kommen«, antwortete sie immerzu leicht den Kopf schüttelnd. Sie schien nicht zu wissen, worauf er hinauswollte.

»Sehen Sie, gnädige Frau, hier glaube ich Ihnen aufs Wort. Ich habe erfahren, dass Sie Ihre Beziehungskisten nicht mit dem Clubleben vermischten und deshalb werden Sie den Mann auch kaum hier angeschleppt haben, zumal er doch ein unheimlicher Typ war, wie Sie es selbst einmal ausdrückten. Bei Ihnen verhält es sich fast wie bei Kammler. Sie hätten der Täter sein können, wenn Sie nicht so spät den Wagen Ihres Geliebten abgeholt hätten.«

Er machte bewusst eine kurze Pause, um seine Worte bei den Anwesenden erst einmal sacken zu lassen. Ungläubige Blicke trafen ihn von allen Seiten. Vor allem Genkos augenfällig ratloses Gesicht ragte heraus, sein Adamsapfel nahm wieder seine hektische Tätigkeit auf.

»Muss ich das jetzt verstehen?«, fragte der Hagere laut in die Runde und diese Frage schien alle Anwesenden zu bewegen.

»Na, denk doch mal nach, Genko. Wenn Frau Doktor Uhlhorst wirklich die Täterin gewesen wäre, dann hätte sie doch den Wagen ihres Geliebten noch am selben Abend, nachdem sie diesen erschlagen hatte, spätestens aber am Folgetag vom Parkplatz weggeschafft. Wann erschienen in den Medien die ersten Bilder des Archivmörders, weißt du das noch?«

»Freilich! Ich hab doch selbst den Presseheinis die Bilder gegeben. Das war am Mittwoch, zwei Tage nach dem Auffinden der Leiche Steiners. Am Donnerstag erschienen dann die ersten, wenn auch nicht sonderlich scharfen Bilder des Mörders.«

»Richtig! Und einen Tag vorher wurde der Archivmörder, der bereits am Montag ermordet worden war, unter anderem von Herrn Möhlde hier auf dem Golfplatz gefunden. An diesem Abend hattest du dir sämtliche Autokennzeichen notiert und festgestellt, dass kein Fahrzeug, das nicht einem Clubmitglied oder Angestellten des Clubs gehört, auf dem Parkplatz stand. Wer hat dir eigentlich diese Auskünfte gegeben?«

»Die Clubsekretärin, die auf den Namen Molli hört. Ich hatte erst mit Herrn Rasinger gesprochen und der hat mich dann weiter verbunden.«

»Und wann haben Sie den Wagen abgeholt, Frau Doktor Uhlhorst?«

»Am Freitagabend. Ich habe erst an diesem Tag das Bild Pauls in der Zeitung gesehen und von seinem Auffinden im Club gelesen. Da er sich schon seit Tagen nicht mehr gemeldet hatte und auch nicht in der Wohnung zu erreichen war, wusste ich sofort Bescheid und bin wahnsinnig erschrocken. Ich habe mich sofort in mein Auto gesetzt und bin in den Club gefahren, um nachzuschauen, ob sein Wagen dort stand. Ganz hinten auf dem Parkplatz stand er, schon mit einer dünnen Staubschicht überzogen. Der Schlüssel lag wie üblich auf dem linken Hinterrad. Ich wusste in diesem Augenblick nicht, was ich tun sollte. In meiner Panik bin ich damit in meine Tiefgarage gefahren, mit dem Taxi zurückgekommen und mit meinem Jaguar gleich wieder nach Hause gefahren. Mir war an diesem und auch am nächsten Tag nicht mehr zum Golfspielen zumute.«

»Sehen Sie, genau diese irrationale Handlung lässt Sie als Täterin ausscheiden. Wie ich schon zu Beginn gesagt habe, hätten Sie so niemals gehandelt, wenn Sie die Täterin gewesen wären, weil Sie sich damit sofort ins Rampenlicht der Ermittlungen gesetzt hätten. Sie hätten nämlich damit rechnen müssen, dass wir bereits an dem Tag, als Pollens gefunden wurde, den Wagen entdecken könnten und wir Sie dann direkt im Visier gehabt hätten. Außerdem hätten Sie Ihren Geliebten bestimmt niemals mit einem auf Ihren Namen zugelassenen Wagen zu dem Treffen erscheinen lassen, sondern ihm ein Taxi empfohlen oder die Tat irgendwie anders geplant und ausgeführt. Es tut mir Leid, dass ich so viel aufdecken musste, Frau Doktor Uhlhorst, aber es war zur Wahrheitsfindung unbedingt notwenig.«

Die Ärztin schaute ihn mit großen Augen an, die sich langsam mit Tränen füllten.

»Tolle Lösung, Chef«, grummelte Genko plötzlich los, »und wo soll nun der wahre Täter herkommen und wo bleiben die verräterischen Handlungen, die er sich geleistet haben soll?«

»Tja, so ist es manchmal«, fuhr Schlosser mit finsterer Miene fort. »Auch der zweite Hauptverdächtige stellt sich als schuldlos heraus. Gott sei Dank bleiben ja noch Sie, Herr Möhlde. Sie spielen bei der Lösung unserer Fälle eine ganz entscheidende Rolle.«

Mit diesen Worten drehte er sich schnell zu dem Gynäkologen hin und schaute ihn durchdringend an. Der Mann rutschte unter diesem Blick ein kleines Stück tiefer in seinen Sitz und begann heftig zu schlucken.

»Ja, Sie, Herr Möhlde, haben eine Aussage gemacht, die ich erst, nachdem ich sie mehrmals nachgelesen hatte, in ihrer Bedeutung richtig erfasste. Sie sagten aus, dass Sie Herrn Kammler vom Rande des 9. Grüns aus beobachtet hätten, als dieser den Schläger wegwarf.«

»Ja, Herr Kommissar. Sie haben die Stelle gesehen.«

»Schon gut. Darum geht es überhaupt nicht. Mir fiel nur etwas anderes dabei auf. Ich kann mich noch sehr gut an meine Caddierunde erinnern. Ich war ehrlich gesagt körperlich so fertig und hatte die Schnauze bereits nach neun Löchern so voll, dass ich nicht mehr bis zum Ende mitgehen wollte. Ich konnte mein linkes Knie kaum mehr bewegen. Damals wurde mir deutlich gemacht, dass das nicht ginge, weil das 9. Loch sehr weit vom Clubhaus entfernt liegen würde und es für einen Platzunkundigen extrem gefährlich sei, während eines Golfturniers den langen Weg zurückzugehen. Fliegende Bälle und so. Also blieb ich bis zum bitteren Ende. Verstehen Sie nun, meine Herrschaften, worauf ich hinaus will?«

Ein Blick in die Runde zeigte ihm, dass ihn niemand verstand.

»Auch gut, meine Herrschaften, dann eben genauer. Herr Möhlde sagte aus, er hätte am Rande des 9. Grüns gestanden, als er Herrn Kammler am 1. Abschlag beobachtet hat. Das 9. Grün hätte sich aber mehrere Kilometer entfernt befinden müssen.«

Als er jetzt die Blicke interpretierte, musste er feststellen, dass sein Mitarbeiter erkennbar erstaunt war, während die Golfspieler irritiert zu sein schienen und scheinbar nichts mit der Bedeutung seiner Erläuterungen anzufangen wussten.

»Was für Sie, meine Herrschaften als Golfspieler und Clubmitglieder selbstverständlich ist, war für mich nicht ohne weiteres erkennbar und ist für die Aufklärung des Falles doch von entscheidender Bedeutung. Es muss zwei 9. Grüns geben. Eines, das sehr weit weg liegt und eines ganz in der Nähe des Clubhauses, genau zwischen dem 18. Grün und dem 1. Abschlag. Auch deshalb besorgte ich mir den Lageplan des Golfclubs und siehe da, eine 9-Loch-Anlage kreuzt die 18-Loch-Meisterschaftsanlage.«

Langsam nahm er die Papprühre hoch, öffnete sie wieder, zog die gerollte Karte heraus und breitete sie auf dem Tisch aus.

»Na und«, meldete sich Kammler zu Wort. »Was ist denn da so Aufregendes daran?«

»Die Stelle, an der sich diese beiden Golfanlagen kreuzen. Wie Sie auf dem Plan sehr gut sehen können, ist es genau die Stelle, an der der Mörder Steiners erschlagen wurde. Der Abschlag der 8. Spielbahn der 9-Loch-Anlage liegt hinter der Senke, die wiederum hinter dem 17. Grün der Meisterschaftsanlage liegt. Es handelt sich um ein sehr kurzes Par 3. Die Schlussbahn der 9-Loch-Anlage verläuft zwischen der 1. und 18. Bahn des Meisterschaftsplatzes und endet demzufolge zwischen dem 18. Grün und dem 1. Abschlag.«

»Und was wollen Sie damit aussagen?«, fragte Waynand und hob leicht seine Schultern an, um sie gleich danach wieder fallen zu lassen.

»Wir haben immer nur darauf geachtet, wer von den Spielern auf dem Meisterschaftsplatz, also der 18-Loch-Anlage anwesend war und als Täter infrage kommen könnte. Nun wurde mir von Herrn Rasinger aber erklärt, dass von Montag bis Donnerstag jedes Clubmitglied, ohne sich anzumelden oder eintragen zu lassen, den 9-Loch-Platz spielen kann und auch diese Golfrunde führt am Tatort vorbei.«

Als Schlosser nicht mehr weiter sprach, vollendete Waynand mit rauer Stimme den Gedankengang des Polizisten:

»Und damit könnten auch noch ganz andere Clubmitglieder als Täter in Betracht kommen, die Sie bisher noch nicht auf der Rechnung hatten. War es das, was Sie damit ausdrücken wollten, Herr Kommissar?«

»Richtig.«

Es wurde unruhig und laut im Raum. Die Chirurgen

und Möhlde begannen aufeinander einzureden. Kammler hatte sich umgewandt und zu Genko irgendetwas gesagt, was diesen veranlasste, heftig abzuwinken.

»Ruhe!«, brüllte Schlosser in den Saal. »Ruhe bitte!«

Nachdem wieder gespannte Stille eingekehrt war, fuhr er leise sprechend fort:

»Jetzt kommen wir zur endgültigen Auflösung der Fälle. Der Täter hat sich, wie schon gesagt, mehrmals signifikant verraten. Hier im Raum und bei den Tatortbesichtigungen. Er hat trotz aller Umsicht Fehler gemacht.«

Michael Schlosser hielt inne und schaute bewusst grimmig in die Runde. Frau Uhlhorsts Finger lagen wie festgenagelt auf der Tischplatte und der Mund begann sich wieder wie von selbst mehrmals ein wenig zuzuspitzen. Möhlde rutschte noch unruhiger auf seinem Platz hin und her. Kammler räkelte sich inzwischen schon fast auf seinem Stuhl. Genko stand wie versteinert hinter ihm. Rasinger lehnte gespannt wie eine Feder an der Wand und Treinemann stierte ihn nur an. Sie alle wollten offensichtlich den Namen des Mörders hören.

28

»Das Spiel ist aus, Herr Rasinger!«schmetterte Schlosser in den Raum.

Er hätte auch eine Bombe zünden können, schlimmer hätten die Reaktionen nicht sein können. Die Chirurgin sprang auf. Kammler kippte mit seinem Stuhl nach hinten um und Möhlde schrie laut auf. Sämtliche Köpfe ruckten zum Clubmanager herum und sahen, wie dieser, an der Wand stehend, eine so heftige Bewegung machte, dass er eines der Bilder herunterriss, sodass es klirrend zerbrach. Seine linke Hand fuhr fast mechanisch zu einem der antiken Golfschläger, die an der Wand hingen, um gleich wieder zurückzuzucken.

»Was, was soll das, Herr Schlosser? Wieso sollte ich das getan haben? Ich ... ich ...«, stammelte er nur noch und blieb wie angewurzelt stehen.

Schlosser machte Genko und dem Kollegen an der Tür ein kurzes Zeichen, ab jetzt besonders aufzupassen, dann legte er los:

»Ja, Herr Rasinger, ich beschuldige Sie der Anstiftung zum Mord an Marten Steiner, ausgeführt von Pierre Pollens, sowie der vorsätzlichen Morde an ebendiesen Pollens und an Melchior von Merstall. Genko, mach ihn bitte auf seine Rechte aufmerksam.«

Erst nach einigen Sekunden begann sein Mitarbeiter die übliche Formel herunterzuleiern:

»Sie haben das Recht ...«

Danach herrschte wieder atemlose Stille im Raum. Mit betont leiser Stimme fuhr Schlosser fort:

»Ihr erster Fehler war das richtige Abstellen des Bags an der Drivingrange. Ohne nachzudenken, ganz automatisch, stellten Sie es genau an die Stelle, von der Sie wussten, dass es auch an dem Tag, als Sie den Präsidenten niederschlugen und die Tatwaffe in dieses Bag steckten, gestanden hatte. Herr Kammler hat dies bestätigt.«

»Das ist doch alles Quatsch, was Sie da erzählen«, fauchte Rasinger zurück. »An dieser Stelle werden fast alle Bags abgestellt.«

»Dafür ist der Platz zu groß, aber es könnte schon sein, dass es sich um einen puren Zufall gehandelt hat. Nur glaube ich nicht daran. Dafür gab es doch zu viele Abstellmöglichkeiten und Ihr Vizepräsident hat die präzise Positionierung bestätigt.«

»Was Sie glauben und dieser Möchtegernpräsident bestätigt hat, ist nun wirklich nicht von Bedeutung«, blubberte der Clubmanager.

Ein heftiger Räusperton kam aus der Brust des Verhöhnten, der inzwischen wieder fest, ohne zu kippeln, auf seinem Stuhl saß.

»Sind Sie eigentlich Linkshänder oder Rechtshänder, Herr Rasinger?«, wollte Schlosser als Nächstes wissen.

»Das weiß doch nun wirklich jeder. Ich bin Linkshänder und habe schon einige Linkshänderturniere gewonnen. Sie wollen das bestimmt deshalb wissen, weil die Morde auf dem Golfplatz nur von einem Rechtshänder ausgeführt worden sind. Stimmt's?«

»Richtig, und damit wären Sie raus aus der Sache, wenn da nicht der zweite Fehler wäre, den Sie gemacht haben. Erkennen Sie diesen Ball wieder?«

Er holte den Golfball mit dem Logo des Präsidenten aus der Hosentasche und warf ihn locker und leicht dem Clubmanager zu. Dieser fing ihn sicher mit der linken Hand auf und behielt ihn in der Hand.

»Klar. Der Ball unseres Präsis. Wie vorhin auch. Was hat es damit auf sich?«

»Ich habe den Ball mehreren Personen am 17. Grün zugeworfen. Es handelte sich außer Ihrer Person ausschließlich um Rechtshänder. Jeder Person, der ich den Ball auf die falsche Seite, bewusst ziemlich schnell, zuwarf, konnte den Ball entweder gar nicht fangen oder nur mit beiden Händen zugleich. Sie aber, Herr Rasinger, haben einen noch schärfer geworfenen Ball ganz sicher mit der rechten Hand gefangen. Muss ich noch weiter reden?«

»Ach, es ging Ihnen überhaupt nicht um die Frage, wem der Ball gehört?«, fragte Vollmarey, offenkundig erstaunt.

Rasinger stierte nur vor sich hin, seine Zähne begannen zu mahlen.

»Nein, ich wollte nur auf Nummer sicher gehen, dass mein Hauptverdächtiger wirklich auch ein perfekter Rechtshänder ist. Dass es so ist, kann ich noch durch zwei weitere Fakten unterlegen. Der Erste ist der Handschuhfakt. Strecken Sie bitte alle mal die Hände über der Tischplatte aus«, forderte Schlosser die Anwesenden auf.

Zögerlich wurden die ersten Hände ausgestreckt, nach und nach folgten weitere.

»Du auch, Genko und für Sie galt das ebenfalls, Herr Rasinger!«

Mit sichtlichem Widerwillen, ganz leicht zitterig, kamen die Hände über der Platte an. Neugierig betrachtete jeder die Hände des anderen.

»Sehen Sie, Herr Rasinger, was ich meine?«

Dieser schüttelte nur den Kopf.

»Herr Kammler hat zwei kräftig braune Hände, mein Mitarbeiter zwei mittelmäßig braune und alle anderen Golfspieler eine weiße und eine stark gebräunte. Nur Sie, Herr Rasinger, haben zwei ziemlich gleichmäßig blassbraune Hände. Wie kommt das?«

»Erklären Sie es uns doch«, antwortete der Gefragte lapidar.

»Mach ich. Die meisten Golfer tragen einen Handschuh, der, wie Sie mir selbst erklärten, Herr Rasinger, bei einem Rechtshänder die linke Handfläche schützen soll. Bei Linkshändern ist es umgekehrt. Herr Kammler scheint gar keinen Handschuh beim Golfen zu tragen. Hatte er auf der Drivingrange einen Handschuh angezogen, Genko?«

»Ah, nein, hatte er nicht, Chef«, kam die prompte Antwort.

»Ziehen Sie mal die Ärmel ein wenig höher, Herr Rasinger«, bat Schlosser den Clubmanager höflich.

»Warum sollte ich?«, kam es trotzig zurück.

»Ich kann die Ärmel auch zurückziehen lassen. Wollen Sie das?«

Er hatte noch nicht einmal zu Ende gesprochen, als der Mann auch schon beide Ärmel hochschob. Stark gebräunte Unterarme kamen zum Vorschein, die Hände stachen deutlich heller ab.

Vollmarey und Möhlde hatten ohnehin nur kurzärmelige Hemden an, sodass ein Vergleich mit diesen gut möglich war.

»Wie wir alle erkennen können, sind sämtliche Unterarme gut gebräunt. Die weißen linken Hände der Rechtshänder heben sich deutlich ab. Herr Kammler hat gleichmäßig dunkle Arme und Hände, weil er keine Handschuhe trägt. Sie aber, Herr Rasinger, haben etwas blassere Hände, im Gegensatz zu ihren braungebrannten Armen. Das bedeutet also, dass Sie sowohl Rechtshänder wie auch Linkshänder sind und dementsprechend abwechselnd spielen.«

»Das ist aber immer noch kein Beweis, dass ich der Täter sein könnte«, hielt Rasinger schief grinsend dagegen.

»Aber ein weiteres Indiz. Ich liefere in diesem Zusammenhang gleich noch ein Mosaiksteinchen. Ich habe Sie vor einigen Tagen am Abend gesehen, wie Sie auf dem 1. Abschlag der 9-Loch-Anlage standen und einen Ball abgeschlagen haben. Sie standen mit dem Rücken zu mir und haben den Ball gekonnt nach links weggeschlagen. Muss ich noch weiter reden?«

Rasinger schien intensiv zu überlegen und plötzlich zu einem Entschluss gekommen zu sein:

»Na gut, dann haben Sie eben gesehen, dass ich auch rechts verdammt gut Golf spielen kann. Aber was besagt das schon? Wie passe ich in die Geschichte überhaupt hinein? Wie sollen denn Ihrer Meinung nach die Taten abgelaufen sein, Herr Alleswisser?«

Das Gesicht Rasingers zeigte dunkle Flecken an den Wangen, die Zähne mahlten unentwegt.

»Gut, lassen wir erst einmal das Motiv beiseite und konzentrieren uns auf die Verbrechen. Als Geschäftsführer des Clubs hatten Sie eine besondere, leitende Position inne. Trotzdem zeigte es sich im Laufe der Jahre, dass der ungeliebte, unangenehme Marten Steiner der eigentliche Chef war. Sie bekamen in dieser Zeit auch mit, dass mit diesem Mann irgendetwas nicht stimmte, nicht stimmen konnte und Sie überlegten sich, wie Sie hinter das Geheimnis dieses Mannes kommen konnten. Warum und wozu, das kommt später. Dann, vor mehreren Monaten erzählte Ihnen Ihre Frau von dem unheimlichen, sportlichen Liebhaber von Frau Doktor Uhlhorst und Sie schalteten sofort. Wie Sie den Kontakt zu dem Mann hergestellt haben, weiß ich momentan noch nicht, ist aber auch nicht so wichtig. Jedenfalls gelang es und Sie haben den Mann bestimmt ziemlich schnell durchschaut. Er schien Ihnen geeignet, Steiner auszuspionieren. Nach einiger Zeit wird er herausbekommen haben, dass Steiner ein Doppelleben führte und in der Birthler-Behörde arbeitete. Sie mit Ihrer Allgegenwart hier im Club sahen und hörten alles, was sich so abspielte und konnten bestimmt bald drei und drei zusammenzählen und so reifte in Ihnen der Plan, Steiner zu eliminieren und sich in den Besitz der Akten zu bringen, um sie in Ihrem Sinne zu nutzen. Wozu nutzen, darauf gehe ich später noch ein. Gegen reichlich Bargeld war Pollens gerne bereit, Steiner zu ermorden und die Akten an sich zu bringen. Wie diese Tat ablief, konnten wir ja sehen. Nun ging es für Sie aber um die Beseitigung Ihres gefährlichen Mitwissers. Sie hatten sich in der Vergangenheit bereits wiederholt hier im Club getroffen. Dazu sollte er stets erst am späten Abend kommen, wenn die Sonne gerade unterging und die Beleuchtung zum Schummerlicht wurde. Seinen Wagen sollte er immer auf dem schmalen Parkplatz ganz hinten abstellen, damit er ungesehen den Weg zwischen der Drivingrange und der eingezäunten Grundstücksgrenze zu dem immer gleichen Treffpunkt hinter dem 17. Grün gelangen konnte. Sie, Herr Rasinger, gingen ohnehin fast jeden Tag am Abend, nach getaner Arbeit, noch über den 9-

Loch-Platz und so war es auch für den Killer unauffällig, dass Sie am Ende Ihrer Runde auf ihn trafen. Und das mit Golfschlägern, beziehungsweise mit nur einem Golfschläger. Dass Sie nur mit einem Golfschläger unterwegs waren, habe ich selbst erlebt. Bei der Szene, bei der ich Sie als Rechtshänder abschlagen sah, gingen Sie direkt nach dem Schlag dem Ball hinterher, ohne irgendwo ein Bag aufzunehmen. Wie der Mord an dem Killer dann abgelaufen ist, haben wir vorhin ja begutachten können. Wie Sie danach wieder in den Club zurückkamen spielt keine Rolle. Interessanter ist da schon die Tatsache, dass Sie die Lobwegde Steiners aus dessen Schrank entwendeten und dass wir das Kuvert mit den Geldscheinattrappen in der Senke fanden.«

Schlosser stoppte erst einmal seine Rede, griff nach einer Flasche Selters, öffnete sie und setzte zu einem kräftigen Schluck direkt aus der Flasche an.

»Wieso sollte an diesen beiden Punkten etwas interessant sein?«, wunderte sich erkennbar Vollmarey und schaute ihn mit großen Augen an. Die anderen schwiegen. Rasinger hatte sich inzwischen ganz langsam auf einen der freien Stühle gesetzt und schaute mit leicht unterlaufenen Augen auf den Sprecher. Die anderen Golfer waren ein wenig von ihm abgerückt.

»Weil sie den Vorsatz des Täters aufzeigen«, erklärte Schlosser dem Chirurgen. »Er hat bereits frühzeitig falsche Spuren gelegt, um den Verdacht von sich abzulenken. Er wusste, dass Steiner dem Vizepräsidenten privat viel Geld geliehen hatte und dass Letzterer das Geld nicht zurückzahlen konnte. Die Informationen erhielt er von seiner Frau oder er belauschte die Clubmitglieder. So wusste er auch von der Morddrohung Kammlers: »Ich betoniere ihn noch mal ein«. Also nahm er das Lobwedge von Steiner für seine grausame Tat, reinigte es nicht und wartete nur auf die Gelegenheit, es Kammler so unterzuschieben, dass es diesen auch belasten würde. Es ist ihm trefflich gelungen. Noch gravierender wird es mit dem Geldkuvert in der Senke. Bei den Schlägen, die der Killer einstecken musste, hätte er das Geldpäckchen niemals festhalten können. Er hatte es auch nie in der Hand, weil keinerlei Fingerabdrücke drauf waren. Das Geldpaket wurde mit der behandschuhten linken Hand wie gezeigt benutzt. Um Kammler zu belasten, hat er es nach seiner Tat auch in die Senke geschubst. Mit den Füßen bestimmt. Ich bin überzeugt davon, dass er mit dem Fuß auch noch einige Blätter Laub hinterher schaufelte. Vielleicht machte er sich Hoffnung darauf, dass der Tote niemals gefunden wird? Oder so viel später, dass die Tat unaufklärbar wurde? Wie auch immer. Er eilte nach der Tat zurück ins Clubhaus, versteckte das Tatwerkzeug und sichtete die Unterlagen, die ihm der Mörder Steiners übergeben hatte, versteckte sie hier im Club und wähnte sich schon am Ziel seiner Träume. Diese zerplatzten aber, als bereits nach zwei Tagen der Tote am 17. Grün gefunden wurde. Die Ermittlungen begannen und machten ihn, aber auch den Präsidenten nervös, denn diesem ging im Laufe der Zeit ein Licht auf. Der alte, schusselige Mann hatte bei der Begleitung von Frau Doktor Uhlhorst, den am 17. Grün wirklich vergessenen Schläger zu suchen, jemanden gesehen, diesem Ereignis aber keine Bedeutung beigemessen. Später, ich vermute mal am Tage seines Todes, fiel es ihm wie Schuppen von den Augen und er machte das Dümmste, was er tun konnte: Er wandte sich an den Mörder und nervte ihn mit seiner hochnäsigen Art. Vermutlich machte er ihm klar, dass er ihn künftig in der Hand hätte.«

Langsam wandte sich Schlosser wieder dem wie gebannt dasitzenden Clubmanager zu:

»Das hätte er nicht machen sollen, denn Sie, Herr Rasinger, sahen sich nun gezwungen, diesen gefährlichen Trottel, wie Sie ihn nannten, ebenfalls zu beseitigen. Noch am selben Tag bot sich, wie beschrieben, die Gelegenheit und Sie nutzten sie konsequent und brutal. Das Tatwerkzeug konnten Sie bei dieser Gelegenheit auch noch an dem Ort platzieren, an dem Sie es ohnehin haben wollten. Den Rest kennen Sie ja.«

Leises Gemurmel setzte nach diesen Worten ein. In dieses aufkeimende Geräusch hinein stellte Rasinger, kreidebleich, die entscheidende Frage:

»Warum sollte ich so etwas tun, Herr Kommissar?«

Schlosser beugte sich ein wenig weiter über den Tisch, näherte sich dem Gesicht des Managers und blickte ihm fest in die Augen. Er versuchte eine Regung im Gesicht seines Gegenübers zu erkennen. Er fand keine. Er spürte, dass sich dieser durchtrainierte Sportsmann fest im Griff hatte und trotzdem unter höchster Anspannung stand.

»Gut, dann kommen wir zum Motiv«, fuhr er bedächtig sprechend fort. »Sie haben es vor einer knappen Stunde hier im Raum sehr deutlich angesprochen: »Und so etwas behandelt einen von oben herab.« Sie sind ein in Ihrer Psyche zerfressener, immer wieder zurückgeworfener Mann. Schon in Ihrer Jugend lief alles schief. Mit knapp 8 Jahren verloren Sie bei einem Autounfall Ihre Eltern, danach lebten Sie bei Ihrem Onkel und hatten dort eine unangenehme Kindheit. Da Sie dicht an einem kleinen

Golfplatz wohnten, begannen Sie mit dem Golfspiel und brachten es sich selbst bei. Talentiert und fleißig wie Sie waren, wurden Sie immer besser und Sie wurden sogar in den Landeskader aufgenommen. Dort allerdings flogen Sie vorzeitig raus, weil andere Spieler die besseren Beziehungen hatten. Mit der Schule klappte es nur mittelmäßig, das Abitur schafften Sie nicht. Eine Ausbildung als Golftrainer wurde Ihnen trotz eines niedrigen Handicaps verweigert. Ihnen fehlten auch hier die notwendigen Beziehungen. Arbeitsmäßig kamen Sie in den Folgejahren auch nicht richtig voran. Erst als Sie die Anstellung in diesem Golfclub als Clubmanager erhielten, schien sich alles so zu entwickeln, wie Sie es sich immer erträumten: Ein Geachteter, Gleichwertiger, Wichtiger unter Geachteten, Gleichwertigen, Wichtigen zu sein. Aber genau das trat nicht ein. Sie wurden hier vom Vorstand und einigen snobistischen Mitgliedern als Arbeitstier akzeptiert, aber mehr auch nicht. Sogar solche Leute wie Steiner, unbeliebt und gehasst, konnten eine Stufe erreichen, die Ihrer Meinung nach eigentlich Ihnen zustand. Ihr Hass auf diese Leute und Ihr Wunsch, unbedingt zu diesen gehören zu wollen, stieg von Monat zu Monat, von Jahr zu Jahr. Die dreimalige Ablehnung eines Aufnahmeantrags im Laufe der letzten Jahre verstärkte Ihr Verlangen noch und ließ Sie immer verbitterter werden. Was man nicht bekommt, will man häufig erst recht haben. Finanzielle Interessen hatten Sie nie. Sie und Ihre Frau verdienten gut. Die erpresserischen Akten Steiners wollten Sie niemals als Geldquelle verwenden. Sie wollten, so wie Steiner, bestimmte Clubmitglieder dazu zwingen, dass Sie endlich in diesen Club aufgenommen werden. Glauben Sie mir, Herr Rasinger, Sie wären besser in Ihrem ursprünglichen, normalen Golfclub geblieben, als für diesen bescheuerten Verein tätig zu werden.«

Schlosser hatte die letzten Worte bewusst abschätzig und gehässig klingen lassen und der Erfolg setzte auch prompt ein.

»Was, was heißt hier bescheuerter Verein«, fauchte Rasinger los und stand mit einem Ruck auf. Der Stuhl kippte mit lautem Getöse um. Genko stand ebenfalls schnell auf. »Dieser Club ist der beste, den es im Lande gibt. Die Mitglieder sind alles angesehene Leute. Ich, ich lasse es nicht zu, dass Sie meinen Club besudeln, Herr Kommissar! Es stimmt, dass ich eine beschissene Kindheit hatte. Meine Eltern sind mit dem Auto verunglückt, weil sie sich wieder einmal gestritten haben. Sie sind unter einen Lastwagen gefahren und ich befand mich auf dem Rücksitz, Gott sei Dank liegend. Das Leben bei meinem Onkel war ein Horror. Er hatte einen Sohn, der zwei Jahre jünger war und unentwegt bevorzugt wurde. Der konnte alles haben, ich bekam nur die Reste. Nicht mal das Abitur durfte ich machen und aus dem Kader haben sie mich wirklich nur deshalb rausgeschmissen, weil die Eltern anderer Kinder, die bedeutend schlechter als ich spielten, ihren Einfluss geltend machten. Sie haben Recht, als ich in diesen Club kam, veränderte sich mein Leben. Ich habe geschuftet für meinen Club, tagein, tagaus. Ich, ich habe ein Recht, Mitglied in diesem Club zu sein und dieser unfähige Vorstand hatte kein Recht, mir dies zu verweigern. Dieser Steiner und dieser arrogante Präsident haben mir das verweigert, was mir zusteht. Ich, ich habe hier die Geschäfte geschmissen, ich, und nicht dieser Pimpf von Präsident. Der konnte sich doch noch nicht einmal selbständig seine Hose zumachen. Und so etwas behandelte mich immerzu von oben herab und näselte mich voll, was das Zeug hielt. Noch schlimmer war dieser Steiner. Der hat mir immerzu Hoffung gemacht, um mich dann in den Sitzungen fallen zu lassen. Ich habe schon seit Jahren daran gedacht, ihm einen Schläger um den Kopf zu wickeln und ich hätte es auch selbst gemacht, wenn ich an die Akten hätte kommen können. So aber musste ich diesen Liebhaber von Uschi nehmen. Es stimmt, meine Frau hat mir von dem Typ erzählt und ich ahnte damals sofort, dass ich ihn gut gebrauchen könnte. Ich stöberte ihn in dem Fitnessstudio auf, in dem auch Uschi verkehrt. Wir hatten sofort einen Draht zueinander und unsere Zusammenarbeit war perfekt. Es hat niemand auch nur das Geringste mitbekommen. Dass er noch einen Mitarbeiter der Birthler-Behörde vor einen Reisebus geschubst hat, das wusste ich nicht und dafür kann ich nichts. Wie er seinen Job ausführte, war seine Sache. Allerdings konnte und wollte ich es mir nicht leisten, einen potentiellen Erpresser am Hals zu haben, also musste ich ihn doch beseitigen. Das kann mir doch wirklich keiner zum Vorwurf machen. Und was nun Melchior angeht, so kann ich nur sagen, dass dieser senile Trottel wirklich selbst schuld war. Er hat mir auf den Kopf zugesagt, dass er mich am 17. Grün gesehen hat und fragte mich in seinem vornehmen, snobistischen Tonfall, ob ich denn den Killer auf dem Gewissen hätte. Er meinte dann auch noch, ich hätte bestimmt auch den Steiner abmurksen lassen. Ja, so drückte er sich aus. Sie sehen also, dass ich ... ich ihn überhaupt nicht laufen lassen konnte. Wenn dieser Trottel solche Sachen im Club verbreitet hätte, hätte ich doch keine Chance mehr gehabt, in den Club aufgenommen zu werden.«

Rasinger machte seinem Namen in diesem Moment alle Ehre. Seine Augen glühten und sprühten förmlich Funken. Die Fäuste waren Richtung Decke gestreckt, das Gesicht dunkelbraun. Der Brustkasten hob und senkte sich, als hätte er eine überdimensionale Pumpe verschluckt.

Keiner wagte ein Wort zu sprechen. Schlosser schüttelte nur traurig seinen Kopf und sagte:

»Es gibt überall Golfclubs, die vielleicht nicht diese Extraklasse haben und in denen es keinen snobistischen Präsidenten gibt. Und ausgerechnet Sie mussten in diesen feinen Club kommen und sich ausgerechnet die Gruppe aussuchen, die nun wirklich nichts für Sie und Ihre Psyche taugt. Sie erinnern mich an einen pubertären Knaben, der unbedingt in die kleine Gemeinschaft der miesesten Typen einer Schule aufgenommen werden will und dafür zu allem bereit ist, anstatt sich an die große Masse der normalen Mitschüler zu halten. Die meisten Mitglieder in diesem Golfclub sind doch ganz normale, nette Menschen. Warum mussten Sie sich ausgerechnet die paar Verkorksten als Vorbild nehmen?«

Rasinger stand auf der anderen Seite des Tisches und schaute ihn sichtlich fassungslos an. Seine Lippen bebten.

»Ich Idiot«, kam es leise über diese Lippen und der Blick wurde wieder beherrscht und hart. Die Schultern sackten merklich ab.

»Festnehmen!«, wies Schlosser mit harter Stimme an, rollte den Lageplan wieder ein, steckte ihn in die Pappröhre, verschloss sie, stopfte die Stoppuhren in seine Hosentasche und hielt auffordernd seine flache, rechte Hand dem, immer noch wie eine Salzsäule erstarrten Clubmanager hin.

»Was wollen Sie denn noch von mir?«, fragte Rasinger mit kratziger Stimme und großen Augen, die ausgestreckte Hand anschauend. »Sie haben mich doch schon völlig übertölpelt. Sie haben doch alles erreicht.«

»Den Ball, bitte.«

29

Der Sturm im Raum brach los. Jeder rief durcheinander. Kammler stürzte aus dem Raum, während Genko dem Clubmanager die Handschellen anlegte und abführen ließ. Der Raum leerte sich schnell.

Als Schlosser und Genko endlich alleine waren, fragte der Hagere, sich leicht an die Stirn tippend:

»Seit wann wusstest du es, Chef? Wieso hast du erst einmal die anderen so vorgeführt?«

»Mir ging das letzte Licht wirklich erst mit der Zeugenaussage Möhldes auf. Danach fügte sich jedes Teil in dem Puzzle nahtlos zusammen. Nur beweisen hätten wir nichts können. Alles nur Indizien. Also musste ich ihn in Sicherheit wiegen und dann erst am Schluss von ganz oben herunterholen. So schnell, dass er, als gut durchtrainierter Sportler mit einem eisernen Willen, keine Zeit mehr hatte, rationell zu reagieren. Er fühlte sich eine Zeit lang so sicher, dass er sogar selbst freudestrahlend Getränke mit anschleppte. Umso gründlicher war dann der Absturz. Seine besonderen Schwachpunkte, diesen Golfclub als das Allerheiligste anzusehen und seine bescheuerte Achtung vor diesem Vorstand und einiger überkandidelter Mitglieder, kennen wir inzwischen ja bestens. Genau diese Schwäche nutzte ich dann auch und es hat gewirkt. Der Mann war so aufgebracht, dass er letztendlich alles zugegeben hat.«

»Aber war es denn trotzdem notwenig, die Chirurgen und Kammler so bloß zu stellen?«

»Ja!«, antwortete Schlosser heftiger, als er beabsichtigt hatte. »Ich wollte hinter sämtliche Kulissen blicken – und ich will noch mehr!«

»So, was denn?«

»Ich will die Akten! Die müssen irgendwo hier im Club versteckt sein. Lass die Spurensicherung kommen und so lange suchen, bis sie gefunden worden sind.«

»Was geschieht dann mit den Akten?«

»Sie gehen dorthin zurück, wo sie hingehören: ins Birthler-Archiv. Die Mitarbeiter dort, können damit machen, was sie wollen.«

Seinem Partner augenzwinkernd zulächelnd, verließ er den Raum und ging durch das Foyer. Dort sah er im Restaurant eine große Menschenmenge, die Kammler lauschte. Er hörte ihn im Hinausgehen lautstark vortragen: »... eine Katastrophe. Rasinger hat den Präsidenten und den Schatzmeister umgebracht und wollte mich mit diesen Taten belasten, um selbst Präsident werden zu können. Ich bin ganz knapp einer schlimmen Verleumdung entgangen. Ich werde selbstverständlich erst einmal die Arbeit des Clubmanagers und des gesamten Vorstandes machen und dann ganz schnell eine außerordentliche Hauptversammlung einberufen, damit der Vorstand wieder komplettiert wird. Ich stehe euch nach allem trotzdem als Präsident zur Verfügung und werde alles dafür tun, dass sich so etwas nicht mehr ...«

Mehr hatte Michael Schlosser nicht mehr hören können – es hatte ihm aber auch so gereicht. Sein Knie begann wieder zu schmerzen.

ENDE

Weitere Krimis finden Sie auf den folgenden Seiten und im Internet: www.gmeiner-verlag.de

KRIMI IM GMEINER-VERLAG

Hans Lebek
Todesschläger

373 Seiten, 11 x 18 cm, Paperback.
ISBN 3-89977-660-7. € 9,90.

Ein Toter liegt im Sandbunker eines Golfplatzes bei Berlin – erschlagen mit einem Eisen sieben. Schon sehr bald stellen Hauptkommissar Schlosser und sein Team fest, dass der Mord an dem Industriellen praktisch nicht durchgeführt worden sein kann. Nicht einmal Selbstmord kommt infrage. Schlosser sucht trotzdem nach dem Täter und sieht sich schon bald mehreren Verdächtigen gegenüber. Jeder könnte ein Motiv haben, aber nichts ist greifbar oder verwertbar – nicht einmal, als weitere Morde geschehen …

Adolf Heinzlmeier
Bankrott

227 Seiten, 11 x 18 cm, Paperback.
ISBN 3-89977-667-4. € 9,90.

Als der Arbeitslose Waller bei seiner Bank einen Kredit beantragen will, um eine Ich-AG zu gründen, gerät er in einen Banküberfall und wird als Geisel genommen. Privatdetektiv Peter Merton erhält von dem dubiosen Roderich Luger den Auftrag, die Bankräuber zu finden. Zwei Morde verkomplizieren die Lage und Mertons Auftraggeber wird ungeduldig ...

GMEINER-VERLAG

www.gmeiner-verlag.de

Klaus Erfmeyer
Karrieresprung

229 Seiten, 11 x 18 cm, Paperback.
ISBN 3-89977-670-4. € 9,90.

Junganwalt Stefan Knobel erhält kurz nach seinem Eintritt in eine renommierte Dortmunder Anwaltskanzlei die Chance, den wichtigsten Mandanten der Kanzlei, den Industriellen Tassilo Rosenboom, zu vertreten. Rosenboom, von den Fähigkeiten Knobels überzeugt, überträgt ihm bald die Vertretung in Prozessen, deren Sinn sich der Anwalt nicht erschließen kann. Doch Knobel kommt seinem Mandanten auf die Spur. Unversehens wird er in einen Mord verwickelt und plötzlich erkennt er, dass er selbst von dem Verbrechen profitieren könnte …

Fritjof Karnani
Takeover

325 Seiten, 11 x 18 cm, Paperback.
ISBN 3-89977-663-1. € 9,90.

Ferry Ranco hat als Computerexperte der ersten Stunde ein international agierendes Internet-Unternehmen aufgebaut. Als Hacker die Sicherheitssysteme seines Zentralcomputers in Berlin durchbrechen und in das Sicherheitssystem des Bundeskanzleramtes einzudringen versuchen, sieht er sein Lebenswerk bedroht. Zusammen mit der Internet-Expertin Judith macht er sich auf die Suche nach den Tätern. Bald stellen sie fest, dass offenbar ein Syndikat aus gut organisierten Kriminellen Informationen aus dem Internet filtert, um damit Handel zu treiben. Als Ferry und Judith erste Beweise für die Existenz dieses Syndikates finden, wird aus der Suche blutiger Ernst: Die Jäger werden zu Gejagten!

KRIMI IM GMEINER-VERLAG

KRIMI IM GMEINER-VERLAG

Pierre Emme
Heurigenpassion

277 Seiten, 11 x 18 cm, Paperback.
ISBN 3-89977-668-2. € 9,90.

Mit dem Fund der Leiche einer jungen Frau fängt das neue Jahr für Inspektor Wallner und seinen »kriminalistischen Berater« Mario Palinski nicht gerade gut an. Als sich herausstellt, dass die Frau vor kurzem entbunden hat, beginnt die hektische Suche nach dem unversorgten Säugling. Die Spur führt in ein bekanntes Wiener Heurigenlokal …

Erwin Kohl
Zugzwang

326 Seiten, 11 x 18 cm, Paperback.
ISBN 3-89977-669-0. € 9,90.

Ramon Schändler, Inhaber einer großen Werbeagentur, und seine Frau werden brutal ermordet. Die Spur führt zu einem Konkurrenten Schändlers, doch Joshua Trempe von der Mordkommission Düsseldorf zweifelt an dessen Schuld. Zeitgleich treten merkwürdige Ereignisse auf: Der Aktienkurs einer Biotechfirma schießt in die Höhe und stürzt kurze Zeit später ohne ersichtlichen Grund wieder ab und eines Morgens boykottieren Millionen von Pendlern die Bahn …

GMEINER-VERLAG

www.gmeiner-verlag.de

KRIMI IM GMEINER-VERLAG

Das neue Krimijournal ist da!

2 x jährlich das Neueste
aus der Gmeiner-Krimi-Bibliothek

KRIMI Journal

Nr. 4 www.gmeiner-verlag.de Die Zeitung für Krimifreunde 1/2006

Endlich ist sie wieder da

Krimipreisträgerin Uta-Maria Heim

Bundestrainer Jürgen Klinsmann in Gefahr?

Der Krimi zur Fußball-WM 2006 in Deutschland

ISBN 3-89977-950-9
kostenlos

In jeder Ausgabe:

- Vorstellung der Neuerscheinungen
- Hintergrundinformationen zu den Themen der Krimis
- Interviews mit den Autoren und Porträts
- Allgemeine Krimi-Infos (aktuelle Krimi-Trends, Krimi-Portale im Internet, Veranstaltungen etc.)
- Die Gmeiner-Krimi-Bibliothek (Gesamtverzeichnis der Gmeiner-Krimis)
- Großes Gewinnspiel mit »spannenden« Buchpreisen

Erhältlich in jeder Buchhandlung oder direkt beim:

Gmeiner-Verlag
Im Ehnried 5
88605 Meßkirch
Tel. 0 75 75/20 95-0
www.gmeiner-verlag.de

KRIMI IM GMEINER-VERLAG

Alle Gmeiner-Autoren und ihre Krimis auf einen Blick

Anthologien: Grenzfälle (2005) • Spekulatius • Streifschüsse (2003)
Artmeier, H.: Katzenhöhle (2005) • Schlangentanz • Drachenfrau (2004)
Baecker, H.-P.: Rachegelüste (2005)
Beck, S.: Einzelkämpfer (2005)
Bekker, A.: Münster-Wölfe (2005)
Bomm, M.: Schusslinie (2006) • Mordloch • Trugschluss (2005) • Irrflug • Himmelsfelsen (2004)
Bosch van den, J.: Wassertod • Wintertod (2005)
Buttler, M.: Abendfrieden (2005) •Herzraub (2004)
Danz, E.: Osterfeuer (2006)
Emme, P.: Heurigenpassion (2006) Schnitzelfarce • Pastetenlust (2005)
Erfmeyer, K.: Karrieresprung (2006)
Franzinger, B.: Wolfsfalle • Dinotod (2005) • Ohnmacht (2004) • Goldrausch (2004) • Pilzsaison (2003)
Gardener, E.: Lebenshunger (2005)
Gokeler, S.: Supergau (2003)
Graf, E.: Löwenriss • Nashornfieber (2005)
Haug, G.: Gössenjagd (2004) • Hüttenzauber (2003) • Finale (2002) • Tauberschwarz (2002) • Höllenfahrt (2001) • Todesstoß (2001) • Sturmwarnung (2000) • Riffhaie (1999) • Tiefenrausch (1998)
Heim, Uta-Maria: Dreckskind (2006)
Heinzlmeier, A.: Bankrott (2006) • Todessturz (2005)
Karnani, F.: Takeover (2006)
Keiser/Polifka: Puppenjäger (2006)
Klewe, S.: Kinderspiel (2005) • Schattenriss (2004)
Klingler, E.: Königsdrama (2006)
Klugmann, N.: Schlüsselgewalt (2004) • Rebenblut (2003)
Kohl, E.: Zugzwang (2006)
Koppitz, R. C.: Machtrausch (2005)
Kramer, V.: Todesgeheimnis (2006) • Rachesommer (2005)
Kronenberg, S.: Flammenpferd • Pferdemörder (2005)
Lebek, H.: Karteileichen (2006) • Todesschläger (2005)
Leix, B.: Zuckerblut • Bucheckern (2005)
Mainka, M.: Satanszeichen (2005)
Matt, G. / Nimmerrichter, K.: Schmerzgrenze (2004) • Maiblut (2003)
Misko, M.: Winzertochter • Kindsblut (2005)
Nonnenmacher, H.: Scherlock (2003)
Puhlfürst, C.: Dunkelhaft (2006) • Eiseskälte • Leichenstarre (2005)
Schmöe, F.: Fratzenmond (2006) • Kirchweihmord • Maskenspiel (2005)
Schröder, A.: Mordswut (2005) • Mordsliebe (2004)
Schwab, E.: Großeinsatz (2005)
Schwarz, M.: Maienfrost • Dämonenspiel (2005) • Grabeskälte (2004)
Stapf, C.: Wasserfälle (2002)
Steinhauer, F.: Racheakt (2006)
Thadewaldt/Bauer: Kreuzkönig (2006)
Valdorf, L.: Großstadtsumpf (2006)
Wark, P.: Epizentrum (2006) • Ballonglühen (2003) • Absturz (2003) • Versandet (2002) • Machenschaften (2002) • Albtraum (2001)
Wilkenloh, W.: Hätschelkind (2005)